JN007148

白銀の人狼は生贄の王子に愛を捧ぐ

CHARACTERS
グリトニィル
グリトニィルが狼に変化した姿。
グリトニィル
ユーディスティ王国を守る狼の民・ザノゥサの長。狼と人、ふたつの姿を持つ。
シャニ
ユーディスティ王国の第八王子。海軍将校だったが、生贄同然にザノゥサへ捧げられる。弓の名手で勇敢な性格。

ギウジ
グリトニィルとは別の里に住むザノゥサの民。
アラヌヌ
グリトニィルの屋敷で働く少年。はじめはシャニのことを嫌うが……？
デイヌィ
いつも飄々として笑顔を絶やさぬグリトニィルの腹心。
ダグラス
海軍でのシャニの部下。

序

吐く息さえも凍りそうだ。

シャニは蹲《うずくま》っていた場所から立ち上がり、焚いている火に金の棒を突っ込みかき回す。

火にくべられる材料が乏しいので、木はなるべく同じ方向に並べ隙間をなくしている。おかげで火自体は小さいが、まだ十分に保つだろう。

火を絶やすわけにはいかない。これがなければ、あっという間に凍え死ぬ。

洞穴の奥なので雪は入ってこないが、とにかく寒い。しかし換気のことを考えると、布で出口を塞《ふさ》ぐわけにもいかない。吹きっさらしよりマシという程度だ。

「ふ」

口の中が凍っては困るので、なるべく口を開けない。溜め息すら最小限だ。

外は視界が白く濁《にご》るほどに吹雪《ふぶ》いているが、昨日狩った獲物がまだ残っているので、とりあえず数日は食うに困らない。

シャニは火で乾かした細かな枝や葉を敷いたものの上に、ごろんと寝転がった。直接岩肌に触れて寝ると、どんどん体温を奪われてしまうから仕方ないが、ちくちくと枝が肌を刺して痛い。しかしおかげで深く眠ることができず、凍死の危機からシャニを遠ざけてくれる。

（きっと吹雪《ふぶき》がやめば、マシになるはずだ）

とにかく今日、明日、耐えればまた状況は変わるだろう。今ではなく先を見据えているほうが、いくらか気が紛れた。

シャニの後ろには、金で豪奢《ごうしゃ》に細工された宝箱が転がっている。中には宝石や金貨、凝《こ》った装飾品がごろごろ入っているが、薄汚れて野人のように地に身を横たえる今のシャニにはどれも価値のないものだ。

（山の神よ、どうか私の命をお繋ぎください）

汚れた自分の服に顔を埋めながら、シャニは心中で呟く。

船に乗っていた頃、シャニはいつも海の神に祈っていた。どうか無事にこの海路を進めますように、命をお繋ぎください、と。

海には海の、山には山の神が座す。シャニは彼に命乞いをした。

（どうか）

自分の命が繋がることが、なんになるとは知れない。自分の命にそれだけの価値があるのか、と問われたら「是」とは言えない。

しかしそれでも、死を待つだけの人間にはなりたくなかった。縋《すが》れるものならなんだって縋《すが》って生き延びたい。

自分の命の価値はわからない、だが、生きていたい。

シャニは吹雪《ふぶき》の音を聞きながら、ゆるく目を閉じた。

泣きはしない。泣けば涙が凍って目が開かなくなる。

*

ユーディスティという国がある。

長四角い国土を持ち、三方を海に囲まれ、残りの一方は高い山脈を有するという珍しい地形の国だ。

船での貿易が盛んに行われており、港街はいずれも商人が多い。

王都もまた海辺に位置しており、切り立った崖の上、高い城壁の奥に建てられた城は「青鷺城《あおさぎじょう》」と呼ばれていた。

海に囲まれているだけあって、ユーディスティは強力な海軍を有している。また、商人たちも海の男だけあって血気盛んな者が多く、有事の際は自分たちの船を軍に貸し出した。

また気候に恵まれた豊かな国なので、肥沃《ひよく》な土地を狙う他国は多かったが、守りは固い。ユーディスティの艦隊は無敵だった。

しかし、山脈側はそうもいかない。海辺に寄って暮らしているので、そちら側はどうにも手薄になってしまう。また、男たちも山での戦いには慣れていなかった。

初代ユーディスティ国王は頭を抱えた。そこで抜擢《ばってき》されたのが、山脈で生きるザノゥサという狼の一族だ。

狼といっても、普通の狼とは違う。高い知能を持ち、人間の言葉を理解し、家を所有し道具も使う。狼というより獣人に近い存在だ。

しかし、その実態を知る者は極端に少ない。なにしろザノゥサは山から下りてこないからだ。

「ザノゥサは不思議な獣。狼であり狼でない。人間であり人間でもない。ザノゥサは狼にも人間にもなれる」というのは、ユーディスティ王国で長く語り継がれている伝説のようなものだ。

初代国王は、ザノゥサの長に敬意を払って契約を持ちかけた。

ユーディスティが続く限り、山脈に入ろうとする他国の者を排除してほしい、と。その代わりユーディスティは、ザノゥサが万年雪深き山脈では決して手に入れることのできない物を渡そう、と。数年に一度、その貢物を捧げるということで、契約は締結された。

時に金銀財宝を、時に食料や資材を、求められれば人間を。

ユーディスティはザノゥサの求めるものを忠実に捧げてきた。

以来数百年余り、その契約は今も途切れることなく続いている。

しかしそれも、時間が流れるにつれて形骸化してきている。数百年の平和は、ユーディスティの王家を傲慢《ごうまん》にした。

ザノゥサがどのように侵入者たちを撃退しているのか知らないから、という理由も大きい。そもそも、どれほどの国が高く険しい山脈を越えてユーディスティに侵攻しようとしているのかも不明なのだ。ザノゥサはユーディスティに対して、多くを語らない。

「ザノゥサは本当に我が国を守護していると言えるのか？」

そう言い出したのは国庫を管理する財務大臣だったかもしれない。ザノゥサに対する貢物は、いかにユーディスティが豊かであろうと、かなり大きな出費だった。それに見合う成果をザノゥサが返しているのか甚《はなは》だ疑問だ、と鼻息を荒くして王に直訴したのだ。

「我らは畜生に守られるほど落ちぶれていない」

「初代国王の統治時代ならいざ知らず、今は陸用の武器も潤沢にある」

議会ではそんな声が次々に上がっていた。

その最中、ザノゥサが食糧や財宝に加えて、ひとつ貢物を増やすように提示してきた。

『王の子を一人嫁がせるよう』

ユーディスティの公用文字で書かれたその文面に、青鷺城の小広間で行われた議会は、大いに紛《ふん》糾《きゅう》した。渡すべきだ、いや渡すべきではない。と、大臣たちが雁首をそろえてやんやと言い合った。

王家には正妃の子四人、複数の側妃の子八人がいたが、うち姫は二人。姫の婚姻は、他国との取引や同盟を結ぶための手段としてよく使える。その大事な交渉材料のうちのひとつを、狼に嫁がせる。そんなもったいないことできるか、と喚《わめ》いたのは王だった。

そこで、隣に控えていた宰相がこそりと王に耳打ちした。

「手紙には『子』と記されております。子であれば、他にも候補はおりましょう」

その言葉を受けて、王はいやらしい笑みを浮かべた。

王太子や継承順位の高い子は、力を入れて教育してきた。今も王宮でふさわしい執務にあたらせている。しかし、位の低い、特に元は使用人の側妃に産ませた子など、穀潰しの役立たずだ。正妃にも「あんな身分の低い女の子どもと我が子を同じ王子として扱うなど、屈辱ですわ」と何度もちくちく言われていた。

働き口を与えないわけにもいかず海軍に放り込んでいたが、どうやら役に立つ時が来たようだ。

「シャニを呼べ」

王位継承権の一番低い王子、シャニ。

彼はこうして、ザノゥサへ貢物として献上されることが決まった。

一

「シャニ、あぁシャニ」

「母上」

部屋を訪れるなり、ドレスに身を包んだ女性が抱きついてきた。ユーディスティ王の側妃であり、シャニの母親であるジャクリーンだ。

「久しぶりね、可愛いそのお顔をよく見せて」

「はい、母上」

シャニの頬に手を当てたジャクリーンは、とても美しい顔をしている。形のいい眉に宝石のような翠色の目、すらりと筋の通った鼻は低すぎず高すぎずその存在を主張している。瑞々《みずみず》しい唇に桃色の頬はまるで少女のようで、とても若々しい。それらすべてを囲むように流れる髪は艶《つや》やかな亜麻色。どこをどう切り取っても輝きを失わない、美しい芸術品のようだ。

元は城で働く使用人だったが、この美貌を王に見そめられて側妃として召し上げられたのだ。王はジャクリーンのもとに足繁く通い、やがて彼女はシャニを身ごもった。

子を産んでも、彼女の透き通るような美貌はまったく損なわれていない。

「これから長いこと山脈のほうへ行くと聞いたわ。私、デヴィンに何度もやめるように頼んだのよ？　……でも、聞き届けてくれなかったの」

デヴィンとは王のことだ。親しげに王の名を呼ぶ彼女は、紛うことなく彼の寵《ちょう》を受けている。

「はい、気に留めてくださってありがとうございます」

シャニは母の気遣いに恐れ入るように頭を下げた。はら、と母譲りの亜麻色の髪が頬にかかる。ジャクリーンは指先でそれを払いながら首をかしげた。

「長いって、どれくらいかしら。一年、二年、それ以上？」

「私にもわかりませんが、おそらくとても……とても長い期間だと思います」

王はジャクリーンに向ける愛の一欠片すらシャニを愛さなかった。彼が興味を惹かれたのはジャクリーンの美貌。いくらか顔立ちが似ているからといって、男児のシャニは邪魔者でしかない。正当な後継者ならば、正妃がすでに何人も産んでいた。

『あなたが生まれた時、デヴィンは一度も抱き上げてくれなかったのよ？　シャニは私に似てこんなに可愛い顔をしているのに、ひどい話よね』

その言葉が幼いシャニの心を何度も切り裂いたことを、ジャクリーンは決して知ることはないだろう。なにしろ未だにその話をシャニに楽しげに語ってみせるのだから。

彼女にとっては笑い話のひとつなのだ。

そう、ジャクリーンもまた、王と同じく親としての愛情に満ちた人ではなかった。

「ふぅん。はぁ……姫を含めても、王の子の中であなたが一番の器量良しなのに」

頬を撫でられ、翠の宝石のような潤んだ目で見つめられて、シャニは無言で彼女を見下ろす。

自分の目も、彼女と同じ翠色だ。

「残念だわ。他の女の不細工な子たちにあなたを見せつけることができなくなるなんて」

王や王の子が一堂に会する時、ジャクリーンは必ずシャニに「私たちが一番美しいわ」と耳打ちしてきた。

他国から嫁いできた正妃は、この国の美の基準からは少し離れた顔をしているし、他の側妃もジャクリーンほどの美しさは持ち合わせていない。

彼女にとって大事なのは、シャニではない。シャニの顔だ。他の「女」に勝つための道具としての。

「はい、すみません」

シャニは姿勢を崩さずにジャクリーンに謝罪した。彼女は「シャニのせいではないわ」と鷹揚《おうよう》な態度で微笑む。

「それで、山脈ではなにをするのかしら。デヴィンに聞いても教えてくれないのよ」

無邪気に微笑むジャクリーンに悪意はない。彼女は本当に、シャニがなんのために山脈に向かうのか知らないのだ。山脈に住まう狼一族の名を知っているかどうかも怪しい。彼女の興味は、ドレスに宝石に香水に、おいしい焼き菓子。それから自分の美貌だけに注がれている。

「務めを、果たしてきます」

シャニは後ろ手に手を組んだまま、直立不動でそう答えた。ジャクリーンは「あら」と嬉しそうに笑う。

「それは立派ね。頑張ってデヴィンに尽くすのよ」

ジャクリーンはそう言って、再度シャニの頬を撫でた。日に焼けてかさついたシャニの肌に対し、母の手はまるで絹のような手触りだった。ジャクリーンも気がついたのだろう、自分の手が傷つく前にパッと離す。

「山脈に行ったら、肌のお手入れくらいしなさいな。あなたは私の息子であり、王子なのですから」

いつも美しくありなさい、ときつく言われて、シャニは「はい」と頷《うなず》く。

雪に覆われた山脈で、肌など気にしていられるものか。母のあまりの無知さに笑いがこぼれかけたが、どうにか押し留める。

彼女にとって大事なものは「シャニの美しさ」であり、シャニ自身ではない。そんなこと、もう随分前から知っていた。

「母上、どうぞお元気で」

シャニに触れた手に、早速クリームを塗るジャクリーンの後ろ姿に向かって頭を下げる。

おそらくこれが今生の別れになるとわかっていたが、わざわざそれを説明する気はなかった。息子が山脈になにをしに行くのか、彼女はその自慢の亜麻色の毛の一本ほども気にしていないのだから。

シャニは無言で、母の部屋から下がった。扉を閉める時、その隙間から見えた亜麻色の髪は本当に豊かで美しく、少しだけ胸が締めつけられた。

*

シャニはユーディスティの王子ではあるが、継承権は一番低い。なにしろ母の身分が低いからだ。王はジャクリーンの美貌は好んでいるが、だからといってその息子を次の王に据えようというほど耄碌《もうろく》はしていない。

シャニは、いらない王子だった。

だからこそ、ザノゥサへの貢物に選ばれたのだ。

シャニ自身にそれが知らされたのは、ほんの数日前のこと。

「お嬢ちゃん、お客が来てるぜ」

そう声をかけられたのは、海軍の詰所で書類仕事と向き合っている時だった。

今さら「少将と呼べ」と訂正はしない。ここにいる男たちで、シャニのことを「お嬢ちゃん」と呼ばない者のほうが少ないからだ。

シャニは十を迎えた年からユーディスティの海軍に所属している。

最初のうちは小間使いも同然だったものの、歳を重ねるごとにとんとんと階級を与えられていった。なにしろシャニは、腐っても王子だったからだ。

しかし、階級があれば周りが敬うとは限らない。むしろ、どちらかというと細身で色白で、そして母に似てとても美しいシャニは他の軍人にやたらと馬鹿にされていた。「お嬢ちゃん将校」というのが、シャニのあだ名だ。

それでもシャニは、黙々と仕事をこなした。堅実に、真面目に仕事に取り組めば、その仕事ぶりを見てくれる者が現れる。シャニは馬鹿にされながらも、それでも少しずつ自分の居場所をきちんと海軍の中に見つけはじめていた。「お嬢ちゃん将校」なりに荒くれどもをまとめ、軍艦を率いて他国との海戦において幾度かの勝利も収めていた。今では信頼できる部下も得て、王子としての身分も忘れて仕事に邁進《まいしん》していた。

「客？　訪問の予定はなにも入っていないはずだが……」

「知らねぇけど。案内していいか？」

無遠慮にノックもせずシャニの部屋を訪れたのは、直属の部下であるダグラス中佐だった。

彼はシャニが海軍に入った当初、一番に「可愛い顔してんな」と絡んできた輩《やから》だ。シャニは当時、若手海軍兵の中で一番実力のありそうな彼に「一対一での決闘」を申し込み、辛くも勝利を収めた。海の男たちはたしかに荒くれだが、それゆえに強い者が好きだし、決まり事を重んじる。決闘で勝ったシャニをダグラスは「俺よりも強い男」として認め、必然的に周りもそれに従った。

　ダグラスの顔には、その決闘の際にシャニがつけた傷が今も残っている。

『傷跡を消す治療をしたらどうだ』

と勧めたことはあるが「やぁだね。箔《はく》がついていいだろうが」と一笑に付されてしまった。以来十年、ダグラスはシャニとつかず離れず、最近は側近のような仕事もこなしてくれている。

「わかった。案内してくれ」

「あいよ」

　そんな彼が連れてきたのは、あまり海の似合わない……見るからに文官といった身なりの男二人組だった。彼らはむさ苦しい見た目のダグラスを鼻をつまむような顔で見やり、わざとらしいほどの礼を取りながらシャニの部屋に入ってきた。

「御初にお目にかかります、シャニ王子。王子におかれましては今日も輝かんばかりの美貌で……」

「用件はなんだ」

　ちらりと見ただけで彼らが王家の使いの者であることがわかり、シャニは一瞥《いちべつ》してからそっけなく先を促した。

　シャニの態度に気を悪くしたのだろう。明らかにムッとした顔の使いが、つっけんどんな態度で「こちらを」と書状を突き出してきた。王家の紋で封をされたそれを見やり、シャニは溜め息をついて受け取る。そして、雑な仕草で書を開き……動きを止めた。

『シャニ・ユーディスティ。汝、ザノゥサへの貢物となるべし』

仰々しい文言でごてごてと飾られてはいたが、要はそういった内容が書かれていた。

一度、二度、三度、上から下まで読み返してから、シャニは口内で「なんだこれは」と言葉を転がした。

「王から直々のお言葉でございます」

なんの冗談かと思ったが、それは嘘でも冗談でもないようだ。事前に内容を知っていたらしい使いの者たちは恭《うやうや》しい態度で頭を下げた。

ザノゥサ、とはあのザノゥサのことだろう。今年はたしかに彼らへの貢物を捧げねばならぬ年だ。無論王家の一人としてシャニもそれを把握している。しているが、ではどうして自分が貢物のとなるのか、という問いに対する答えは持ち合わせていない。

「どういうことだ。ザノゥサはなにを求めた」

「彼らは、王の子を一人嫁がせよと」

「嫁ぐ……、私がかっ？」

思わず眉をひそめて、膝をつく彼らを睨《にら》みつける。かなうことなら書状などぐしゃぐしゃにして投げつけてやりたかったが、身分の低い王子として染みついた卑屈《ひくつ》な矜持《きょうじ》がそれを許さない。

シャニは決して察しが悪いほうではない。つまり王は、可愛い（そして外交の駒として使える）娘は大事に手元に取っておき、どこへやっても特に痛手にならない邪魔な息子を獣へ捧げることにしたのだ。

「私は、貢物にふさわしくない」

それでもさすがに、そう言わざるを得なかった。

ユーディスティでは同性婚は認められていない。

「いいえ、貴方様が一番適任でございます」

使いの者とて、もちろんそんなこと百も承知だろう。だがしかし、彼らはしれっとした顔をしている。わかっていて、取り合う気がないのだ。

使いの者は「そうでしょう？」とシャニに同意を求めた。まるで頷《うなず》く以外の返事は許さないとでもいうように、力強く。

穏やかな海に突然ぽかりと現れた黒い渦《うず》にのみ込まれるような、そんな恐怖を感じて、シャニは「ふー……」と長く細い息を吐いた。親指と人差し指で眉間を揉み、首を振る。

「軍の仕事に、穴を開けるわけにはいかない」

「貴方の地位には明日にでも別の者が就きましょう。お気になさらず」

これならばと告げた言い分も、あっさりと突き返される。つまり、お前の替えなどいくらでもいる、ということだ。

「それは……」

言葉に詰まって、シャニはうつむいた。執務机の上に重ねた書類が、なんだか空々しく見える。自分で手に入れたと思っていた居場所は、結局のところ王に与えられたものに過ぎなかったのだ。

（それは、そんな……）

与えられた玩具を「もう十分に遊んだだろう」と取り上げられる子ども。それが自分なのだと理解して、シャニは握った拳を執務机に押し当てた。

書状も破れぬ、使いの者を言い負かすこともできぬ、この場から逃げ出すこともできぬ。

「栄誉なことですよ？　きっと、御母堂もお喜びになられることでしょう」

それは、釘を刺すような物言いだった。その言葉の意味に気づき、シャニはハッと顔を上げる。

「母上は……っ」

「王子がきちんと責務を果たされるのであれば、変わらず幸せな日々をお過ごしになられるかと」

しかしそうでなければ……、とわざとらしいほど悲しげな顔を作って、使いの者が言葉を途切れさせる。

「では、二日後に迎えの馬車を寄越しますので」

黙り込んでしまったシャニにそう言い置いて、使いの者たちは慇懃《いんぎん》無礼《ぶれい》な礼を取って部屋を出ていった。

「おう。なんの用だってんだよ、あのいけ好かねぇ中央の偉いさんは」

入れ替わるようにダグラスが入ってきたが、シャニはなにも答えられぬまま、窓の外に広がる海を眺めていた。

「お嬢ちゃん？」

今のシャニにできるのは、黙ってザノゥサの貢物となること、それだけだ。

「なぁ、どうしたってんだよ」

「どうもしない。……ダグラス、部下たちを頼んだ」

突然に降って湧いた絶望ではあるが、もうこうなったら避けようがない。泣こうが喚《わめ》こうが、王はシャニを捕えて鎖に繋いでもザノゥサへ差し出すだろう。

なにも守るべきものがなければ逃亡くらいはできたかもしれないが、シャニにも捨てられないものがいくつかある。

シャニは立ち上がって窓辺に顔を向けた。窓のすぐ外は海が広がっている。耳をすませば、みぁ、みぁ、と鳴くうみねこの声が聞こえた。

「はぁ？　頼んだって、どういうこった。お嬢ちゃん……、おい、シャニ少将？」

ダグラスが自身を呼ぶ声を遠くに聞きながら、シャニは胸の内に広がる失望と絶望を、ゆっくりと受け入れる準備をしていた。

荒れ狂う胸の内と裏腹に、ユーディスティの海は今日も穏やかで、明るく、そして美しかった。

＊

それからふた月、シャニは王宮の中で過ごすことになった。逃げ出さないように、部屋は外から鍵がかかり、見張りが立った。

貢物にふさわしいようにと、毎日風呂に入れられクリームを塗りたくられ、髪を梳かれ。海に出てがさがさに荒れていた肌はつるりと円くなり、ばさばさだった髪もしっとりと落ち着いた。

「まぁお美しい。ジャクリーン様によく似ていらっしゃいます」

侍女はシャニを褒めたたえるようにそう言ったが、シャニは微塵《みじん》も嬉しくなかった。

幼い頃こそ「母に似ている」と言われるのは嬉しかったが、年を重ねるにつれ、それが苦痛になっていった。どんなに母に似ようとも、母はシャニの面の皮一枚しか見ないし、他の者は「女のようだ」と侮《あなど》ってくる。顔がよくて得したことなど一度もない。

だからこそ髪は短く刈って、男らしく、勇ましくいようと思っていたのに。

その矜持《きょうじ》すら、粉々に砕かれた。

「ありがとう」

それでもシャニは礼を言う。シャニがうまく立ち回らないと、母の立場が悪くなるからだ。

そして、こんな時にまで母を気遣ってしまう自分を笑った。


(ザノゥサの……狼の貢物になれば、俺は死んでしまうだろうか)

寝台に寝転がりながら、シャニは思考に耽《ふけ》る。

ザノゥサが娘を求めているであろうことは、シャニもすでに承知している。そして、その言い回しを逆手に取って、男である自分が差し出されることも。

これまで、彼らが同じように王の娘を求めたことは何度かあったらしい。ユーディスティは感謝の意を込めて、王女を贈った。彼女たちがどうなったかはわからないが、それによってザノゥサは今日《こんにち》もユーディスティを守っている。

男を贈られたら、ザノゥサは怒るだろう。彼らが求めているのは、確実に娘だ。侮《あなど》られたと、虚《こ》仮《け》にされたと怒りを覚えるのではないか。

しかしきっと、王はそれでもいいと思っている。何百年もの間に、ザノゥサに対する敬意は失われつつあるからだ。王は、自分たちの力だけでユーディスティを守れると思っている。

（たしかにユーディスティの海軍は強い、……だが）

海軍に所属していたシャニは、その強さを肌で感じていた。海の上での戦い方であれば、ユーディスティの男たちは他のどの国よりも知っている。

（山はどうだ？　陸は、山は、雪は、俺たちの味方たりえない）

ユーディスティは陸地での戦闘に慣れていない。生まれてすぐに海の水で清められ、死んだ後は海に還ると言われるほど、海を身近にしている国だ。陸から攻め込まれた時、果たしてまともに戦えるのか。

王や彼に近い臣下は、ザノゥサがどれほど国を守っているか知れない、と言っていたが、知らないからと言って「まったく守っていない」とは言えないのではないだろうか。

（こんなことを思うのは、俺が嫁に行きたくないからか？）

嫁に行かなくてもいい言い訳をどうにか探すために、こんなことを考えているのだろうか。と、シャニはごろりと寝返りを打つ。

あと三日もすれば、シャニは他の貢物とともに山脈に向けて出立する。

どうなるのか未来はまったくわからないが、漠然とした不安が、絶えず胸の中に暗雲をもたらしていた。

二

城を発つ際の見送りは、実に乏しいものだった。

慣例に従い大臣が数人、正装した兵が整列して並んでいたが、それだけだ。

王や宰相は顔も見せず、他の王子も出席しなかった。もちろん、母であるジャクリーンの姿もない。

貢物である食料や資材を詰めた箱が数個、宝飾品等金目の物が入った宝箱が数個、そしてシャニ。

貢物はそれぞれ馬に乗せられて、のろのろと列を成して進み出した。

山脈までは、七日かかった。なにしろ、高い高い山を登らねばならないのだ。

王都から乗ってきた馬は雪に慣れていないので、途中の街で乗り換えた。

姫君であれば馬車を使ったり、他者の操る馬に乗せられたりしただろうが、シャニは王子だ。特に気を使われることもなく、自分一人で馬に跨《またが》っていくように指示された。ただし腰には紐を巻かれ、その先は護衛が握っている。四方を囲むように護衛が配置されて、逃げ出すことはかなわない。

（逃げたところで、行くあてなどないのに）

そんなに警戒しなくてもいいだろう、とは思ったが、彼らの態度も致し方ない。ザノゥサに対する貢物は、ひとつも欠くわけにはいかないのだ。

たとえそれが、求められた姫ではなく、必要とされない王子だったとしても。

＊

「あんた、海軍にいたな」

馬を休ませるため、そして雪や寒さに対する装備を整えるため、ザノゥサに向かう一向は山脈の麓《ふもと》にある里で足を止めた。

海生哺乳類の革をなめして作った靴や服は、水気を通さない。シャニが靴を履き替えて紐で縛っている時、ふいに後ろから声をかけられた。振り返ると、日に焼けた黒髪の男が笑みを浮かべて立っていた。笑みとは言ってもえらく獰猛《どうもう》で、柔らかさの欠片もない。

「あぁ、いた」

シャニは短く答えて、反対の足の靴を履き替える。男はシャニの白い脚を見下ろしながら、にやにやと笑った。

「俺もいた。まぁ、王子様のあんたと違って俺ぁ下っ端で、甲板の隅で豆粒くらいの顔を見ることしかなかったがな」

「そうか。悪いが、私は君を知らない」

ぎゅっ、と血流を遮《さえぎ》らない程度にきつく紐を縛る。男は軽く肩をすくめると、座っているシャニのほうへ身を屈めた。

「賢い王子はいつも取り巻きに囲まれていたもんな。男色嫌いの」

シャニは男の言葉になにも答えず、ふくらはぎから脛《すね》にかけてをぱんぱんと叩いた。

「そりゃあそんな美貌だ。荒くれどもの中にいちゃ、あっという間に尻の穴を掘られちまう。男同士のアレを嫌う男たちを味方につけたのは、実に賢い選択だ」

「……」

男の言うことはおおむね事実だ。

航海は長い。海の上にいる間、男たちは女を抱くことはかなわない。ので、男が女の代わりをすることも間々ある。同意のありなしは、その時々によるが。

シャニはその美貌から、男に言い寄られることが多かった。さすがに王子ということもあり、表立って迫られることはなかったが、深夜に複数人に囲まれたこともある。

腕はそれなりに立つほうだと自負《じふ》しているので、その時は男どもを残らず伸したが、いつでも退けられるとは限らない。

そこでシャニは「男に興味のない男」を味方につけた。ダグラスとの決闘もその一環だ。彼は幼いながらに「女好き」で有名だった。ダグラスはシャニを「強い男」として敬愛してくれたが、それが性欲に変わることは一度もなかった。

その他にも、できるだけ高潔で、逞《たくま》しく、味方が多く、男たちに慕われている将校の派閥に属するようにもしていた。彼や彼の仲間とともにいると、まったく……ということはないが、手を出そうとしてくる男は目に見えて減った。それは海軍で生きていくための、シャニなりの処世術であった。

「でもせっかく守ったその処女を、狼なんぞに散らされるとは……お気の毒様だな」

男の、あからさまに馬鹿にした言葉に、シャニは唇を引き結んだ。

なんと反論しようと、貢物であることに変わりはない。

「俺は、俺の務めを果たすだけだ」

それだけ言って立ち上がると、男が少しだけ目を大きくして、次いで細めた。

「本当は、自分のこと『俺』って言うわけだ。実に男らしいねぇ」

気持ちの揺れが一人称に出てしまった。シャニはなにも言わずに男を睨《にら》みつける。

「はっ、だがよかったな。……あんたは、尻を掘られる前に死ぬ」

突然、がらりと声の調子を変えて、男がシャニの目を見返す。たとえ身分は低いとはいえ、王子であるシャニに「死ぬ」などと言うなんて、死罪ものだ。

シャニは素早く周りに視線を送る。が、他の護衛たちは馬の世話に行っているらしく、誰も見当たらない。どうやら目の前の男がシャニの見張り役らしい。

「なぜ、俺が死ぬ」

「そりゃあ、ザノゥサを侮《あなど》ったからだ。あんたじゃなくて、あんたの父親がね。その代償に、きっとあんたは殺される」

ザノゥサ、という言葉にシャニは目を細める。男は淡々と言葉を続けた。

「ザノゥサはただの狼じゃない。賢く、強く、そして誇り高い。自分たちが侮《あなど》られたことを、決して許しはしない」

男はひと言ひと言区切るようにそう言って、薄ら笑いを引っ込めた。

「あんたがどんなに美しかろうと、男は男だ。ザノゥサが求めたのは嫁。子を孕《はら》める女だ。約束を違《たが》えたユーディスティを、ザノゥサは許さない。ユーディスティの守護はなくなり、数年後には地図から消えている」

シャニは視線を逸らせず、男を見つめるしかなかった。

嘘偽りを言っているようには見えないし、シャニを馬鹿にしようという意思も、もう感じられない。彼は本気で、ザノゥサを恐れている。

「君は、ザノゥサを知っているのか？」

シャニは改めて男を見る。上から下まで護衛の服を着た彼に、目立った特徴はない。

「俺はここからもっと北に登った里の出だ。ザノゥサのことなら青鷺城で波の音を聞いてるだけの連中よりよく知ってるぜ」

「ここより北……、デレクの里だな。名は？」

頭の中で地図を広げて里の名前を告げると、男は感心したように短い口笛を吹いた。しかし一瞬の後には薄ら笑いを取り戻す。

「イーサン。イーサン・ナッシュだ」

「なるほど、デレクの出だから護衛に選ばれたんだな」

「あぁ。数年に一度、貢物を捧げる時にだけ駆り出されるんだ。海の男たちは山の歩き方を知らないからな」

肩をすくめるイーサンに、シャニは「だろうな」と内心で同意する。実際シャニは、雪山を歩くのに靴を替えることすら知らなかった。

おそらくこうやってザノゥサへの貢物を贈る際だけ、山間部出身の者が護衛兼道案内として選ばれるのであろう。

「イーサン・ナッシュ、君の忠告はしかと胸に刻んだ」

頭の中に、雪山に立つ狼の群れを思い描く。

イーサンの話が本当であれば、彼らは間違いなく山脈で他国の侵攻を阻《はば》んでいた。

「忠告というか、事実だ。多分山に近い俺の里が一番に他国の奴らに略奪され、燃やされるだろうからな。ま、恨み言だ」

なるほど、とシャニは頷《うなず》く。

イーサンは姫を送ってほしかったのだ。ザノゥサの力を信じる彼だからこそ。そしておそらく、シャニを恨んでいる。「自分ではなく姫を送ったほうがいい」と強く抵抗しなかったシャニを。

「逃げろよ」

「なに？」

「あんたがここで逃げ出せば、王は姫を贈るかもしれない」

イーサンは真剣な目をしていた。その奥には、怯えと懇願《こんがん》が見え隠れしている。シャニは瞬きもせずに彼のその目を見つめ返してから、ふ、と顔を逸らした。

「それはない」

シャニははっきりと首を振った。すでにザノゥサを侮《あなど》った王が、彼らに姫を渡すことは絶対にない。それだけは断言できた。たとえここで王都に取って返して「ザノゥサへの礼を欠いてはならない」「彼らが山脈を通る他国の兵を見過ごせば、ユーディスティは背中から討たれる」と進言したところで、鼻で笑われるだけだろう。

シャニの答えを聞いたイーサンは、舌打ちをして地面を蹴った。

彼もまた、故郷を、そしてユーディスティを守りたいと思っているのだ。シャニはちらりと彼に視線をやってから、真っ直ぐに前を見た。

「しかし、君の言うことはわかった」

ザノゥサが約束を反故《ほご》にして山脈を通る他国の軍を見逃したら、ユーディスティはあっという間に乗っ取られてしまう。

シャニの脳裏に、青鷺城の、小さな一室に住まう女性の顔が浮かぶ。いつだって夢見るように窓辺に佇《たたず》み、ただただ自分を幸せにしてくれる男の訪れを待つ美しい女……ジャクリーン。

彼女から愛を得ることはできなかったが、シャニのほうは報われない愛をずっと抱いている。もはや、呪いのようなものかもしれない。

彼女にだけは、いつでも夢を見ていてほしい。柔らかなドレスに身を包み、いい匂いをさせ、ふわふわと微笑んで。

イーサンと同じように、シャニにも守りたいものがある。

「ザノゥサにふさわしい嫁であればいいんだろう」

シャニは真っ直ぐに前を向いた。

視線の先には、白い雪に覆われた山々が、神々の椅子のように聳《そび》え立っている。

「私が」

ザノゥサが嫁を求めたのなら、「そう」あればいい。彼らの求めるものになろう。

男であることはくつがえせないが、男でも嫁にはなれるかもしれない。

「正気か」と鼻で笑うイーサンの声を背中に受けながら、シャニはたしかな足取りで前に歩き出した。

*

当たり前だが、山を登れば登るほど雪は深くなり、そして気温は下がっていく。

幸いにして天候には恵まれたため、馬は進められた。最北の里デレク出身のイーサンの先導のもと、シャニたちは頼りない足つきでどうにか「約束の丘」へ向かった。

「約束の丘」とは、ユーディスティの初代国王と当時のザノゥサの長が約束を交わした場所だ。ここで、ザノゥサは山を越えて迫りくる脅威《きょうい》の排除を、そしてユーディスティはその行いにふさわしい報酬を、それぞれ与えんと誓い合った。

「はぁ」

白い煙のような息を吐いて、シャニは雪原の中の、その大きな窪《くぼ》みのような場所を眺めた。

「ここでいいのか？」

リーダー格の護衛が、手綱《たづな》を引いて馬を止めたイーサンに声をかける。

「あぁ、ここが『約束の丘』だ」

「しかし、狼どもはいないようだが……」

きょろ、とあたりを窺《うかが》うように首を巡らせた護衛を、イーサンが鼻で笑った。

「もうずっといるさ。山に入った瞬間から、俺たちはずっと見張られている」

「は？」

ぽかんと間抜けな顔をする護衛と同じように、シャニもまた内心で驚く。そして、忙しく周囲へ視線をやった。

と、その時。

窪《くぼ》んだ大地のその上、ぐるりと囲む切り立った雪原の縁の向こうから、ヌッ……と音もなく「なにか」が現れた。

「ひっ！」

馬が怯えたようにいななき、各々それをなだめる。シャニも「どう、どう」と馬の顔を撫でながら、視線だけは上に向ける。

（狼だ）

は、は、と白い呼気が短く途切れないことで、シャニは自分の息が上がっていることに気がついた。

窪《くぼ》んだ土地をぐるりと囲むように、何頭もの狼がその姿を現した。色は、灰色や黒が多いだろうか……皆それぞれ、シャニたち一行を見下ろしている。間抜けに顎《あご》を上げたまま、右へ、そして左へ視線を走らせる。こんなにも多くの狼を一度に見たのは初めてだった。ずらりと並んだ獣の姿は壮観であり、また、どうしようもない恐れを抱かせる。

（長は……、彼か？）

その中でも、ひときわ目立つ狼がいた。白銀の毛に、淡い金色の毛が混じっている。光の具合か、艶々《つやつや》と発光しているようにすら見えるその毛並みを、目を細めて見やる。向かって右手には黒い毛の、左手には淡い灰色の毛の狼が控えており、堂々たる風格でシャニたちを見下ろしていた。

「我が友ザノゥサの狼たちよ」

護衛の先頭に立つ男が、馬から降りて狼たちを見上げる。蓄《たくわ》えた髭《ひげ》には氷の粒が見える。はぁ、と白い息を立ち上らせながら、男は続けた。

「我らはユーディスティの使者である。約束の品の献上に参った」

男の合図で、馬に引かせていた荷物が次々に雪原へ下ろされる。そして、シャニも腰の紐を引かれた。シャニは馬を降りて、荷物の横に立つ。ユーディスティの男たちはちらちらと互いに視線を合わせながら、シャニから離れていった。

男たちが距離を取ったのを確認してから、狼がザザザ……と雪を跳ねさせながら下りてきた。

シャニはなにも言わず、その場に立ちすくむ。ここに来る直前、頭に布を被された。ちらりと覗く顔だけなら、ほんの一瞬なら男女の区別がつかないかもしれない。なにしろシャニはジャクリーン譲りの美貌だ。しかしそんなもの、その場しのぎにすぎない。シャニの体はどう見ても男のそれだ。

（しかし狼に、人間の雄雌が見た目でわかるのか？）

疑問に思いながら、シャニはそれでもできる限り胸を張った。今さら自身が男である事実は変えられない。

（もし拒否されたとしても、どうにか縋《すが》るしかない。幸いにして人間の言葉はわかるようだから……）

——ドッ。

思考の途中で、体に重みを感じた。

次の瞬間、目に入ったのは灰色の空であった。重そうな雲が垂れ下がり、隙間からかろうじて青い空が覗いている。しかしそれも、すぐに遮《さえぎ》られた。牙を剥き出しにした、狼の顔で。

「グゥゥウウ」

「は……っ」

地を揺らすような低い唸り声が、シャニの耳朶《じだ》の毛をゾワッと総毛立たせる。空気に保有できなくて細かな水滴となった白い息が、狼の毛を撫でるように立ち上っていた。

シャニは音もなく飛び掛かってきた狼に、押し倒されていた。

「はっ、……はっ！」

声が出ない。漏れるのは情けなく震える息だけだ。金眼が射抜くようにシャニを見ている。シャニを押し倒しているのは、長の横に控えていた灰色の狼のうちの一頭だった。威嚇《いかく》するように何度も低く唸っては、時折弾けるように「ウォウッ」と鳴く。シャニは目を逸らすこともできず、自身の上で陣取る狼の顔を見つめていた。

「うわぁあっ！」

「ギャアッ！」

男たちの悲鳴、そして馬のいななきが聞こえて、体を押さえつけられたまま、視線だけでそちらを見る。狼のうちの一頭が、シャニの乗っていた馬の喉元に飛び掛かっていた。

馬は高く前脚を上げ、あっという間に地面に倒れ伏す。それを見た男たちは自身の馬に乗ったまま手綱《たづな》を引くが、みるみるうちに狼に囲まれて、悲鳴を上げていた。連鎖するように次々と居並んだ狼が咆哮《ほうこう》し、怯えた馬が暴れるように走り回る。一瞬だけ、イーサンの横顔が見えたような気がしたが、馬や狼の足で巻き上げられた雪に阻《はば》まれ、それも見えなくなった。

男や馬たちは狼に追い立てられ、転がるように雪山の斜面を下りていく。狼たちは本気で食い殺す気はないのだろう。ただ威嚇《いかく》するように何頭かが並走して吠えているのが遠くに見えた。

「グガウッ！」

注意を逸らしたことを咎《とが》めるように、頭に被せられた布を牙で噛まれて引き剥がされる。狼が強く振ったせいで、頭がぐらぐら揺れて咄嗟《とっさ》に焦点が定まらない。冷たい風に布がはためき、端から飛んでいく。

「ぐっ……」

呻《うめ》きながら顔を上げる。白い世界の中、何頭もの狼がシャニを見下ろしているのが見えた。視界の端に、首から血を流す馬を映しながら、シャニは目の前の狼を見る。

自分を押さえつける狼ではなく、その先にいる、白銀の狼を。

彼はジッとシャニを見ていた。

ザノゥサの反応を見るに、シャニが男ということはあっさりと露見してしまったのだろう。そしてそれは、狼たちを大いに怒らせた。シャニの乗ってきた馬は殺され、貢物を持ってきた男たちは追いやられた。殺しはしていないと思うが、どうなったかシャニにはわからない。

「ザノゥサの、長」

銀白に金の毛を持つ狼。おそらく彼がこの群れの長であり、そして、シャニを娶《めと》るはずの長だ。

押さえる布のなくなったシャニの亜麻色の髪が、風に巻き上げられる。目の前の狼は、噛み殺さんとばかりにシャニの首筋の付近に口を持ってきている。彼が低く唸る音が、喉のあたりから伝わってきそうな、そんな距離だ。

しかしシャニは、たなびく髪の隙間から真っ直ぐに長だけを見つめていた。

「我が君、我が海照らす灯よ」

荒い息の合間、シャニは寒さに震える声で長に向かって「我が海照らす灯」と呼びかけた。

海照らす灯、とは海の国ユーディスティにおいて「なにより大事なもの」という意味を持ち、転じて夫や妻を指す言葉となった。暗い海を行く船において、一筋の灯りはなにものにも代えがたい救いだからだ。

つまり、自身は長の夫であり妻である、とシャニは主張したのだ。人間の言葉を理解するザノゥサには、きっと意味が伝わるだろうと希望を込めて。

長はぴくりと耳を跳ねさせただけで、なにも言わなかった。シャニに覆いかぶさる灰色の狼が「ふざけたことをっ」とでも言うようにさらに唸り声を低くして、シャニと鼻先を突き合わせた。湿ったその感触に、シャニは眉をひそめる。

緊迫した空気の中、長がひと声鳴いた。低く、しかしよく通るその声を聞き、狼たちが耳を立てる。そして、シャニの上から灰色の狼が退いた。

ほ、と息を吐いて、シャニは用心しながら身を起こした。右を見れば、鮮血を流しながら倒れた馬がいる。自身もそうなるかもしれなかったことに気づき、ゾッとしながら長に視線を移した。

（貢物として、認められた……のか？）

押さえつけられたことで乱れた防寒具を整えながらも、シャニは長から目を離さない。注意深く、その行動を見守った。

長は顎《あご》をしゃくるようにして指示を出し、従順な狼たちはユーディスティからの貢物の紐を咥《くわ》えて荷を運ぶ。仕留められた馬もまた、呆気なく引かれていった。雪の上に残る血の跡すら、狼たちは後脚で消していく。

（なにを）

一瞬、ほんの一瞬だけ長と視線が交錯したような気がしたが……それだけだった。長はあっという間に身を翻《ひるがえ》し、同じく狼たちもそれぞれの役割を果たしながら小高い山の向こうに消えていく。

はっ、と我に返った時にはすでに遅かった。

「待て……」

よろめきながら立ち上がるも、狼たちはそんな呼びかけなど聞こえないかのように駆けていく。

一番近くにいた灰色の狼は、シャニに向かって後脚で雪を蹴りつけてきた。

「うっ！」

思わず両手を顔の前で腕を交差させる。次に目を開けた時には、視界から灰色の狼すら消え失せていた。

「……待ってくれ！」

残されたのは、シャニと……宝箱たったひとつだった。まるで「必要ない」とばかりに打ち捨てられて、シャニは二、三歩前に進んで、足を雪に取られてその場で転んだ。海の上では、どんなに船が揺れようと無様に転ぶことはなかった。しかし、雪は別だ。歩くことすらままならない。

「はっ、は、……はぁ」

腕を雪の中に置いたまま顔を上げる。

右を見ても、左を見ても、あたり一面雪に覆われている。狼も見当たらないし、それより前に逃げた護衛たちの姿もない。もしかしたら、斜面を転がり続ければ麓《ふもと》に着けるかもしれない。

シャニは山を見上げ、斜面の下を見下ろして、そしてもう一度、狼たちが消えていった方向を見やった。

（駄目だ）

シャニはのろのろと立ち上がって、溜め息をつく。山を下りられる可能性があろうとも、ここで逃げ帰るわけにはいかない。

逃げたらその時点で、シャニは貢物ではなくなってしまう。すでにかなりザノゥサを怒らせているようだが、シャニはまだ生きている。生きていれば、なにかしら挽回できる機会が巡ってくるはずだ。

（生きてさえ、いれば）

先ほど馬の血の跡を消していた行動から見るに、ザノゥサは用心深い。たとえシャニを「このままここでのたれ死ねばいい」と見捨てたとしても、死体をそのままにはするまい。きっと数日後には死んだことの確認、そして死体の処理に現れるはずだ。

「はぁ」

見渡す限りなにもない雪原だが、狼たちが生きていけるだけの食糧はある。この山のどこかに生き物はいるのだ。

シャニは空を見上げて太陽の向きを確認する。まずは日が傾く前に、吹きさらしでない、身を置ける場所を確保すべきだ。

シャニはしばし空を見上げ、込み上げてくるものをすべてのみ込んでから、ゆっくりと歩き出した。

三

雪山に捨て置かれてしまったが、運がよかったことがみっつある。

まずひとつ目は、「約束の丘」からほど近い場所に洞穴を見つけたことだ。

かなり奥まった造りになっているそこは、雪を凌《しの》ぐことができた。もしかするとそこは先人たちが掘った人工的な洞穴かもしれない……とシャニは考えた。天然のものにしては奥に行くほどやけに天井が高くなっていたからだ。まったく、というわけではないが、寒さを凌《しの》ぎやすく火も焚きやすい。人がいた痕跡は見つけられなかったが、とにかくシャニはそこに自身と、そしてひと箱だけ残された貢物の箱を担ぎ込んだ。

ふたつ目の幸運は、その箱だ。

中には金銀で宝飾された武器が入っていた。もちろん実用品ではなく飾り武器でしかない……が、使えないことはない。シャニはその中にあった斧で生木の枝を折って焚き木にした。雪で濡れた枝は火がつかないが、生木は別だ。特に油分を多く含む種類の木であれば濡れていても燃える。

洞穴の中は人間が三、四人入れそうなほどの広さがあった。火を焚き、入り口に布を垂らしてはみたが、寒さがすべて防げるわけではない。

防寒具の中に着込んだ服まで湿っていると、火がなければひと晩と経たずに凍りついて凍死してしまう。シャニは濡れた服をできるだけ優先して乾かし、また、拾ってきた枝葉も乾燥させるように努めた。飲み水は雪を煮沸《しゃふつ》すればいくらでもできる。とりあえず、暫《しば》し命を繋ぐだけの準備は整えた。

(海の上でも、水はなにより大事だったな)

あれだけ水に囲まれた海の上でも、飲み水がなければ生きていけない。飲み水の確保は航海において最も重要な事柄のひとつであった。

金の皿の上でふつふつと沸き出した湯を見つめながら、シャニは海での出来事を思い出す。しかし今はもう、そのなにもかもが遠い。

心に浮かんだ虚しさを打ち消すように、シャニは手元の弓矢に意識を向けた。この弓矢が、今のシャニの生命線なのだから。

(あと少し削っておくか)

みっつ目の幸運は、箱の底に金色の弓と数本の矢が入っていたことだ。

シャニは弓の名手であった。船における戦闘でも、その腕で何度も危地を逃れてきた。

「ふっ」

鏃《やじり》に溜まった削りかすを息で払い、細く鋭く整えていく。細くとも、獲物の心臓を貫く自信があった。何度も何度もナイフで鏃《やじり》を磨くように削る。

（まさかこんなところで弓の腕が役立つとはな）

シャニが弓矢を初めて手にしたのは、七歳の時だった。

王の息子たちで弓の腕を競い合う小さな遠的大会に参加することを許されるのが、その歳だったからだ。

その頃には、シャニは自身の立場というものをよく理解していた。なにしろ黙っていても周りが教えてくれるからだ。特に正妃の息子たちは「顔だけで選ばれた頭が足りない女の子ども」「身分もない恥知らずの子ども」「お前なんて畜生と同じだ」と、からかうようにシャニを馬鹿にした。

子どもというのは、身近な大人の言っていることを真似する。誰が彼らの前でそれを言っていたのか、今ならばわかる……が、当時はただ悔しくて、苦しくて、「どうして自分ばかりがこうも責められるのか」とただただ悲しくて仕方なかった。

だからこそ、シャニは兄弟での大会に全力を注いで臨んだ。馬鹿にされた王子である自分が優勝をかっさらい、ひと泡吹かせてやろう……と、そう考えたのだ。

最初は弓を前に飛ばすこともできなかったが、それでも諦めなかった。誰も教えてなんてくれないので、たった一人で黙々と練習に励《はげ》んだ。豆ができて潰れて、手や指が血だらけになっても。それでもシャニは弓の練習をやめなかった。

自身が勝った時の、兄弟の驚き悔しがる顔が見たくて。そして喜ぶ母の顔を見たくて。

結果、シャニは最年少ながら優勝した。兄弟の中で誰よりも遠くの的を正確に射ることができたのだ。

しかし待っていたのは、兄弟の「ズルだ！　お前が勝てるはずがない！　弓に細工でもしたんだろう！」という罵倒《ばとう》と、父の興醒めしたような顔。そして一番見てほしかった母は「私、こういう野蛮な催しに興味ないのよね」とすでに席を立っていて、笑顔どころか顔を見ることすらかなわなかった。

　シャニは誰に褒められることもないまま、むしろ「優勝をもぎ取るためにズルを謀《はか》った」として優勝の証である盾も取り上げられた。

　翌年、シャニは与えられた他の兄弟より粗雑《そざつ》な弓で、それでもまた優勝を果たした。それ以降、ユーディスティ王家の王子たちによる遠的大会は中止となった。その理由は「どうしても『ズル』をやめない者がいたから」だ。

　結局、優勝の証がシャニの手に入ることはなかったし、兄弟に「凄い」と言われることも、父に「よくやった」と認められることも、母に「頑張ったわね」と褒められることもなかった。残ったのは、毎日の練習で培《つちか》った弓の技術だけだ。

　大会がなくなっても、シャニは弓の練習を続けた。身につけたその技術だけは自分の期待を裏切らないと知ったからだ。

　そうしてシャニはいつしか「ユーディスティ海軍一の弓の名手」と言われるまでになった。数々の大会で賞を獲り、武功を立てて、賞賛されて……

（けれど、俺が本当に欲しかったのは）

　ぱち、と木が爆《は》ぜる音を聞いて、シャニは自分の手が止まっていたことに気づく。せっかく二カ月かけて綺麗に仕上げられた指先だったが、すっかり汚れて擦り傷だらけになってしまった。まぁザノゥサの狼が、今さらこの指先を気にかけることはないと思うが。

シャニは汚れた手を開いて、じっとそこを見下ろす。シャニが欲しいものはいつだってその手に掴むことはできず、すり抜けて落ちていく。

シャニが欲しかったのはあの時取り上げられた小さな盾と、母の笑顔だ。だがそれは、もう一生手に入らない。

（……ならば）

望むものが手に入らないのであれば、せめて手の中にあるものを離さないようにしなければならない。

望んだわけではないが、シャニはザノゥサへの貢物となった。案の定、彼らの怒りに触れてしまったようだが、あぁ無念、とただ諦めて死を待つだけの存在にはなれない。

（きっとまた、彼らと接触する機会はあるはずだ）

一人雪山に捨て置かれても、シャニは諦めない。みっともなくとも、情けなくとも、自分の役目を果たさねばならぬ。

（生きていれば、道は開ける）

胸の中の夜空に一等輝く星のように、母の美しい顔を思い浮かべる。それだけでわずかながら体が温まるような心地がした。

結局、母しか寄る辺のない自分が悲しくもあったが、実際シャニにはそれしかないのだ。ただ、それしか……

＊

石壁につけた四本の縦線と一本の横線を引いて日数を数えていく。

雪は降ったりやんだり、時に吹雪《ふぶ》いたりを繰り返していた。しかしたとえ晴れ間が覗こうと、雪が溶けきることは決してない。

シャニは兎や鹿を狩って、どうにか生き延びていた。慣れぬ雪の上での行射であったが、ふんばりどころを間違えなければ問題はなかった。寒さで手が悴《かじか》むのだけはいただけなかったが。

外に出るのは狩りと焚き木の材料集めの時だけにして、後は体力を消耗しないように気をつけた。雪がひどくなって洞穴に籠《こも》ることになったら、それらの確保もままならない。ただ黙々と、命を繋ぐためのものだけを集め続けた。

幸いにして、山を少し下ったところに川が流れており、獣たちがそこを水飲み場としているようだった。おかげで狩りはうまくいったが、何度も繰り返すと彼らも警戒する。あまり狩場を絞りすぎないように、そして無闇に殺さないように気をつけながら、シャニは淡々と日々を過ごした。

それは、シャニが雪山に捨て置かれてから十日経った日のことだった。

その日もまた、シャニはいつも通り必要最低限の行動を雪山でこなしてから、日が高いうちに洞穴に戻り、雪を掘って手に入れた野草や木の実を処理していた。肉を食うだけでは、人間は生きていけないからだ。

処理を終えて沸かした湯に浸した布で汚れた体を拭って、草木を敷いた寝床に身を横たえたその時……、洞穴の入り口のほうから冷気を感じた。

なにかが、入り口にかけた布を揺らしたのだ。

咄嗟《とっさ》に絶えず身につけているナイフを構えて起き上がった……が、やがてそれを体の脇に下ろした。

ひたひたと静かな足音を立てて現れたのが、二頭の狼だったからだ。

(ザノゥサの、……長!)

二頭のうちの一頭は、ザノゥサの長だった。十日前に見た時と同じ、白銀の豊かな毛を靡《なび》かせてシャニを見つめている。その後ろには、黒々とした毛を持つ狼がいた。長に負けず劣らずの巨体を見るに、おそらくは雄だろう。

じ、と長の金色の瞳を見つめると、なぜか彼はふいと目を逸らした。どこか気まずげにも見えるその仕草を不思議に思ったが、シャニはそれを問える立場にない。

シャニはためらうことなくその場に片膝をつき、頭を垂れた。

「久しくございます、我が君」

そう呼びかけると、目を逸らしていた長がバッと顔をシャニに向けた。グゥウと威嚇《いかく》するような唸り声も聞こえたが、あえて無視をする。

賢い彼らが再び「約束の丘」を訪れるだろうとは予想していたが、その時どうするか。

雪山の中、一人散々考えた結論として「嫁いできたユーディスティの王子として振る舞うしかない」という答えしか導き出せなかった。

謝罪すれば、ユーディスティ王家がザノゥサをみくびり正当な貢物でないものを献上した、と認めることになる。そうならないためには「自分はあくまでもザノゥサに嫁ぐためにここに来た」という態度を崩してはならない。姫の身代わりなどではなく、自分こそがザノゥサの嫁なのだと。

厚顔で恥知らずな行為であるとはわかっていたが、シャニがユーディスティを守るにはそれしかない。

「いやはや、まさか本当に生きているとは。この目で見てもにわかに信じがたいですね」

不意に、場にそぐわぬ感心したような声が聞こえてきて、シャニは顔を上げた。が、やはりそこには狼がいるばかりで、人語を話す人間の姿は見えない。

（……誰だ？　どこから？）

眼球だけを素早く動かして洞穴内を探るが、人が隠れている気配もない。

「おや。驚かせてすみません、嫁御殿」

再び声が聞こえてきて、シャニは今度こそ立ち上がり腰を落としてあたりを見やる。

シャニが明らかにあたりを警戒しても、狼たちは微動だにしない。彼らはどうして、どこからか聞こえてくる謎の声を警戒しないのだろうか。もしくは、声の主は彼らの仲間とでもいうのだろうか。

「からかってやるな」

「いやぁ、反応が新鮮で」

もうひとつ声が加わり、警戒心がいやがうえにも増していく。

「誰だ。どこにいる」

シャニは視線だけを狼たちに向けたまま、虚空に問いかけた。

……と、ゆらりと視界がくらんだ。

いや、くらんだのではなく、実際に揺れたのだ。なにがというと、ザノゥサの……狼の彼らが。

目の前でゆらゆらと蜃気楼《しんきろう》のように揺れている。

（え？）

そして揺れたと思ったその瞬間。目の前にいた狼たちは忽然《こつぜん》と消えてしまった。

狭くも広くもない洞穴の中。

白銀と漆黒の色を持った偉丈夫たちが、消えた狼の代わりのようにそこに立っていた。

「は、……え？」

さすがに意味がわからず、脇に下ろしていたナイフを体の前に構えながら数歩じりじりと退がる。

前面を塞《ふさ》ぐようにして居並ぶ彼らを倒すことは難しいが、どうにかすり抜けて外に逃げられないかと視線を忙しなく動かす。

「この姿では初めてお目に掛かります」

「この、姿？」

艶《つや》やかな漆黒の髪を持つ男が、にこりと微笑む。

そちらの男は表情が柔らかく、やたら穏やかな視線をシャニに向けてくる。すとんと真っ直ぐな髪を太い三つ編みで結って、背中に流している。柔和に見えるのは、笑むように細められた糸目のせいもあるかもしれない。

対照的にむっつりとした表情を浮かべているのは、隣に並ぶ白銀の髪を持つ男だ。羽織っている毛皮も髪と同色のため、彼自身が発光していると見間違うほどに眩《まばゆ》い。きつく吊り上がった眉は太く、雄らしさが窺《うかが》える。しかし顔の造りは意外なほどに繊細《せんさい》で、切れ長の目や高い鼻梁、そして薄い唇はどこか氷の彫刻のように見えた。あまり人の美醜《びしゅう》をどうこう思うことのないシャニの目から見ても、彼が男らしく、魅力的な相貌をしていることはわかった。

白銀の男はシャニのほうを見ようともしない、が、その意識が向けられていることはわかった。おそらく、逃げ出そうとしたらすぐに捕まえられるだろう。隙がなさすぎるのだ。

（こんな男、初めて見た）

海軍兵という仕事柄、屈強な男たちならいくらでも見てきた。しかし、こんなにも全身から威圧感を迸《ほとばし》らせる男を見るのは初めてだ。無条件に膝をつきたくなるというか、少しでも気を抜くと首元を食いちぎられるのではないか、という恐怖すら湧いてくる。

……と、そこでシャニは「食いちぎられる」という自身の思考に違和感を覚えた。そして、驚き見開いていた目をさらに丸くしたまま、心の中に浮かんだ言葉をぽつりと漏らす。

「我が君……？」

口にした途端「自分はなにを馬鹿なことを」と思ったが、訂正する前に、漆黒の髪の男が「おや」と声を上げた。

「ほら、やはりおわかりになりましたよ。ね？」

どこか嬉しそうに隣の男に声をかけるが、白銀の男は冷たい表情を浮かべたまま、腕を組んだ。

「おっしゃる通り、こちらザノゥサの長グリトニィル様です。皆からは親しみを込めてニィル様と呼ばれております」

黒髪の男に紹介されたグリトニィルはしかし、腕を組んだまま、なにも言葉を発しない。どころか、中途半端な体勢でナイフを構えるシャニを睨《にら》むように見下ろすばかりだ。

「長？　ニィル様……？　いや、申し訳ないが、その、理解が……追いつかない。つまり、どういう……」

シャニはがんがんと痛みはじめた頭を押さえたくなったが、生憎《あいにく》とナイフで手が塞《ふさ》がっていてそれはかなわない。黒髪の男は戸惑うシャニに向かって、にこりと柔らかな笑みを浮かべる。

「私たちは、あなた方が言うところのザノゥサの民です」

歌うようにそう言った男は、豊かな黒髪をさらりと流すように首を傾ける。

「ザノゥサとは、狼であり人間である者。我らは人狼。人の姿と狼の姿をそれぞれ持つのです」

男の声は洞穴の中に不思議な余韻《よいん》を持って響き渡る。

「普段は人間の前でみだりに姿を変えたりはしないのですが、ニィル様の嫁御殿であるあなたにはお伝えしておかなければと。ね？　ニィル様」

黒髪の男は、無言のままの白銀の男を見やる。が、彼はやはり頑として微動だにせず、シャニを睨《にら》みつけていた。

「は？」

シャニは偽らざる気持ちのまま吐息のような言葉を漏らし、グリトニィルと黒髪の男を交互に見やって、そしてもう一度「はぁ？」と繰り返した。

四

「もとより、慣習とは異なる嫁御殿が参られることは、おばば様の占により把握済みでございました。まぁ男を嫁として差し出すとは、さすがに予想の範囲外でございましたが」

ふはは、と口元を隠しながら笑う黒髪の男（名はデイヌィというらしい）の目はどこか皮肉げに細められており、雰囲気通りの柔らかな人物ではないことが窺《うかが》えた。が、たとえ腹になにを抱えていようと、それをあからさまにぶつけてくるような性質ではないらしい。

聞きたいことは色々あったが、シャニは黙ってデイヌィの後について歩いた。

黙々と歩きながら、わざとらしくない程度に「里」を見渡すように首を巡らせる。

里には何軒もの家が連なっていた。石造りの建物が中心のユーディスティとは違い、木材を主とした家が多い。雪が積もって潰れないようにという配慮か、高さはそれほどなくどっしりとしており、雪を落としやすいようにか屋根には傾斜《けいしゃ》がある。

全体的にどんよりと重々しく見えるのは、常に曇《くも》ったような天気のせいか、それとも緊張に震える気持ちのせいか。シャニは前を歩く男に気づかれないよう「は」と小さく溜め息をついた。

デイヌィから衝撃的な事実を聞かされてすぐ、シャニは彼と、そしてグリトニィルにいざなわれ、彼らの里へ連れてこられた。

狼が人に変身するところを目の前で見せられたのは、今までの人生観がくつがえりそうなほどの大事件であったが、当の本人であるグリトニィルたちがけろりとしているので深く問うこともできず。彼らは洞穴の外に出るとひらりと狼姿になり、シャニに向かって「ついてこい」というように顎《あご》をしゃくって見せた。そして、雪山をひたすらに歩き続け、木々の間を抜け、拓《ひら》けた場所にひっそりと……だが、しっかりと地に根付いている「里」に辿り着いた。

里には、当たり前のように人がいた。いや、正確には人だけでなく、狼もいた。人と狼は連れ立って里の中を闊歩《かっぽ》しており、シャニは目を見張った。おそらくだが、ザノゥサの民は皆、グリトニィルらと同じように、狼と人、両方の姿を取ることができるのだろう。

(それは、なんて……)

思わずゾッとしながら里人を見やる、と、彼らもまた、異質な存在であるシャニを興味深そうにじろじろと見ていた。ある者は眉をひそめて、またある者はこそこそと隣の者に耳打ちしながら。なんというか、あまり歓迎はされていないことは肌で感じ取れた。

里人を観察しているうちに、彼らの髪色や毛の色が灰色や黒といった寒色が多いことに気がついた。デイヌィもまた黒色だ……が、グリトニィルだけは煌《きら》めくような金混じりの白銀色をしている。

（長だから、なのか？）

その理由はもちろん、ザノゥサの真実を知ったばかりのシャニにわかるはずもなく、また、安易に問うこともできない。

とにかく寒い里の中を、雪を踏み締めながら歩き続け、シャニは里の一番奥まった場所にある建物へ案内された。途中、グリトニィルがなにも言わないままにどこかへ行ってしまったので、そこにはデイヌィと二人で訪れることとなった。

「色々と思われることはあるでしょうが、まずはおばば様のところにご案内します」

建物に足を踏み入れたデイヌィは、肩にのった雪をぱんぱんと手で払いながらシャニに声をかけてくる。

「おばば、様とは？」

シャニもまた雪を払いながら、思ったことをそのまま問うた。

そもそも。シャニはザノゥサを謀《たばか》った者として雪原に捨て置かれたと思っていたのだが、デイヌィにシャニを責める様子はない。どころか、多少棘《とげ》があるとはいえシャニを「嫁御殿」と呼び、ザノゥサへの貢物として認めている節もある。

「おばば様は、ザノゥサの卜者《ぼくしゃ》です。里に起こることは彼女が占いにより見通してくれます」

「占い……？」

シャニは思わず眉根を寄せた。ユーディスティの王宮にも占い師はいたが、シャニは彼らの占いを「凄い」と思ったことなど一度もない。なにしろ彼らは、占いを求める者にとって都合のいいことしか言わないからだ。たとえばシャニの父である王には「王が統治されている間、この国は安《あん》泰《たい》間違いありません」と言ってみせ、それでたんまりと報酬をもらっている。ようは、体《てい》のいいおべっか言いでしかない。

しかしデイヌィ曰く、その「おばば様」が、すでにシャニの訪れを占いで予見していたというのだ。本来であれば王の娘が嫁いでくるのが当然だが、今回はそれに当たらないだろう、と。

本当だろうか、と訝《いぶか》しむような気持ちで前を歩くデイヌィの背を見ていると、彼はまるでシャニの気持ちを察したように「疑う気持ちもあるかと思いますが、まずはおばば様と話をされたほうが嫁御殿にもよかろうと思います」とけろりとした様子で勧めてくれた。

案内されたのは、薄暗い部屋だった。

里の奥にある建物の……さらに奥にある部屋。窓がないその部屋の明かりは、壁際に灯された蝋《ろう》燭《そく》だけで。その灯りが届かない部屋の隅などは妙に寒々しく、なんとなく部屋全体におどろおどろしい雰囲気が漂っている。

部屋の中には、一頭の狼が横たわっていた。「おばば様」というからにはてっきり老婆がいるかと思っていたので、対面した瞬間少し怯《ひる》んでしまった。が、シャニはすかさず片膝を床につけて頭を下げた。おそらく、この狼はザノゥサの権力者だ。

「ユーディスティの子」

声がした。しゃがれた声は男とも女とも判断がつきづらいが、声に含まれた若干の柔らかさが声の主が女性であることを教えてくれた。

「硬くならずともよい。顔を上げな」

言われて、ゆっくりと顔を持ち上げる。横たわる狼の体の下には大きな毛皮が敷かれており、それは床一面に広がっていた。その上には骨や鉱石が雑多に転がっている。占いに使う道具なのかもしれないが、シャニには判断がつかない。

それよりも気になったのは、狼の容姿だった。

（毛の色が……）

彼女の毛は、薄暗がりでもわかるほど明るい色であった。白銀に近いが……それより幾分かくすんで見える。もしかしたらそれは加齢のせいかもしれない。いずれにしても、この里に来て唯一、グリトニィル以外に見た明るい毛色だ。

そして、彼女は目の色もグリトニィルと同じ金……だったが、それは白く濁《にご》っていた。もしかしたら、その目は像を結んでいないのかもしれない。顔はシャニのほうを向いているが、視線が合わないのだ。

思うことは色々あったが、シャニはそのすべてをのみ込んで、真っ直ぐに老狼を見やった。

「私はユーディスティ王家の第八王子シャニ。シャニ・ユーディスティです。ザノゥサとの親交の証、約束の品としてこの地にやってまいりました」

真摯《しんし》に言葉を伝えたつもりだったが、それを聞いた老狼は一瞬きょとんと濁《にご》った目を瞬かせた後、からからと笑った。

「お前さんは品じゃない、人間さね。そんなに謙《へりくだ》る必要はないよ」

くふくふと笑いの片鱗を残しながら、老狼は口端を持ち上げた。と、年老いても鋭く尖った牙がその隙間から覗く。シャニの首など一瞬で抉《えぐ》り取られそうな鋭さだ。

「おおかた、狼に娘をくれてやるのが惜しくなった業突《ごうつく》張《ば》りの王が、継承位の低い王子を寄越したんだろう」

どき、とシャニの胸が跳ねる。目論みなどとうに露見しているだろうとは思っていたが、言葉にして指摘されるとさすがに血の気が引く。

しかし、ここで「はいそうです」と認めるわけにはいかない。シャニは「ザノゥサの貢物」になると決めたのだから。

「子を嫁に、ということでしたので、私が参りました。私こそがザノゥサの嫁です」

それを聞いた老狼は「かっ」と大きな口を開けて笑った。かっかっ、と、数度余韻《よいん》のように笑って、そして濁《にご》った目をシャニに向けてくる。

「気概があるのはいいこった。だがな、お前さんじゃ駄目なんだよ。女じゃないとね」

見えていない、はずなのだが、彼女の眼光は鋭い。蛇に睨《にら》まれた蛙のように身をすくめながら、それでも「それ」がバレないように頬の内側を噛む。

「子を孕《はら》めないと意味がないのさ」

「子を？」

たしかに、男である自分に子を孕《はら》むことはできない。だが、それがそんなにも重要なことなのであろうか。

シャニの不審な気持ちが伝わったのか、老狼は明らかに皮肉を含んだ笑みを浮かべた。

「ユーディスティの血を継ぐ者だけが、ザノゥサの運命を産める」

「ザノゥサの、運命？」

「知らんか。……いや、知らないからこそお前さんが来た」

話が読めずに困惑していると、老狼は大きな溜め息をついてから「デイヌィ」と部屋の隅に控えている男に声をかけた。デイヌィは心得たようにさっと立ち上がり、老狼のそばにゆったりとした椅子を用意した。

「やれやれ」

老狼がそれに前脚をかけた途端、彼女はゆらりと揺らめいて……、そして、一人の老婆が目の前に現れた。白い豊かな髪に、白い毛皮を羽織った彼女の目はやはり濁《にご》っていて、きちんと前が見えているようには見えない。それでも彼女は迷うことなく椅子に腰掛けると、はぁ、ともう一度深い溜め息をついた。

「ザノゥサはユーディスティの初代国王であるハス・ユーディスティと約束を交わした。ザノゥサが住まう北のこの地より先に、ユーディスティを害する者を侵攻させはせぬと」

それは、シャニもよく知るところだ。とはいえ、もう何百年も前の話なので、実際にそれが交わされたかどうかなんてわからない。

「その代償として、ユーディスティはザノゥサに富を与えることとした。富は金であり、食糧であり資材であり、そして力でもあった」

「力？」

ユーディスティはザノゥサに貢物を捧げてきた。が、彼女の言う「力」に思い当たるものがなく、シャニは眉根を寄せる。

と、老婆は白く濁《にご》った目をちらりとシャニのほうへ向けて笑った。

「ハス・ユーディスティの血を継ぐ者とザノゥサの者が交わると、特別な力を持った人狼が生まれるんだ」

「特別な……力？」

「そうさね」

老婆はそう言うと、じ、とシャニのほうを見た。そして皺《しわ》の寄った瞼《まぶた》を閉じるとなにかを探るように「ふむ」と唸る。

「お前さんは母親似なんだね。美しい、人形のような亜麻色の髪……よく似ている。名は、ジャクリーン？」

「なっ」

シャニは思わず立ち上がりかけて、膝を押し留めるように手で押さえ込む。そして、動揺したことを悟られないよう「どういう、ことですか？」と努めて静かな声で問いかけた。

「私も特別な力を持つザノゥサなのさ」

ぱち、と目を開いた老婆は疲れたように「やれやれ」と肩をすくめてから、椅子に掛け直した。

「すべてが見通せるわけじゃあないよ。ただほんの少し、ここにないものや未来に起こることを覗く力を持っている」

「そんな、馬鹿な」

にわかに信じがたく、シャニはゆるく首を振る。あまりにも現実離れした話だ。しかし、そもそも狼が人間に変わること自体これまでのシャニの常識をくつがえすような話で……

（本当に、本当なのか？　いやしかし、母の容姿や名前など、調べればいくらでも……）

そうかもしれない、という気持ちと疑いの気持ちとが心の中でせめぎ合う。

「信じなくともいいさ。しかし、それが事実だ」

老婆はゆったりと力を抜くように椅子に体を預けると、徐《おもむろ》に口を開いた。

「特別な力を持つ狼は『奇跡の子』。雪原の毛を持って生まれてくる」

シャニの脳裏にグリトニィルの白銀の髪が閃《ひらめ》く。しかし「では、彼は……」と思考を巡らせる前に、老婆が話を続ける。

「ザノゥサはその特別な力を用いてこの地を、そしてユーディスティを守ってきた。何年、何十年、何百年、ずっとずっと、約束を果たしてきた」

どこか誇らしげにそう言った後、しかしどこか悲しそうに顔を伏せる。

「もちろん、犠牲もあったさ。侵略者には数え切れぬほどの同胞が殺された」

低いその声にはたしかな悲哀がこもっており、シャニは自身の祖国に思いを馳せた。自国の中枢に、未だザノゥサとの約束を重んじている者はほとんどいない。そのことを伝えようかと思ったが……、やめた。目の前の彼女は十分に承知しているように思えたからだ。

そうだとわかっていて、彼らは約束を守り続けているのだ。何百年も前に祖先が交わした約束を、ずっと、ずっと。ユーディスティへの北からの侵攻がどの程度あるかはわからないが、少なくとも一度や二度のことではないらしい。

胸の内に恥にも似た感情が湧き上がってきて、シャニは視線を落とす。

「それゆえ、奇跡の子が息絶える前に、新しい……本物の奇跡の子が必要になる」

老婆の言い回しに引っかかるものを感じたが、それよりも、もっと気になる文言が含まれていた。

（本物の、奇跡の子？）

「息絶える、とは？」

「私がもうすぐ死ぬってことさ」

あまりにもあっさりと告げられた内容に、シャニは目を見張って老婆を見やる。が、彼女に動揺した様子はない。

「その前に新しい力が必要だ。今の力だけでは里を支えられぬ。もちろん、我らが加護を喪《うしな》ったユーディスティも同様だぞ」

忠告のようなその言葉は真っ直ぐにシャニの胸を貫き、その場にとどまって鉛《なまり》のように沈んでいった。胸の内に浮かぶ母の笑顔がゆらりと歪《ゆが》む。

「我らが朽ちる時はユーディスティの朽ちる時。遠き約束の日からそう決まっておる」

淡々とした言葉に、シャニはぐっと下唇を噛み締めてから首を振った。

「それが……、それが事実だとして、どうすればいい。私は男です」

その事実は変えようがない。いっそ今からでも自身ではなくユーディスティ王家の王女を呼ぶべきかとも思ったが、老婆は存外あっさりと「わからん」と告げた。

「何度占っても結果が変わる。子を産めぬお前さんでは里がなくなるはずなのに、そうは出てこんのだ」

老婆の視線が、毛皮の上に転がった骨や鉱石に落ちる。シャニもまた、不規則に並ぶそれを見やった。

「本当はお前さんを捨て、ユーディスティより姫をもらい受けるつもりだったのだがな……」

やはり彼らも、シャニではなく子を孕《はら》める王女を改めて得るつもりだったのだろう。その考えはもっともだと思うので、シャニのほうから云々と言うつもりはない。送られた文言の不鮮明さを逆手に謀《たばか》ろうとしたのは、シャニたちユーディスティのほうだからだ。

「そうしようとした矢先に、牡鹿の骨が折れた」

「？」

その言葉の意味がわからずに首をかしげると、変わらず近くに控えていたデイヌィが耳打ちするように「最悪ってことです」と教えてくれた。

つまり老婆の占いによると、新たに王女を得ることは悪手である……と出たということだろう。

「まぁつまり、お前さんを排することですべてが解決するわけじゃないってことさね」

「私が……」

子を産めぬ自分にどんな価値があるのかわからないが、シャニは占いによって救われ、里に招かれたらしい。

「あの山で一人生き抜くとは、なかなか根性がある。ザノゥサの民は皆、強き者が好きだ」

力強い言葉に、は、といつの間にかうつむけていた顔を上げる。目の見えないはずの老婆が、しかとシャニを見据えていた。

「幸いにして長はお前さんに魂奪われたようだし、せっかくなら夫婦として契《ちぎ》らせて様子を見ようと……」

（魂を、奪う？）

「おばば様、しっ」

聞き覚えのない言葉に内心首をかしげていると、デイヌィが大きな声を出した。話を遮《さえぎ》られた老婆は「あん？」と不服そうな表情を作ったが、デイヌィはそれに構わず、こほん、と場を仕切り直すような咳をした。

「本来であれば約束を違《たが》えたユーディスティを我らが許す道理もないのですが、おばば様の占いを踏まえ、まぁ許容しましょうと。里の会議でそう決まりました」

デイヌィの言葉に、シャニは胸を撫で下ろした。今すぐ命を取られるような空気は感じなかったが、言葉にしてもらえると実感が湧く。

（そうか。そうか……）

先のことはまだ不確定だが、とりあえず貢物として認められたらしい。この十日間の疲労も相まって、膝から力が抜けそうになる。が、シャニはぐっと膝裏に力を入れて耐えた。

「ありがとうございます」

頭を下げると、老婆が「おやまぁ」と声を上げた。

「こっちはお前さんを見殺しにしようとしたのに、律儀《りちぎ》な子だね。おいで」

老婆に手招かれて、シャニは少し戸惑ってから、立ち上がる。占いの道具がのった毛皮をぐるりと避けてそばに寄ると、彼女は「ちょいと失礼するよ」とシャニの頬に手を伸ばした。

「……綺麗な顔だ」

鼻筋を辿り、額を撫で、そして頭をぽんぽんと叩く。次に「手を」と言われて差し出すと、それもまた同じように撫でられ、そして優しく握りしめられた。

老婆の手は薬草のような爽やかな香りがして、なんだか不思議な心地になる。

「お前さんは今からザノゥサの長の嫁だ。ということは私の曽孫になる」

「え？」

つまり長は、彼女の曽孫ということだろう。なるほど、と内心頷いていると、老婆がさらに力強くシャニの手を握った。

「なにかあったら私を頼りな」

「貴女を？」

「貴女じゃない、ウルゥナだ」

かか、と笑った彼女……ウルゥナは、自身の毛皮の中に手を入れると「ほら」とシャニの手に取り出したなにかを握らせた。

「薬草だよ。手荒れに効く」

手のひらに収まるほどの小さな容れ物からは、彼女の手と同じ匂いがした。シャニはそれを受け取ってから、自身の手を見下ろす。ここ数日の暮らしのせいか、指先はしっかりとひび割れていた。

「ちょいと滲《し》みるけど我慢して塗りな。割れると癖になるよ」

ウルゥナの言葉はそっけないが、薬を握らせるその手は温かかった。数カ月前、母に「山脈に行ったら肌の手入れをしなさい」と言われたことを思い出す。はからずも彼女の言った通りになって、なんだかそれが妙に面白かった。

「ありがとうございます、ウルゥナ様」

「だぁから。あたしゃお前さんを捨てようとしたばばあだよ。礼なんて言わなくていい」

ウルゥナは皮肉げに片眉を持ち上げる。が、シャニはゆっくりと首を振った。

「私の手を見て、薬を与えてくださったことに変わりはありませんから」

それはそれ、これはこれ、だ。捨てておこうとした彼女たちの判断はもっともだし、もし自分が里を率いる者として他から侮《あなど》られたらそのくらいはしただろう。

シャニとて海軍で生きてきて、人の生き死にも何度も関わってきた身だ。彼女たちの意思もちゃんと理解できる。

ウルゥナは軽く目を見張った後、それを柔らかく細める。

「そうかい」

少しいたずらっぽくそう言って、ウルゥナはもう一度シャニの頭を撫でた。

「シャニ、お前さんは大した子だよ」

まるで本当に身内の子にするような優しいその手つきに、シャニは温い心地よさを感じながら「他人に頭を撫でられるのは初めてかもしれない」と場違いなことを考えて、は、と首を振った。

五

シャニは長であるグリトニィルの嫁という立場になり、彼の屋敷に住まうこととなった。

……というのは、デイヌィに「はい。ここが今日から嫁御殿が暮らす長の家ですよ」と案内され、しっかりと屋敷の中を案内された後に聞いたことだ。

「長と暮らすのか？」

「そりゃあ長であるグリトニィル様の嫁御殿ですからね」

そう言われればそうだが、とシャニは口を閉ざす。

屋敷は広々としていたが、いわゆる王が住まうような豪奢《ごうしゃ》な城ではない。もちろん、ユーディスティの青鷺城とはまったく違う。だからこそ「ここが長の家だ」と言われるまで気づかなかったのだ。

（長とは、王とはまた違うのか）

なんというか、市井の民と同じ高さで生活しているような雰囲気を感じる。青鷺城は城に住まう者を含め、使用人等多くの者が行き来していたが、グリトニィルの屋敷はとても静かだ。案内されている間も人とすれ違うことはなかった。そのことを聞いてみると、デイヌィはさらりと「飯炊き風呂焚き馬の世話等々は役目を担った者がしてくれますよ。けど、ここに暮らしているのはグリトニィル様だけです。……あぁ、今日からは嫁御殿もですね」と教えてくれた。

「自分のことは自分でしなければなりませんが、大丈夫ですか？」

からかうようにそう問われて、シャニはこくりと頷《うなず》いた。

彼らにどういう風に見られているかわからないが、シャニは海軍に入った年からほとんど城では暮らしていない。特に船の上では自分のことは自分で、なんて当たり前だったし、幼い頃は自分より位の高い軍人の付き人として彼らの世話をしていた。

「まぁ雪山で十日生き抜いてましたしね」

ふむふむと頷《うなず》いてから、デイヌィはジッとシャニを見下ろしてきた。

「なにか？」

「いいえ。とても弓やナイフを操るようには見えなくて」

海軍でも何度も言われてきた言葉だ。シャニは気にせず「よく言われる」と返した。すると、きょと、と目を丸くしたデイヌィが「あっはっは」と愉快そうに笑った。

「見た目通りの方ではないということですね」

ひとしきり楽しそうに笑ってから、デイヌィは「さて」と話を切り替える。

「風呂を沸かしてありますので、先にそちらにどうぞ」

「風呂？」

「嫁御殿も汚れを落としたいのでは？」

そう言われて、シャニは自身の体を見下ろす。十日間の山暮らしで服も肌も汚れている。そういえば髪も軋《きし》んでいた。

「そういえばそうだな」

「そういえば、って……」

言われてみればという気持ちで返すと、デイヌィが眉根を寄せた。シャニは腕を鼻先に持っていって、すんっ、と嗅《か》ぐ。毎日体を拭き上げていたし、臭いはしないと思うが、そういえば狼は嗅覚が鋭いのだと思い直す。

「気になるか？」

「いや……逆に、気にならないんですか？」

問うたら問い返されてしまった。シャニは「特に」と答えてから「自分では」と付け加える。

デイヌィは視線を上向けて「なるほど」と肩をすくめる。

「嫁御殿は本当に、見た目通りの方ではなさそうですね」

「そうだな」

それはまぁよく言われてきたことなので、シャニは素直に頷《うなず》く。

デイヌィは、ふ、と小さく噴き出してから顎《あご》に手を当てた。

「ニィル様と気が合うと思いますよ」

グリトニィルがどんな人物かわからないので、シャニは黙っておく。

形ばかりではあろうが「嫁」と認められたのだ。うまく関係を築いていきたい……のはやまやまだが、人と人の相性ばかりは、シャニにどうこうできるものではない。

せめても嫌われないように気をつけたいとは思うが……

「グリトニィル様はどのような方だ？」

問うと、デイヌィは「おや」という顔をして微笑んだ。

「ご興味がおありで？」

「夫となる方のことだ。できたら知りたい」

そう言うと、デイヌィは鷹揚《おうよう》に頷《うなず》いた。

「ならばいっそう湯場に行かれるのがよいでしょう。この時間、ニィル様はそちらにいらっしゃいますので」

「湯場に？」

「裸の付き合いで腹を割ってお話しするのもいいものです」

シャニはそれを聞いて少し思案したが、結局「わかった」と頷《うなず》いた。

「本当によろしいので？」

デイヌィに窺《うかが》うような顔で見られて、シャニは「というと？」と首をかしげる。

「服を脱ぐ必要がありますが」

「男同士だ。特に恥じることはない」

そう答えると、デイヌィは「ははぁ」と納得したように頷《うなず》いた。

「本当に、見た目より勇ましい方ですねぇ」

デイヌィのやたらと見た目と中身の違いを指摘してくる物言いに思うところがないではなかったが、シャニはそのすべてをのみ込んだ。

海軍に入った時もそうだったことを思い出したからだ。誰も彼も、シャニの見た目しか気にかけていなかった。

「褒め言葉として受け取っておく」

シャニは海軍にいた頃と同じ、飾らない言葉を返した。あの頃と同じなら、また自分で自分の居場所を作っていくしかない。

デイヌィは目を見開いた後「はは」と口端を持ち上げて笑った。今までのどこか嫌味混じりの笑いではなく、本当に心から漏れ出たような笑いだった。

＊

「おぉ」

湯場は屋敷の奥にあった。板張りのそこは広く、真ん中には大きな湯船がある。大人の男が数名は入れそうな広さだ。脱衣所で服を脱いでから湯場に入ったシャニは、思わず目を見張ってしまった。

ユーディスティの城にはもちろん大きな風呂があったが、市民の多くは大衆浴場を利用していた。個人宅に湯場などそうそう設けられないからだ。ザノゥサの文化がどれほどのものかはわからないが、長の家にこれだけしっかりした湯場があるのは驚きでしかない。そもそも、狼の一族と思っていたので余計に。

デイヌィはグリトニィルがいると言っていたが、しんと静まり返った湯場にはシャニの立てる水音しか響いていない。乾いた床板を見るに、どうやら彼はまだここを訪れていないらしい。

（ということは、いずれ来るだろう）

そう結論づけて、シャニは近場にあった手桶を手に取った。なにもせず裸で待っていたら、凍えてしまいそうだったからだ。いくら湯が沸いているとはいえ、外は雪が積もっている。換気用の窓からは冷気がしんしんと忍び込んできていた。

シャニは湯船から湯を掬《すく》うと、ザブッ、と勢いよく頭から被った。

茶色く汚れた水が流れていく……というほどではなかったが、たしかに薄汚れていた。脱衣所に置かれていた布で、髪や体を何度か擦る。しっかりと汚れを落としてから、シャニは湿った髪の水気を指で絞った。

と、その時。脱衣所に繋がる扉が、ギィ、と開いた。

バッ、と振り返ると、そこにはグリトニィル……ではなく、腕に桶を抱えた少年が一人立っていた。髪色は暗めの茶色、里で見た人と同じ服装をしているので、ザノゥサの民で間違いないだろう。ザノゥサの民が見た目通りの年齢かどうかわからないが、年の頃は十といくつかに見えた。

腕の中にある重そうな桶は、温かそうな湯気を立てている。どうやら湯船に湯を張りに来たらしい。

（なるほど、ここではない場所で湯を沸かしているんだな）

別の場所で湯を沸かし、それを運んでいるらしい。そうやってグリトニィルが入るまで湯を冷まさせないのが彼の仕事なのだろう。

納得して、シャニは少年が作業しやすいように身を引く。と、呆けたようにシャニを見つめていた少年がハッとしたように視線を逸らした。そして、ギクシャクと湯船のほうに進んできて、ザバァッと桶の湯をひっくり返す。湯気がもわっと立ち上がり、湯の温もりが増したのがわかった。

「ありがとう」

思わず礼を言うと、わざとらしいほど視線を逸らしていた少年が顔を上げた。そして、キッとシャニを睨《にら》みつける。

「本当に、男……なんですね」

確かめるように全身に視線を向けられて、シャニは前を隠すことなく「そうだな」と頷《うなず》いてみせた。

「間違いなく、私は男だ」

一糸纏わぬ体を、水滴がするりといくつか滑っていく。髪の先からもぽたぽたと雫《しずく》が落ちて、シャニの足元を濡らしていた。

少年はシャニの言葉にびくりと身をすくめてから、憎々しげに顔を歪《ゆが》めた。

「ザノゥサを騙《だま》した。約束破りの王族め」

低い、唸るようなその声にシャニは軽く目を見開く。少年は腰を引きながら、それでもシャニを睨《ね》めつけていた。瞳の中に揺らめく憎しみと、そして深い絶望の影を見て、シャニは開きかけた口を閉じる。

「お前らのせいで奇跡の子は生まれない。お前らなんかを守るために俺の父は、母は……」

少年の手がわなわなと震えていることに気がつき、シャニは腕を伸ばしかけて、やめる。シャニの心配など、少年にとって一番必要のないものだろう。

「なにをしている」

不意に、低い声音が暗く澱《よど》んだ空気を揺らした。

振り返ると、そこには一頭の狼がいた。銀糸のようなその毛を持つ狼を、シャニは一頭しか知らない。

「我が君」

呼びかけると、ちらりとこちらを見やった狼はすぐさま正面に顔を向けた。

「アラヌヌ、それはお前の仕事ではない」

アラヌヌ、とは少年の名前なのだろう。彼はグッと下唇を噛み締めると頭を下げて湯場を出ていった。通り過ぎざま、少年の泣きそうな顔が視界に入り、シャニは思わず彼を目で追う。と、ザブンッと水音が響いた。振り返ると、いつの間にか人間の姿になったグリトニィルが湯船の中に入っていて、シャニは目を見張った。

「我が君……」

「入るなら入れ。入らぬなら出ていけ」

言葉を遮《さえぎ》るようにそう言われて、シャニは少しだけためらった後、湯船の縁を跨《また》いでそこに身を沈めた。ぱちゃ、と軽く湯の跳ねる音がしたが、ちらりと窺《うかが》ったグリトニィルはなにも言わずに目を閉じたままだ。

「ふぅ」

熱い湯の中に浸かると、じんと痺《しび》れるような温もりが全身を包む。押し出されるように息が漏れて、シャニは体を震わせた。

湯に浸かるなんて、何日ぶりだろうか。雪山での生活時はもちろん、山脈を訪れる旅程でもそんな贅沢《ぜいたく》はしなかったので、本当に久しぶりのことだ。

（船に乗っていた時を思い出す）

航海中ももちろん風呂になど入れない。シャニは清潔を心がけているほうではあったが、船に乗っている時に貴重な水を盛大に使って風呂に入ろうなどという気は起きなかった。せいぜい湯に浸した布で体を清めるくらいだ。

そこでふと視線を感じて、シャニは顔を上げる。この場でシャニに視線を送れるのはグリトニィルだけだ。そちらに顔を向けると、彼はたしかにシャニを見ていた。しかし、シャニと目が合うとそれをゆっくりと逸らす。

「我が君」

「なんだ」

「ひとつ、お聞きしてもいいですか？」

「……なんだ」

湯に浸かって心がゆるんだからか、思ったより滑らかに口が動く。グリトニィルが特に咎《とが》めもしなかったので、シャニはずっと疑問に思っていたことを問うてみた。

「狼から人間の姿になる際、服はどうなるのでしょうか」

「……服？」

「初めてお会いした時、狼から人間になった時に服を着られていたので。どこから出てきたのかと疑問で」

そう。グリトニィルらと初めて出会った時、狼から人間になった彼らは服を着ていた。どういう仕組みになっているのかわからず、気になっていたのだ。

シャニと対角線にあたる場所で湯に浸かったグリトニィルは、ゆるりと首をかしげた。豊かな髪が広がり、ほわほわと湯面を漂っている。

「俺の着物には、俺の毛が織り込んである」

「え？　あぁ、毛ですね……」

思わず髪の毛を見つめた後、彼の言う「毛」が狼姿の時の毛だと気づく。

「自身の毛が織り込んであれば、体の一部という認識になって、狼になっても毛になるだけだ」

「なるほど」

つまり、着ていた服は狼の時はただの毛に、人間になった時は服に変わるということだ。魔法のような話だが、そもそも狼と人間両方の姿を取れること自体シャニからしてみれば奇跡のようなものだ。まぁ、服の問題は些細《ささい》なことなのだろう。

湯から出した手を顎《あご》に当てて、ふむ、と頷《うなず》く。そんなシャニをグリトニィルはなんとも言えない顔で眺めていた。

「気になるのは、そんなことか？」

「そうですね」

変身するところを見て一番疑問に思っていたことだったので、満足した。

シャニはすっきりした気持ちで、手のひらに湯を掬《すく》う。薄暗い湯場に窓から差し込む光が、ゆらゆらと揺れる湯を照らしていた。

「変な奴だな、お前は」

グリトニィルが、濡れた髪をかき上げる。

本当は……まだ聞きたいことがあった。彼のその髪の色についてだ。ウルゥナ曰く、白銀の毛を持つ狼は「特別な力」を持った奇跡の子。ザノゥサとユーディスティ王家の間に生まれた子のみに顕在《けんざい》すると言っていた。

（だが、俺の知る限りでは……）

グリトニィルは、シャニと同年代に見えた。少なくとも三十は超えていないだろう。だが、シャニの知る限り直近三十年の間にユーディスティ王家からザノゥサに嫁いだ王女はいない。であれば、グリトニィルの母たるユーディスティ王家の者とは、一体誰なのか……

（もしくは別の理由があるのか）

そのことを聞いてみたいが、こうやって相対するとそこまで込み入った話をできる雰囲気ではないことがわかる。

（それは、追々だな）

よく「見た目に反して物怖じしない」と言われるシャニだが、まったく空気が読めないわけではない。のみ込むべき言葉はのみ込む。

「お前は」

しばし黙ったままだったグリトニィルが、ゆっくりと口を開く。シャニはその呼びかけに冷静に「シャニです」と返した。

「シャニです、我が君」

グリトニィルが、切れ長の目をわずかに見開く。シャニはその目にしっかりと自身の視線を絡めて、目尻をゆるめてみせた。

シャニとて黙る必要がある時は黙る。だが逆に、言うべきことがある時は決して口を噤《つぐ》んだりはしない。

「………シャニ」

たっぷりとした間を挟んだ後、小さな咳払いを挟んでグリトニィルはシャニの名前を呼んだ。シャニはすかさず「はい」と返事をする。無表情ではあるが、グリトニィルは決して嫌そうな顔はしていない。

「私も、グリトニィル様とお呼びしても？」

そう問いかけると、グリトニィルはなんとも言えない妙な顔をした。不愉快そう、な表情ではないが……嬉しそうというわけでもない。これはやめたほうがよさそうだな、と思ったところでグリトニィルが徐《おもむろ》に口を開いた。

「ニィルでいい」

吐息混じりの声だったが、それはたしかにシャニの耳に届いた。シャニは、ほ、と息を吐いてからわずかに口端を持ち上げる。

「はい、ニィル様」

「……ニィルだ、様はいらない」

まさかそこまで許されるとは思わっていなかったので、シャニは目を見張る。が、本人がそうしろと言っているものを拒否するのもおかしいだろう。

「わかりました。……ニィル」

グリトニィルは鷹揚《おうよう》に「敬語もいらん」と返事をした。本当に、言葉遣いにこだわりがないらしい。伴侶とはいえ貢物に軽々しく名前を呼ばせるとは、グリトニィルは少し変わった長なのかもしれない。

（まぁ、俺も十分変わり者と言われているけどな）

デイヌィの言った「ニィル様と気が合うと思いますよ」は案外的確かもしれない。シャニはそう思いながら、手で掬《すく》った湯を肩にかけた。そしてふと、気になっていたことを問うてみる。グリトニィルの望むとおり、名前の敬称も、敬語もなく。

「ニィル、先ほどの子は屋敷の使用人か？」

シャニは自身を責めたアラヌヌという少年の顔を思い出し、そう口にした。と、グリトニィルが目を細めてシャニに視線を送ってきた。

「なんだ。お前に対する無礼を罰せよと？」

「え？」

思いがけない言葉に、シャニは目を瞬かせる。そして「いいや」と首をかしげるように振った。

「そうではなく、まだ幼く見えたから気になっただけだ」

幼いとはいっても、十は過ぎているだろう。だが、里の中を歩いていた時に、その年の頃の子どもたちは固まって遊んでいたり、親とともにいたりしたので、その違いはなにかと気になったのだ。

グリトニィルは少し驚いたように目を見張り、そして小さく咳払いをして「なるほど」とこぼした。

「アラヌヌは孤児だ。親がいない。だから仕事を与えて対価として面倒を見ている」

「……なるほど」

そういうことか、と納得してシャニは頷《うなず》く。親のいないアラヌヌは自分で自分の食い扶持《ぶち》を稼がねばならない。グリトニィルが自分の屋敷で働かせることで生きる術を与えているのだ。

「ザノゥサでは、孤児はどういった扱いを？」

「基本的には、全員孤児院で面倒を見ている」

「そうなのか。手厚いな」

ユーディスティにも孤児はいる。しかし彼らの面倒を見る環境はお世辞にも整っているとはいえず、街では孤児が集団となって盗みを働くことや、安い金で犯罪行為の手駒にされるということもある。また、海軍にも孤児出身の志願者は多かった。とにかく軍に入れば衣食住の保証はされるからだ。

「孤児の数が少ないのか？」

「いや、少なくはない」

シャニの問いを、グリトニィルは切って捨てるように否定した。

「山脈を越えてくる侵入者との戦いで死ぬ者は多い。その子どもらは皆孤児になる」

グリトニィルの答えに、シャニは言葉を失う。

彼らのそれはユーディスティとの約束を守るためのものだ。つまりその死は、ユーディスティのためともいえる。

（あぁ、だからあの少年は）

アラヌヌの「お前らなんかを守るために俺の父は、母は……」という言葉が耳の奥に蘇《よみがえ》り、シャニの首筋の毛がそわりと逆立つ。

（それは……、あんな風に言われるのも仕方ないな）

知らなかったのだから責めないでほしい、と。ユーディスティ王家の者としてそんな恥知らずなことは言えない。かといって、シャニが勝手に罪を負って許しを乞うのも違う気がする。だが……

「ザノゥサはユーディスティとの約束を守り、山脈の守り手となっているが、それは決してユーディスティのためだけではない」

思い悩んでいると、グリトニィルが静かに口を開いた。

言葉の意味を理解しようと顔を上げると、彼はシャニではなく窓のほうへ視線を向けていた。つられてシャニもそちらに目をやると、木立ちの向こうに白い山脈が見える。

「奴らの侵入を許せば我らの住まう土地も蹂躙《じゅうりん》されかねない。だから抗っている……それだけだ」

「ニィル……」

それはおそらく、シャニの思考を読んでの発言だろう。どちらかというとシャニを励《はげ》ますような意図を感じたが……真意はわからない。

なんと続けようかと思案していると、グリトニィルが唐突に立ち上がった。ザバッと小さな滝のように湯が流れ、波がシャニのほうまで押し寄せる。

お、と瞬きをしている間に、狼姿になったグリトニィルが湯船の外に降り立っていた。水気を含んで幾分小さくなった（とはいっても十分な巨体だが）彼が頭と体を震わせると、飛沫がそこら中に飛び散る。目にも止まらぬ速さでブルルッと震わせるから、水滴の勢いが凄い。

「わっ」

思わず声を上げてしまったが、グリトニィルは気にした様子もなく、チャカチャカと足音を立てながら湯場を出ていった。

ぽかん、とそれを見守っていたシャニは未だ揺れる湯にちゃぷちゃぷと肌を撫でられながら、ふ、と笑った。

六

グリトニィルの屋敷は広い。

まぁ長であるからこそ当然かもしれないが、里一番の大きな建物だ。屋敷の周りはぐるりと塀に囲まれ、正面には大きな門がある。

だがその門は常に開かれており、デイヌィ曰く「誰がいつ訪れてもいい」とのことだった。

そんなことあるだろうか、と思っていたが、これが本当に色んな人が訪れる。

里周辺の見守り報告に、採れた作物を届けに、ついでに子どもも遊びに。

庭は好きなように使われているし、時折見知らぬ狼が寝ていたりもする。思わずギョッとしてしまったことは一度や二度ではない。

屋敷は、手前の本館に大広間と食堂、応接間に台所や湯沸かし場。中庭を挟んで建つ奥の別館に湯場やグリトニィルの寝室を有している。里人が訪れるのは中庭より手前、つまりそこは集会所のような役目を果たしているのだろう。渡り廊下で繋がった別館が、長の居住部分だ。ちなみにシャニもまた居住部分に部屋をひとつ与えられている。伴侶ということで寝室をともにするものかと思っていたが、この里にやってきたその日から部屋は別々だった。

　グリトニィルとは、正直あまり顔を合わせない。なにしろ彼はそれこそ屋敷を訪れた者と忙しくやり取りしているし、朝から外に出て夜まで戻ってこないこともあるからだ。忙しい身なのだな、とシャニは理解していた。

　シャニはというと……、特になにを言われることもなく、ただ静かな日々を過ごしていた。本当になにも言われないし、なにも申し付けられない。逆に言えば、なにもすることがない。飯の支度、風呂の準備、掃除洗濯その他雑用は、アラヌヌはじめ使用人らしき者がすべてこなしてしまう。手出しをしようにも、ほとんどの使用人はシャニに声を掛けられそうになると、スッと避けるようにどこかへ行ってしまう。

　シャニは、そこにいるのにそこにいない存在……いわば幽霊のような扱いを受けていた。

　屋敷の中を歩いていると、馬小屋に向かうらしいアラヌヌを見かけた。

「アラヌヌ」

　声を掛けてみたが、アラヌヌは振り返ることなく歩いていく。腕に下げている籠を見るに、蹄《ひづめ》の手入れに行くのだろう。それを確認してから、シャニはアラヌヌを追いかけるように歩を進める。

「蹄《ひづめ》の手入れか。私もなにか手伝ってもいいか？」

シャニは海軍ではあったが、陸にいる時は馬の世話もしていた。餌やり、体の拭きあげや蹄《ひづめ》の手入れなら問題なくできる。

が、アラヌヌはちらりともシャニを振り返ることなく「結構です」と冷たく言い放った。まったくもってシャニと会話する気がないらしい。

「もし邪魔なら見ているだけでも……」

「伴侶様」

さらに言い募ろうとしたところで、アラヌヌがようやく足を止めた。そして一定の距離を保ったままシャニと相対する。

「伴侶様はユーディスティの王族であられる。そのような方のお手を煩《わずら》わせるわけにはいきません。馬の世話はザノゥサの者で行いますのでどうぞお気になさらず」

そう言い切ると、アラヌヌは「ふんっ」と音をつけたくなるほど勢いよくそっぽを向き、馬小屋に向かって小走りに駆けていった。

シャニは「あ」と手を伸ばしかけて、それを体の脇に垂らす。

「おやまぁすっかり嫌われましたね」

と、背後から陽気な声が掛かった。シャニはどことなくうんざりした気持ちでそれを聞き、ちらりと後ろに顔を向ける。

「デイヌィ」

シャニの背後にいたのは、予想した通りデイヌィだった。彼は長であるグリトニィルの側近であり相談役で、毎日のようにこの屋敷にやってくる。必然、シャニと顔を合わせる機会も多い。

「まぁ嫌われてるのはアラヌヌにだけではないようですけど」

最初に出会った時に思った通り、彼は柔和な雰囲気の割に意外と棘《とげ》のある性格をしていた。シャニはデイヌィの言葉に「そうだな」と返しておく。思うところがないではなかったが、シャニが嫌われ者なのは事実だからしょうがない。

そう、シャニは里人に嫌厭《けんえん》されていた。なぜかというと、まぁ、シャニが約束を違《たが》えて嫁いできた「男」の嫁だからだろう。いわば裏切りの象徴に他ならない。ウルゥナはシャニを認めてくれたが、だからといってその意思がすぐさま里中に浸透するわけでない。里の中を歩けば遠巻きに冷たい目で見られ、ひそ、と小さな声で何事かを囁《ささや》かれる。自分がどう思われているかくらいは、シャニとて察することができた。つまりそう、嫌われている。

「まぁ私の立場を考えれば当然のことだろう」

シャニはそれ自体はどうとも思っていなかった。というより、ザノゥサの人々の反応は当然のものと思っていた。それに幸か不幸か、シャニは人に嫌われることにも、周りにひそひそと噂されることにも慣れていた。

小さな頃から身分の低い王子として城では馬鹿にされ、冷遇され、海軍でも容姿や生まれゆえに侮《あなど》られ続けたからだ。

案外けろりとしているシャニをどう思っているのか、デイヌィは冷たい視線をちろりと送ってきてから溜め息をついた。

「嫁御殿も嫌われているのがわかっているなら、放っておけばいいのに。なにをそんなに必死になって構っているのですか。あんな態度を取られたらさすがに腹も立つのでは？」

やれやれといった様子で肩をすくめるデイヌィは、人の心の嫌なところを突くのが得意なのだろう。癇《かん》に障るというか、握手を交わしたら手の中に棘《とげ》が仕込まれていたような、そんな不快さがある。

シャニも何度か「この男は」と眉をひそめたくなることもあったが、まぁ慣れた。海軍時代直属の部下だったダグラスが似たような性格であったことを思い出したからだ。

こういう男は厄介ではあるが、それなりに理由があってそういった発言をすることが多い。シャニはデイヌィの言葉を頭の中で整理してから、溜め息混じりに「いや」と首を振った。

「特段腹は立たない」

むしろ申し訳ないな、と言うと、デイヌィが軽く眉を持ち上げた。

「嫁御殿は本当に変わり者ですよね」

なにを言ってもシャニが激昂《げっこう》したり落ち込んだりしないからか、どこか呆れたようにこの言葉を口にするようになった。まぁなんと言われても今さら気にはしないが。

「それにしても、なぜアラヌヌに構うのですか？」

改めてそう問われて、シャニは「うん」と腕を組む。まぁたしかにそう思われても仕方ないかもしれない。アラヌヌはシャニに声を掛けられるだけで迷惑そうだ。

「それは……」

「まさか罪悪感を覚えたとでも？　両親を亡くしたアラヌヌへの罪滅ぼしに構っているのですか」

口を開きかけたタイミングでデイヌィの冷たい言葉がシャニの耳を打つ。顔を上げると、デイヌィと目が合った。口端は持ち上がっているのに、目の奥は言葉と同じく温度がない。シャニはじっとその目を見つめ返してから「いや」と首を振った。

「そんなつもりはまったくない」

はっきりとそう言って、シャニは自身の手を見下ろす。と、デイヌィが「おや」という顔を向けてくる。

「責任を感じないと？」

「そういうわけではないが」

責任を感じないことはない。大きく見れば彼の両親が死んだことにまったく関係がないとは言えないからだ。シャニはどうあってもユーディスティ王家の血を引く者だし、知らぬこととはいえザノゥサの恩恵を受けてきた。見殺しにしたわけでも、直接手を下したわけでもないが、まったくの無関係と言い切るのはシャニの良心が痛む。

しかしだからといって、償《つぐな》いの気持ちでアラヌヌに接する気はなかった。

「責任がないとは言えない。だが、彼の両親の死に関する悲しみや憎しみを、私が償《つぐな》うことで払えると思うのは傲慢《ごうまん》が過ぎるだろう」

心の底にはアラヌヌに対する色々な気持ちを抱いているが、それを彼本人にぶつける気はなかった。

「……。ではなぜ？」

なにかを考えるような沈黙を挟んだ後、デイヌィが不思議そうに首をかしげる。それに対して、シャニも同じく首をかしげた。

「歳が一番近いからかな」

そう言うと、デイヌィが首をかしげたまま「は？」と漏らした。

は、と言われても、なんとも返しようがないのでシャニは無言でそんなデイヌィを見返す。

実際のところ、シャニが気軽に（と言っていいのか微妙なところだが）接することができる範囲の人間で、一番歳が近いのはアラヌヌだ。グリトニィルやデイヌィは外に出ていることも多く、声をかけられる雰囲気ではない。

「私なりにザノゥサのことを知ろうと、身近な人に声をかけているだけなんだが」

大きくそれ以外の意図があったわけではないが、なにかおかしいだろうか、とシャニは目を瞬かせる。

デイヌィは崩れた表情をハッとしたように引き締めてから、咳払いをした。そしてどこか呆れたような半眼でシャニに視線を送ってくる。

「本当に嫁御殿は……」

「変わり者か？」

先んじて問うと、デイヌィは今度こそしっかりと据わった目をして「……その通りです」と頷《うなず》いた。

「まぁ変わり者らしく構ってみるよ、彼に」

「お好きにどうぞ」

「あぁ」

最後にそう言葉を交わしてから、シャニはデイヌィと別れた。……といって、することもない。

（弓の練習でもするか）

シャニは溜め息をつきながら、首の後ろをかいた。

＊

デイヌィにはああ言ったが、アラヌヌはいつまで経ってもシャニと打ち解ける気はないようだった。見かけたら都度話しかけるようにしているが、大体無視、よくて相槌《あいづち》、返事がくることは稀《まれ》だ。

ふむ、と思いながらシャニは「まぁこんなものか」と考えていた。

別に一朝一夕で打ち解けられるなんて思っていないし、人生とはそう簡単にいかないと知っている。しかし、機会はそのうち巡ってくるものだ。シャニはそんな気持ちでアラヌヌと接していた。

シャニはこの里に来た日から、できる限り里の中を歩くようにしている。東西南北それぞれ里の端まで歩き、ぐるりと隅々まで見て回り、どこにどんな建物があって、誰が住んでいるのか、どんな生き物を飼っているのかまで、ひとつひとつ確認した。今後自分がどんな場所で生きていくのか、把握しておきたかったからだ。

とはいえ、昼日中に歩き回っていると里人に嫌な顔をされるし、こそこそと明らかによくないことを囁《ささや》かれるし、なんなら直接「ザノゥサを謀《たばか》ろうとした人間」と言われることもある。シャニ自身はなんと言われても平気だが、それによってグリトニィルまで悪く言われるとまずい。ので、最近はもっぱら朝の早い時間に里の中を歩き、それ以外の時間は山のほうに足を伸ばすことにしている。

山は里を北のほうに出てすぐそこにある。整備されていないそのままの「山」なので迷うほど奥まで行くことはできないが、いずれはそこもきちんと把握したいと思っていた。

今日もまた、シャニは雪山を歩いていた。

(今日は、入り口から北へ三百)

地形を確認し、シャニは手に持った紙に書き込む。それはザノゥサの里と周辺の山を記した地図だった。

シャニは海軍にいた頃、海図を読んだり描いたりするのが好きだった。今自分がどこにいて、どこから来てどこへ向かうのか、きちんと把握すると安心できたからだ。シャニの人生は地図もなにもない、寄る辺のない不安定なものだった。せめて自分の目の届く範囲くらいは把握しておきたい。おそらく、そんな気持ちゆえだろうとシャニは自己分析していた。

山道を歩き進む。いや、道とはおおよそ言い難い……獣道だ。おそらくザノゥサの民はここを通る時、狼の姿をしているのだろう。人であるシャニとはなにもかも違いすぎる。はっきり言って人の姿で、慣れない雪に足を取られながら進むのは難しい。が、それでも、シャニは自分のできるやり方でやっていくしかないのだ。

（大丈夫。地道な作業には慣れている）

シャニは白い息を吐きながら、ゆっくりと歩を進め、進めては立ち止まり、地図に地形の変化や生えている植物の情報などを書き記していった。

……と、どのくらい時が経った頃か、シャニは木立の合間に人影を見つけた。

（……あれは）

シャニは足音を立てないように気をつけながら、その人影の後ろに立つ。人影は弓に矢をつがえており、今は声を掛けるべきではないと察せられたからだ。

矢の先を辿ると、雪の中に紛れて白い兎が見えた。どうやらそれが獲物らしい。……が、どうにも狙いが定まらないのか、矢先がうろ、うろとさまよっている。

（ふむ、これは難しいな）

シャニが心の中で思案した、その時。ビンッと弦のしなる音が聞こえた。人影が矢を放ったのだ。思った通り、矢は兎をかすることなく飛び越えて、近くに生えた木の幹にドスッと刺さった。兎は驚いたように飛び上がり、後ろ脚で雪を蹴りながらあっという間に逃げていった。

シャニは知らず組んでいた腕を解き、人影に声を掛ける。

「弓は不得手か？」

「っうわ！」

人影……アラヌヌは先ほど跳ねていった兎のように飛び退き、そして丸くしていた目を一瞬で吊り上げた。

「おま……伴侶様……っ！」

「驚かせてすまない。矢を射るまではと待ったつもりだった」

そう、人影はアラヌヌだった。彼は背負った矢筒から矢を後ろ手に探りつつ、シャニを睨《にら》んでいる。

「あ、足音もしなかったし、気配もなかった……ですが」

「そりゃあ君が獲物を狙っていたからな」

「は？」

アラヌヌが狩りをしているのは一瞬で見て取れた。ここで邪魔をしたらますます忌避《きひ》されるだろうと思ったので、シャニなりに気を遣ったのだ。シャニとて狩りを邪魔されたら腹が立つ。

「い、意識して足音や気配を消せるのかよ、……ですか」

多少動揺しているのか、アラヌヌの言葉遣いがいつもより荒く、幼い。きっと普段はこんな口調で話しているのだろう。年相応のアラヌヌが見えた気がして、シャニは内心微笑ましく思いながら「あぁ」と頷《うなず》いた。アラヌヌはなにかを言いかけて、しかし無言を返してきた。その手はまだ矢に掛かったままだ。

「狙いは兎か？」

シャニはそんなアラヌヌを見下ろしながら、静かに問うた。たとえアラヌヌがシャニに向かって矢を射ろうと、この距離ならシャニが胸元のナイフを出すほうが速い。それに、彼が本気でシャニに刃を向けるとは思えなかった。

アラヌヌは、グリトニィルに忠実だ。形ばかりとはいえグリトニィルの伴侶であるシャニを害するようなことはしない。まぁ、相手にもしてくれないが。

「兎、です。……もうすぐ深雪夜《しんせつや》がくるので、その時に弟たちに食わせたい」

アラヌヌはどこか不貞腐《ふてくさ》れたような顔でそう答えた。いつもなら無視するのに、ちゃんと返事をしてくれた。そのことが妙に嬉しくて、シャニはわずかに口端を持ち上げる。

深雪夜、という聞き覚えのない単語も気になったが、それよりシャニは「弟たち」という言葉のほうに反応してしまった。

「アラヌヌは、弟がいるのか？」

「孤児院の子どもです。俺より年下の……みんな、弟と妹です」

血の繋がりはないが、孤児院の子どもたちのことをアラヌヌは「弟、妹」と思っているらしい。シャニはそのことには深く触れず「そうか」と頷《うなず》いた。多分、アラヌヌは面倒見のいい兄貴分なのだろう。

「狼の姿になればいいんじゃないのか？　そのほうが獲物を狩りやすいだろう」

「狼に変身できるのは、十五。成人してからです」

なにも知らないんだな、と言いたげな冷たい目で睨《にら》まれて、シャニは「あぁ」と怯《ひる》むことなく頷《うなず》く。

「誰も教えてくれないからな」

シャニのその言葉は、事実だ。誰も、なにも、シャニに教えてくれない。だからこそ、自分の足で里を歩いて回っているのだ。

シャニの孤独を知っているからか、アラヌヌはグッと言葉に詰まったように口を引き結び、そして気まずそうに視線を落とした。

（ここで、悪いと思うのか）

一応、自分がシャニを蔑《ないがし》ろにしている自覚はあるらしい。あるからこそ、誰からもなにも教えられないシャニを見て気まずそうな顔をするのだ。多分アラヌヌは、根っから人を憎めるような人物ではないのだろう。

シャニはひとつ息を吐いてから、背負った弓と矢筒の中から矢を手早く取り出した。アラヌヌがビクッと震えたが、あえてなにも言わずに弓を構える。

「君は狙いを定める時、獲物をよく見ていない」

シャニは同じく弓に矢をつがえると、一点を狙って矢を引いた。ぎ、と弦が軋《きし》む音がする。

「生きている獲物は動く。野生動物ならなおさらだ」

シャニは狙いを定めて指を放す。シパッと鋭い音とともに放たれた矢は真っ直ぐに飛び、過《あやま》たず「獲物」を貫いた。

「弓の気配を察した兎はどう動く。後ろ脚で地面を蹴る。前へ進むか後ろへ下がるか、あるいはまた別の動きを取るか。だが、長く考えれば考えるほど兎に逃げる時間を与えてしまう。一瞬で考えて判断するんだ」

アラヌヌが振り向いた先に、兎が一羽倒れている。きっちりと首筋に矢を受けた兎は、もはやぴくりとも動かない。アラヌヌが息を吸った音が聞こえたが、シャニは気にせず話を続ける。

「君の矢は木の幹を貫いた。力がないわけじゃない。むしろ強い。あとは獲物の狙い方と、判断を迷わないだけの自信をつけるべきだ」

「自信？」

アラヌヌが、初めてシャニにしっかりと視線を向けてきた。シャニはそれを受け止めてから、自分の中の答えを彼に与える。

「経験だな。経験を重ねれば重ねるほど自信はつく」

「経験……」

「経験、練習、反復行為。俺は毎日千回は弓を引く」

シャニがそう言うと、アラヌヌがぽかんと目と口を開いて「う、嘘」と呟いた。

事実、それは嘘ではない。シャニは毎朝毎昼毎夕、時間があれば弓を引く。体にしっかりと覚え込ませるためだ。弓の練習を始めた幼い頃から、できる限り続けてきた。

「嘘じゃない」

海軍にいる時は怪我のためにどうしても腕を上げられないこともあったが、それでも利き手と反対の手や体全部を使って弓を引いた。そういった状況に追い込まれることもあるかもしれないと思えば、それも練習だとむしろ気合いが入った。

だが、シャニの話を聞いたアラヌヌはきつく眉尻を持ち上げた。

「……伴侶様と違って、俺には時間がありません」

「時間？」

はてなんの話だ、と首を傾けると、アラヌヌはどこか怒った様子で吐き捨てるように「だから」と続けた。

「金と時間のある王子様と違って、俺は孤児です。朝から晩まで働き詰めで、練習する時間なんて……」

アラヌヌはそう言って、下唇を噛み締める。

「生まれた時から恵まれてるあなたとは違います」

シャニはうつむくアラヌヌを見やって、そしてさらに首をかしげる。

「朝はいつ起きる」

「日が昇るとすぐに」

「なぜ日が昇る前に起きない」

そう問うと、アラヌヌが「は？」と目を丸くした。そして驚くアラヌヌを不思議な気持ちで眺めながら、シャニは続ける。

「俺は日の出より前に仕事が始まるから、その前に起きて弓の練習をしていた」

昔を振り返りながら、真っ直ぐにアラヌヌの目を見て話す。と、彼は黒目を揺らして見つめ返してきた。

いつの間にかシャニは自分を「俺」と言うようになっていたが、アラヌヌに気にした様子はない。というより、気づいた様子もない。シャニは気軽な気持ちで話を続ける。

「昼間は時間を見つけては弓を持ち、夕方は日が落ちた後に月の明かりを頼りに練習した。何本か矢をなくしかけて一晩中探したこともあったな。あの頃、矢は手作りしていたからもったいなくて……」

「な、なぜ」

「ん？」

話の途中で声が挟まる。アラヌヌはさらに黒目をさまよわせている。シャニを見て、手元に視線を落として、またシャニを見て。そして「なぜ」と繰り返す。

「伴侶様は……、ユーディスティの王子のはずでは？」

呆然、といった様子のアラヌヌを見て、シャニは苦く笑った。

「俺はユーディスティの王子だが、厄介者でな。十になる頃に海軍に追いやられたんだ」

自分の境遇をさらりと伝えると、アラヌヌは「は？」と言葉の意味を理解していないような声を返してきた。

「恵まれていようといまいと、時間だけは平等に過ぎる。もし少しでも時間があれば、それを自分のために使うんだ」

シャニはアラヌヌが持っている弓を指す。そして「構えて」と促した。アラヌヌは弓とシャニを見比べてから、少しだけ眉をひそめた。だがそのまま無言で矢筒から矢を取り出し、弓を構える。

「姿勢が前傾になっている。背筋を伸ばして、視線を一定の高さに……、そう、上手だ」

弓を引くアラヌヌの姿勢を手で軽く直してやる。と、アラヌヌの眉間に寄っていた皺《しわ》が段々と薄くなっていった。

「そのまま、あのしな垂れている枝を狙ってみるんだ」

「風で揺れています」

「狙うんだ」

文句を言うアラヌヌに有無を言わせず命令すると、アラヌヌは少しムッとした表情を浮かべてから、自棄のようにヒュッと矢を放った。矢は揺れる枝に擦りもせず、その先の地面に突き刺さった。

「やっぱり、当たるわけがない」

なにをさせるんだ、と憤慨《ふんがい》するアラヌヌにシャニは「いや」と首を振ってみせた。

「ちゃんと見て射れば当たる」

シャニはそう言うと、自ら弓に矢をつがえて、スパッと放つ。その間わずか数秒だったが、矢はたしかに揺れる枝を裂いて、その向こうにある木の幹に刺さった。

「ほらな」

「……っ」

アラヌヌは言葉を失くして木の枝を見やり、そしてシャニの手元を見た。

「どうして……」

「練習すれば当たる」

そう言うと、アラヌヌが「練習って……」と口ごもった。シャニはそれを見て、顎《あご》に手を当てる。

「朝なら見てやれるが」

「見るって……、伴侶様が、ですか？」

アラヌヌに不審な目を向けられて、シャニは「俺が」と頷《うなず》く。

「まぁ、俺が教えたからうまくなるというわけでもないだろうが、アラヌヌの弓は修正のしがいがあると思う。誰かに指導された弓じゃないだろう？」

そう問うと、アラヌヌがどこか困ったような表情を浮かべてうつむいた。

「弓や、ナイフは、普通、親が教えるので。だから俺は……」

その言葉で、シャニはすべてを察した。

おそらくザノゥサは、親が子に狩りの仕方を教え、兎などの獲物を獲って帰るのだ。だがアラヌヌにはその「親」がいない。そして彼の言う兄弟たちも同様だ。だからアラヌヌは弓の扱いが独特だし、その腕でも弟たちに獲物を狩ってやろうとしている。

シャニはそれを聞いて、うん、とひとつ頷《うなず》いた。

「朝も昼間も、時間があれば、弓であれ、ナイフの扱いであれ教える。いつでも声を掛けてくれ」

「は？　いや、それは……」

アラヌヌはまだ戸惑っている様子で、言葉を濁《にご》す。そりゃあ、憎むべき相手から突然こんなことを言われたら怯《ひる》むのは当然だ。シャニはアラヌヌの気持ちが手に取るようにわかった。だが……

「弟たちに兎の肉を与えてやりたいんだろう？」

「それは……」

「俺が狩ったものでいいなら分けてやるが、それでいいのか？」

先ほど仕留めた兎を親指で指す、と、アラヌヌが眉間に皺《しわ》を寄せる。

「……それは、嫌です」

素直に感情を表すアラヌヌに、シャニは「そうだよな」と笑って返す。そう、きっとアラヌヌは誰かに与えられたものではなく、自分の手で仕留めた獲物を弟たちに振る舞いたいのだ。彼らの、兄として。

「じゃあ練習だ」

多少強引に話をつけると、アラヌヌが口を開きかけて、閉じて、そしてまた開いて「よろしく、お願いします」と小さな声で漏らした。

「こちらこそ、よろしく頼む」

シャニはそう言って、アラヌヌに自身の右手を差し出した。まぁ握り返されなくとも仕方ないと思ったが、アラヌヌはその手をじっと見下ろしてから、さっ、と風が通り抜けるような素早さで握手を交わしていった。いや握手というより、少しばかり手が触れた、と表現するほうが正しいかもしれない……それぐらいの短い触れ合いだった。

シャニは思わず声を上げて笑ってしまったが、その頃にはアラヌヌはさっさと背を向けて山の中を歩き出していた。どうやら、彼なりに照れているらしいのは、その耳先が赤くなっていることから知れた。シャニはますます笑いそうになったが、そうするとせっかく近づいたアラヌヌとの距離が物凄い速さでまた開いてしまうだろう。だから、口の中でそれを噛み殺すことに専念した。

七

「最近、孤児院に通っているらしいな」

「え？　あぁ、そうだな」

湯に浸かっている最中に不意に話しかけられて、シャニは閉じていた瞼《まぶた》を持ち上げて正面の男を見やった。声の主は、自身の伴侶であるグリトニィルだ。

不思議なことだが、初めて一緒に風呂に入って以来、なぜか妙に入浴をともにする機会が多い。シャニが湯場に行くとグリトニィルが浸かっていることもあるし、その逆もよくある。なにかと忙しそうなグリトニィルと接する時間がなかなかないので、この湯場での交流はシャニにとって大切なものになっている。シャニは、グリトニィルと正式に伴侶になると決まってからずっと、彼とできる限り友好な関係を結んでいきたいと思っていた。まぁ、グリトニィルのほうがどう思っているかはわからないが。

今日も今日とて、入浴の時間が一緒になった。

シャニが湯に浸かっていると、狼姿のグリトニィルがのっそりと現れたのだ。人の形を取った彼は長方形の湯船の……シャニとちょうど対角線にあたる場所に浸かり、そして先ほどの言葉を投げかけてきた。グリトニィルのほうから話しかけてくるのは珍しいので、一瞬返事が遅れてしまった。

「アラヌヌと接する機会が増えたから、必然彼の住まう孤児院に行くことも増えたんだ」

そう。シャニは最近ザノゥサの孤児院をよく訪問していた。それはグリトニィルに伝えた通り、アラヌヌとともに過ごす時間が増えたからだ。

アラヌヌに弓やナイフの指導を申し出てから、早ひと月あまり。朝は日が昇る前に山で弓の練習をともに行い、昼間は時間を見つけてナイフや体術の訓練をこなしている。元々ザノゥサの民は身体能力が普通の人間より優れているらしく、最初は動きがぎこちなかったアラヌヌも、今やめきめきと実力をつけている。とはいえ長年の経験の差か、まだまだシャニに及ぶ段階ではない。

初めは不満そうに指導を受けていたアラヌヌだが、シャニの実力を知るにつけ、段々とツンと澄ました態度が減ってきた。

一緒に過ごす時間が増えたことにより、二人の関係は目に見えて改善しつつあった。

「そうか」

グリトニィルは鷹揚《おうよう》な態度で頷《うなず》き、手に掬《すく》った湯で顔を洗った。

「あぁ。最初は子どもたちも警戒して近づいてもくれなかったが、今朝なんて……ふっ」

話の途中で、シャニは思い出し笑いをこぼしてしまう。

今朝、朝の弓の練習を終えた後、シャニはアラヌヌとともに孤児院へ向かった。足を踏み入れた瞬間、シャニの訪問を心待ちにしていたらしい子どもたちに「あっ、シャニ様だ」「伴侶様だ」とわらわらと囲まれ、背中にまとわりつかれ、両腕にしがみつかれてしまったのだ。今までこういう風に子どもに懐かれたことのないシャニはどうしていいのかわからず、アラヌヌに「これは、動いていいのか？」と尋ねた。すると、アラヌヌが大きく口を開けて笑った。

笑ったのだ、あのアラヌヌが。

「弓もナイフもあんなに扱えるくせに、子ども一人あやせないんですか？」

なんて言って。

今までアラヌヌのしかめ面ばかり見ていたシャニは、思わず「アラヌヌも笑うんだな」とこぼした。すると周りの子どもたちが「笑った笑った」「アラヌヌ笑った」と茶化すものだから、今度はアラヌヌがいつも以上のしかめ面になって。となるとまた子どもたちは「怒った怒った」「アラヌヌ怒った」と指差して笑うのだ。それでまぁアラヌヌは怒るし、怒られた子どもたちはきゃあきゃあ言って逃げるし……、とにかく朝だというのに大騒ぎだ。

シャニはその騒ぎの中どうすることもできず棒立ちで立ちすくむばかりだったのだが、それがまた子どもたちにとっては面白かったらしい。けらけらと笑われて、シャニもまたつられるように笑っていた。

……という騒ぎを思い出して思わず笑ってしまった。しかしなにも事情を知らないグリトニィルからしてみれば、シャニがいきなり笑い出したので不審極まりないだろう。

事実、突然笑ったシャニを見て、グリトニィルは驚いたように目を見張っている。

「あ、悪い。子どもたちのことを思い出して……。面白かったんだ、今朝、彼らが」

「……そうか」

恥ずかしさからしどろもどろになって説明すると、グリトニィルは、ふい、と視線を逸らしてから頷《うなず》いた。まぁ彼からしてみればシャニが笑おうが笑うまいがどちらでもいいのだろう。

「ザノゥサの民は常に戦いと隣り合わせの生活だ」

不意に、思いがけず静かな口調でグリトニィルが呟いた。

（いや、この人はいつでも静かだな）

苛烈そうな見た目に反して、グリトニィルはいつも静かな口調で話す。シャニの知る長……民を率いる者は、ユーディスティの王こと自身の父だ。彼はいつでも尊大な物言いをし、声も他を威圧するように大きかった。態度もやたらと高圧的で、周りは常に彼の機嫌を損ねないようにと気遣っていた。王として侮《あなど》られないようにという意識ゆえかもしれないが、シャニには理解し難い行為だった。

グリトニィルはある意味、父とは正反対の性質だ。物静かでありながら十分な存在感があり、なにを言わずとも民や臣下に頼られている。彼を敬う者は多いが、恐れている者はいない。

「もちろん、戦いの中で命を落とすことも少なくない。が、それを恐れる者はいない。それが、ザノゥサの戦士だからだ」

グリトニィルの言葉に、思考に耽《ふけ》っていたシャニは顔を上げる。

ザノゥサとは皆等しく死をも恐れぬ戦士である、ということなのだろう。半狼半人である彼らはやはり、人間と同じ感性ではないのかもしれない。ザノゥサを知ったばかりのシャニは、それを批判も否定もできる立場にない。ただ「そういうものか」と頷《うなず》いて受け入れるしかないのだ。

わずかにうつむいた顔の、顎先《あごさき》から雫《しずく》が滴る。ぴち、と軽い音を立てて水面で跳ねたそれを見て、グリトニィルが「だが」と続けた。

「いかに強靭《きょうじん》な戦士であれ、子を思う気持ちはある」

変わらぬ静かな言葉。だがそこに込められたたしかな熱を感じて、シャニは顔を上げた。

「だからザノゥサは、残された子どもを大切にする」

「残された子を……」

「我が子もまた、いつ残された子どもになるかわからないからだ」

その言葉に、シャニは「あぁ」と理解する。

孤児院の子どもたちは、いつも笑顔だった。アラヌヌはもういっぱしに働いており成人も間近で、大人に近づいたがゆえの苦悩もあるようだが、少なくとも彼の弟たちはのびのびと明るく過ごしている。彼らの面倒を見る大人たちも、すべての子どもたちに惜しまぬ愛情を注いでいるし、アラヌヌもそうだ。皆、彼らを孤児だからと侮《あなど》ったり、馬鹿にしたり、ましてや見捨ててなどいない。

(そういえば、そうだな)

ユーディスティでは孤児が犯罪に巻き込まれる事件が多かったが、ザノゥサではそういった子どもを見かけない。親がいようといなかろうと、子どもたちは皆等しく子どもらしく生きている。

(そうか。それはきっと……)

それはきっと、大人たちがそうあるべく手を尽くしているからだ。

なるほど、と納得するシャニの胸の内が、じん、と温かくなる。シャニは特別子どもの相手が得意というわけではないが、決して嫌いではない。むしろ好きだ。ただ、対応の仕方がわからないというだけで……

温かな気持ちで「ほ」と息を吐いていると、グリトニィルがなにか言いたげな目をシャニに向けてきた。

「だから……残された子どもを丁重に扱ってくれる者にも、もちろん感謝の念を抱く」

「そうなのか」

孤児院を運営しているのは、たしか長であるグリトニィルだ。そういった行動を示すからこそ、彼は里の者たちから慕われているのだろう。

うん、うん、と頷《うなず》いていると、グリトニィルが眉根を寄せた。

「…………理解しているか？」

「あぁ。俺も、ニィルは素晴らしい御仁だと思っている」

ちゃんと理解しているとも、と勢い込んで返事をすると、グリトニィルが「はぁ？」と妙な声を上げた。彼にしては珍しく大きく、そして、なんとなく輩《やから》っぽい「はぁ？」だ。

「えっ……？」

なぜグリトニィルが憤ったのかわからず、シャニは首をかしげる。グリトニィルはなにか言いたげに大きく口を開いて……そしてなにも言わないまま閉じた。

大きな口から覗いた犬歯が鋭く尖っていて、シャニは「犬歯がやたら発達しているのは半分狼だからだろうか」とどうでもいいことを考える。

その間に、グリトニィルはザバッと音を立てて湯から立ち上がった。そしてあっという間に狼姿に戻り、湯船から飛び出してしまう。

「ニィル？」

白銀の狼は水気を含んだ毛をそのままに、チャカチャカと足音を立てながらその場をうろつく。そして「グル……」と動物らしく喉を鳴らしてから、思い切り体を震わせた。いつも通り、水滴が雨粒のように飛んでくる。

「ぶわっ」

最近この水滴攻撃にも慣れてきた（手桶で避けたり、顔を背けたり、いくつか対処法を生み出していた）気がしていたが、たまに油断すると思い切り顔面に被弾する。今回もまた、頭の上からびしょびしょにされてしまって、シャニは「う、う」と呻《うめ》きながら手のひらで顔を拭った。

「お前のことだ」

「う、……う？」

目を開ける前に、どこか怒ったような声が聞こえてくる。

「感謝しているのは、俺にじゃない。お前にだ。そのくらい会話の流れから察せ」

「……え？」

次いで目を開くと、すでにグリトニィルの姿はなく。シャニはぽかんと目を見開いたまま、もはや誰もいなくなった空間をただぼんやりと見つめるしかなかった。

＊

　グリトニィルの言葉をにわかに信じることができないまま、シャニは風呂上がりにデイヌィを捕まえて「その件」について問うてみた。つまりそう、シャニがアラヌヌや孤児院の子どもたちと接することに対する里の者の反応について、だ。

「あぁはい。最近、里の者の嫁御殿に対する評価はぐんと上がってますよ」

「そうなのか？」

「気づいてなかったんですか？　むしろ狙ってやっているのかと思ってたんですが」

　デイヌィの言葉に、シャニは正直に「いいや」と首を振る。まさか自分がアラヌヌに弓やナイフの扱いを教えることがそんな影響を与えるとは思っていなかったからだ。

「アラヌヌと親しくなって里のことを知りたいという魂胆《こんたん》はあったが、そういった狙いはなかった」

「はぁ、そうなんですね」

　デイヌィはふむふむと頷《うなず》いてから、にっこりと底の見えない笑みを浮かべる。

「まぁいずれにしてもいいことですよ。里の者の嫁御殿に対する意識はがらりと変わりましたから。今までが下の下だったぶん、反動で上がるのも早いようで」

「下の下だったのか……」

「下の下でしたね」

改めて断言されると辛いものがあるが、まぁ事実には違いない。

「それにしても、アラヌヌがよく懐きましたね。あの子は警戒心が強いほうですけど」

「懐いた……というと語弊《ごへい》があるが、まぁ普通に会話をしてくれるようになった」

たしかにデイヌィの言う通り、アラヌヌの態度は以前より格段によくなった。よくなったというより、受け応えが柔らかくなった。

「それほど嫁御殿の弓の腕がたしかだと」

「かもしれないな。弓は自信がある」

「それはそれは」

デイヌィの言葉はもしかしたら冗談や嫌味の類だったかもしれないが、シャニは額面通りに受け取って頷《うなず》いておいた。

「ただまぁこの山脈にはユーディスティにはいないような獣も出ますから。十分に気をつけてくださいね」

デイヌィの忠告はもっともだ。気候も地形もなにもかもユーディスティとは違うこの山脈では、まったく異なる生態系が築かれているだろう。シャニが知らない生き物がいて当然だ。シャニは「あぁ」と力強く頷《うなず》いておく。

「大丈夫だ。アラヌヌに怪我を負わせるようなことはしない」

どんな獣に襲われようと、アラヌヌを逃すくらいのことはできるはずだ。

「……嫌だ。私まで絆《ほだ》されそう」

いつも笑みを絶やさないデイヌィにしては珍しく嫌そうな表情を浮かべている。シャニはデイヌィの言葉の意味が理解できず、ん、と首をかしげた。

「どういう意味だ？」

「なんでもありません。そもそもその見た目がよくない。ザノゥサは美しいものに弱いんですよ」

デイヌィの言葉に、シャニはパッと顔を明るくする。

「わかる。ザノゥサの作る装飾品は手が込んでいて美しい。アラヌヌが使っているナイフの柄の模様が本当に……」

「だぁっ！　こっちは絆《ほだ》されないようにしてるんだからやめてください」

まったくもう、となぜかデイヌィはぷりぷりと怒りながら「じゃあ失礼しますよ」とその場から去っていった。

「えぇ……？」

後に残されたシャニは、ぽかん、と目を丸くして見送るしかなかった。

八

　デイヌィとの奇妙なやり取りから数日後。

　その日、シャニは朝からアラヌヌについて山に入っていた。

「もうすぐ深雪夜が来るとウルゥナ様の占いが出たので、早急に数羽兎を狩りたい、です」

　と、アラヌヌが狩りの同行を頼んできたからだ。最初の頃はなにがあろうと「ついてきてほしい」なんて口にしなかったアラヌヌが頼ってくれるのが嬉しく、シャニは一も二もなくその依頼を受け入れた。アラヌヌはどことなくホッとした様子で「ありがとう、ございます」なんてそっぽを向きつつ礼を言ってくれて。その素直でない様がどうにも可愛らしく、シャニはますますいい気分になってしまった。

　というわけで、アラヌヌの休みの日を利用して山に入ったのだが……、今のところ、兎を二羽仕留めている。シャニが助言を入れはしたものの、どちらもアラヌヌが自身の矢で射た。

「また腕を上げたな」

「まぁ……練習してますし」

　誰かの指導のおかげで、とぼそぼそ呟かれて、シャニは「そうか」と笑う。そんなちょっとしたやり取りも、なんだか師匠と弟子のようで勝手に微笑ましい気持ちになる。

ざく、ざく、と雪を踏みしめながら、シャニは空を見上げた。今日は珍しくすっきりと青く澄み渡っていて、気持ちがいい。

「信じられないな」

「なにがですか？」

「深雪夜、というものが。昼間も夜のように真っ暗になって雪が降り続けるなんて、人生で体験したことがない」

深雪夜とは、数年に一度やってくる大雪……のようなものらしい。深雪夜が来ると、昼間でも夜のように空が暗くなり、しんしんと雪が降り続ける。その間ザノゥサの民は家に籠《こも》り、じっと深雪夜が明けるのを待つのだという。籠《こも》っている間は家の中で静かに過ごすのが常で、アラヌヌはそこで子どもたちに楽しみのひとつとして、自身が狩った獲物を振る舞いたいらしい。

「まぁ、下とこことじゃ色々と違うらしいですから。知らなくても仕方ないんじゃないですか？」

「そうだな」

下、というのはユーディスティのことだ。寒い山の上に住むザノゥサは、南の温かい地域に住むユーディスティのことを「下」と呼ぶ。最初は違和感があったが、シャニもその呼び方にすっかり慣れていた。

「生き物もだいぶ違うんでしょうね」

「まぁ、下では見ない生き物もたくさん見かけるな」

二人縦一列になって山を歩きながら、シャニは頷《うなず》く。温暖な平地や海辺に棲む生き物と、寒い山の中に生きる生き物とは、その種類からしてまったく違う。

「俺からしてみれば『海』の生き物のほうが信じられないですけど」

「ん？　あぁ、まぁそうだよな」

アラヌヌは生まれも育ちもザノゥサの里で、海を見たことがない。そのせいか、シャニが海の話をすると興味深そうに耳を傾けてきた。まぁ素直に「海の話を聞きたい」とは言わないので、シャニがなんとなく察して語る程度だが。それでも以前よりは格段に会話が増えた。

「海の中には、とんでもなくでかい生き物もいるって……言ってましたよね」

「あぁいるぞ。そこに生えている木よりもでかい生き物が悠々と泳いでいる」

斜面に生えている木を指しながら教えてやる。と、それを眺めたアラヌヌがぶるりと身を震わせた。

「信じられません。そんな生き物がいるっていうのに、船で海に出る理由もわからないです」

「ふははっ」

真剣な顔で「信じられない」と繰り返すアラヌヌを見て、思わず笑ってしまう。魚といえば人の腕で抱えられる程度の大きさのものしか知らないアラヌヌからしたら、水の中にそんな大きな生き物がいること自体驚異なのだ。

「でも、ザノゥサの民だってどんな生き物がいても山の中に入っていくだろう」

「それはそうですけど……」

誰しも、未知なるものは恐ろしい。海であれ、山であれ、きっとそれは同じだ。シャニはそう心の中で呟きながら、しかし笑みを浮かべて、後ろを歩くアラヌヌに語りかける。

「俺も、初めての航海は恐ろしかった気がする……が、その気持ちはもうすっかり忘れてしまった」

シャニの言葉に、アラヌヌが「なぜですか？」と素直に問いかけてくる。シャニは「は」と白い息を吐きながら、青い空を見上げた。

「恐ろしいことや怖いことは、案外すぐに忘れるからな」

「忘れる？」

「そう。不思議なことに、覚えているのは辛いことより楽しかったことなんだ」

だからまた海に出られるんだろうな、とシャニは雪を踏みしめながら笑った。

「怖かったことばかり覚えていたら、海に行く者も山に入る者もいなくなってしまう」

シャニの言葉に、アラヌヌは「ふぅん」と子どもらしい返事をする。

「アラヌヌは、山で怖い目に遭ったことがあるか？」

「俺ですか？」

アラヌヌは「うーん」と悩むように空に視線を向ける。そして腕を組んだ後「あぁ」と声を上げた。

「やっぱり大きい獣に出会うと恐ろしいですね。子どもの力じゃどうしようもないような」

「そうか」

アラヌヌの言葉は、自分の力のほどをわきまえている物言いだ。シャニは心の内で感心しながら、数度頷《うなず》く。

「何度も山の中に入っているが、図体の大きい生き物には会ったことがないな」

シャニがそう言うと、アラヌヌは「そりゃあ」と肩をすくめる。

「ここら辺には出ませんよ。出るのはもっと奥、北のほうです」

「へぇ」

シャニは顔を上げて山のほうを見やる。……そして、妙な違和感に眉根を寄せた。

「今日は、やたら獣が少ないな」

「そうですか？」

「あぁ。さっき兎を仕留めて以来ほかに見かけないし、気配も感じない。変だ」

アラヌヌは特に気にした様子もなく、歩を進めている。そんな日もあるだろう、と受け止めているようだ。だが、シャニは違和感を拭えない。

「あぁ。兎もそうだが、鳥が見当たらない」

ぐるりと首を巡らせる。いつもは木の枝にいる鳥が一羽も見当たらない。こんなことはザノゥサの森に入って初めてのことだ。兎も鳥も、警戒心が強い。なにか姿を隠さなければならない「理由」があるのではないだろうか。

（いつもと違う、という勘は意外と当たるからな）

勘にも色々種類があるが、変化に関する勘は意外と的中する。それがただの当てずっぽうではなく、実際に「変化」している場合は特に。物事が変化するのには、なにかしらの理由がある。森の獣がいなくなるような変化は……

「アラヌヌ」

「はい？」

シャニはその場で足を止めて、特段なにも感じていないらしいアラヌヌを呼び止める。

「やはりおかしい。今日は一旦下山しよう」

シャニの言葉に、アラヌヌは「えぇ」と不満そうな声を上げた。

「深雪夜までもう時間がないんです。早く獲物を狩って捌《さば》かないと」

ふん、と鼻を鳴らしてアラヌヌは前に進んでいく。

アラヌヌの言うこともわかる。だが頭の中の危機を司る器官が、どうしても「待て」とシャニに警告してくるのだ。

「俺も手伝う。だからちょっと待ってくれ」

「必要ありません。伴侶様の弓の腕はたしかですが、ザノゥサには弓ではなく狼の力があります」

ざく、ざく、と雪の中を進むアラヌヌの、その先の木の茂みをシャニは鋭く睨《にら》みつける。がさ、と揺れたその茂みを。

「弓の力を借りるのは今だけで……」

「アラヌヌ！」

シャニは今までにない、強い声でアラヌヌを呼んだ。そして彼の背の荷物を引っ掴んで、ぐわっ、と無理矢理後ろに放り投げる。

「う、わっ！」

ごろごろと雪の上を滑ったアラヌヌは「なにをっ」といきり立つ。が、シャニはそんなアラヌヌの前に立ち、素早く弓を構えた。そして「立て！　逃げろ！」と振り返らないまま叫ぶ。

「はっ、えっ？」

アラヌヌの声を背に聞きながら、シャニは矢を一本、そしてすかさず二本目を放った。シュパッと甲高い音を残して、矢は茂みの向こうへ消えていく。

……と、その茂みから「グォオオオオオ」と地を揺らすような唸り声が聞こえてきた。

「え、あっ」

「驚いている暇があるなら立て！　走れ！　下だ！」

シャニは言いながら、自身も走る。アラヌヌは「え、え」と言いながらも四つん這いの体勢から這いずるように立ち上がり、今まで登ってきた道を走り出す。

「グォオオオオッ！」

その背後から、とんでもなく大きな熊……らしき獣が飛び出してきた。熊にしては体が大きくて、牙がやたらと長く、口に収まっていない。毛は白い……ようだが、胸元や手足は汚れて黒ずんでいる。頭と胸に矢が刺さっているが、その生き物はそれを感じさせない力強い足取りで、ずし、ずん、と進んでくる。意外と歩く速度がある。

「アガパパスっ？　なんで！」

どうやらその生き物はアガパパスという名がついているらしい。シャニは二度その名を口の中で転がしてから、アラヌヌの後方を守るように彼の背後を走る。ちら、と後ろを振り返ると、アガパパスが四足歩行で雪煙を上げながら追ってくるのが見えた。

「なんでっ、この時期に、こんな場所にっ」

恐慌状態に陥《おちい》っているアラヌヌの顔はひどく引き攣り、血の気が引いて真っ青だ。明確に「死」を感じているのが見て取れる。

(かなり厄介な生き物、ということだな)

アラヌヌの様子からそう察して、シャニは駆けながら素早く弓筒から比較的重さのある矢を選んで取り出す。そして、振り向きざまにそれを射た。

「グッ、ガァッ！」

ヒュパッ、と音を立てて飛んだ矢は、吸い込まれるようにアガパパスの眉間に刺さる。しかし、それは致命傷には至らず、その足を数秒とどめることしかできなかった。

「皮膚が厚いな」

シャニは舌打ちしながら、さらに矢をつがえる。寒い地域の生き物だからか、やたらと皮膚や毛皮、そして脂肪部分が厚いらしい。矢が深くまで刺さらないので、仕留めることができない。

「アっ、アガパパスはっ、はっ、大人のザノゥサ五人がかりで仕留めるんですっ、はっ、弓じゃ無理だ！」

シャニの様子を横目で見ていたアラヌヌが叫ぶ。恐怖の中で走っているからだろう、やたらと息が上がっている。

五人がかりで仕留める、ということは、狩りの方法があるということだ。

「仕留めるにはどうする。頭か、首か、心臓か」

シャニは素早くアラヌヌの様子を確認してから、早口で問うた。アラヌヌは「えっ、えっ？」と焦り、困ったように口ごもる。

「頭か、首か、心臓かっ。それだけでいい、答えろ！」

「くっ、くっ、首です！」

アラヌヌが泣き出しそうな顔で絶叫した。シャニは「そうか」と頷《うなず》くと、空に向かって弓を三本射る。

……数秒後、上から、どさっ、どさっ、と雪が塊《かたまり》になって降ってきた。シャニが雪の多く積もっている木を狙って、矢でそれを揺らし落としたからだ。その雪はちょうどアガパパスの頭に直撃し、さすがに動きが止まる。

「アラヌヌ、今のうちに里に向かって走るんだ。助けを呼んでくれ」

「えっ、えっ、伴侶様はっ！」

「ここに残って足止めする。このままじゃ追いつかれて二人とも襲われるからな」

シャニは素早く矢を取り出して、弓につがえて構える。アガパパスが埋まっている雪山が、もぞ、と蠢《うごめ》き出した。もうあと数秒もすれば、あの中から怪物が飛び出してくるはずだ。

「あしっ、足止めって……」

「いいから行けっ！　……わかるか？　アラヌヌだけが頼りなんだ」

鋭く、厳しく促した後、一拍置いて信頼を伝える。しっかりと視線を絡ませるように顔を横に向けて。本当は獲物から目を逸らさないほうがいいのだが、混乱して、怯えているアラヌヌを落ち着かせるには、このほうがいい。

アラヌヌの焦茶の瞳と、シャニの翠の瞳が交わる。

アラヌヌは真っ青な顔をくしゃくしゃにしてから、ぐっ、となにかをのみ込むように喉を鳴らして頷《うなず》く。

「わか、わっ、わかりましたっ」

「行け！」

行け、行けっ、と何度も促す。と、アラヌヌは躓《つまず》きながらも腕を振って走り出した。その目に涙が浮かんでいたが、今はそれを拭ってやる暇もない。

雪を踏み締めて駆け出したアラヌヌの足音が遠ざかるのを聞きながら、シャニは矢を放った。

体の大きい動物と戦う時は、自身の体を大きく見せて威嚇《いかく》するほうがいい。シャニは近くにあった木の幹にナイフを突き立てると、それを足場にしてよじ登った。軽く跳躍《ちょうやく》して枝を掴み、体を揺らしてそこに脚をかける。そのまま、ぐんっと力を入れて枝に腰掛けた。

「グオオオオオ！」

雪を薙《な》ぎ払うようにして、アガパパスが再び姿を現す。毛皮についた雪が、シャニの顔のあたりまで飛んでくる。

先ほどシャニが射た矢は、アガパパスの目を貫いた。が、アガパパスは逃げることも怯《ひる》むこともなくシャニのいる木に体当たりをしかけてくる。

（かなり凶暴な性質だな）

茂みの中にいた時から、アガパパスは殺気に溢れていた。だからこそシャニはその気配に気づき、一拍早く矢を射ることができたのだ。

（獣も、鳥もいない理由がわかった。こいつに食われるからだ）

アガパパスの口元や牙には血の跡が残っている。おそらくどこかで「食事」を済ませてきたのだろう。

アラヌヌは「普通であればここにはいない」と言っていた。まさかその「普通ではない時」に鉢合わせるとは運がない。が、運がないからと諦めて大人しく食われるわけにはいかないのだ。

（さて、どうするか）

シャニは揺れる木の枝の上で、アガパパスの仕留め方を思案する。

時と状況、そして相手によっては、なにも命を掛けて戦わずとも逃げるほうがいい場合もある。が、このアガパパスから逃れるのは至難の業だろう。二足歩行時はそれほどでもないが、四足となると走る速度がシャニより上だ。木の上に逃げても、木を揺らして落とそうとしてくる知性もある。さらに、威嚇《いかく》しても、急所を射ても、気にせず向かってくる。

（逃げきる前に食われるな）

まず間違いなく、と心中で断言して「であればどうするか」とまずは自分の装備を確認する。矢の残りが五本、戦闘用のナイフが一本と、作業用小刀が一本。はっきり言って心許ない。が、それだけでどうにかするしかあるまい。

（首、と言っていたな）

アラヌヌが言っていた、ザノゥサがアガパパスを仕留める際に狙う場所。シャニは頭の中で作戦を組み立ててから「よし」と膝を打って自分を鼓舞《こぶ》した。

下からは常に咆哮《ほうこう》が聞こえてくるし、足場は悪く、木は常に揺れている。この調子だと、あと少しすれば木は薙《な》ぎ倒されるだろう。

シャニは、ふ、と息を吐いてから重めの矢をつがえた。そして、シュパッと射る。

「グォオオッ！」

それはアガパパスの首に突き刺さった。が、まだ倒れない。どうやら深くまで刺さってはいないらしい。

（ひとつ）

シャニは続けざまに矢を二本放った。一本はアガパパスの腕に刺さり、もう一本は先ほどアガパパスの首を穿《うが》った、その矢の尻に当たる。

（ふたつ、みっつ）

そこでようやく、アガパパスが「グゥウッ」と苦しげな声を上げた。鏃《やじり》が、届いてほしいところまで埋まったのだ。シャニはこの機を逃すまいと、四本目の矢を射る。それはまた、首元に刺さる矢の尻に当たった。じりじりと、その矢を深く押し込むように。

（よっつ）

「グゥウッッオオオオオオ！」

と、天を仰いだアガパパスが空気を揺らすような咆哮《ほうこう》を上げ、木の幹に体当たりをしてきた。枝が大きく揺れ、つがえようとしていた矢が地に落ちる。

「あっ、……ちっ！」

すと、と雪に刺さった矢を見下ろし、シャニは盛大に舌打ちする。

首に刺さった矢は確実に、アガパパスの致命傷になろうとしている。もう少し、もう少しなのだ。

シャニは自身の装備を今一度確認し、そして腰に提げていたナイフの柄を握った。

「ふー……」

海軍に所属している頃、命を奪い合うような戦闘には何度も遭遇した。人を殺したこともあるし、逆に殺されかけたこともある。仲間を何人も殺されたことも。

シャニにとって敵を仕留める上で一番大事なのは、常に冷静でいることだった。熱くなって周りが見えなくなったら、どこから撃たれるかわからない。常に視野は広く、自分にできる最善はなにかを考え続けること。

そして二番目に大事にしているのは……

「よし」

ひとつ気合いを入れてから、シャニは「ふっ」と短く息を吐いて、足元の木の枝を蹴った。そして、アガパパスの肩口にナイフを突き立てる。

（二番目に大事なのは、思い切りだ！）

「グァアッ！　ウガッ、ゴォオオオ！」

獣臭さと血の匂いが鼻を刺激する。遠心力で下半身を振り回されながら、シャニはナイフを起点にアガパパスの巨体を駆け上がった。そして、首筋に刺さった矢に手をかける。

「はっ……あぁっ！」

全体重をかけて、矢を押し込む。ぐ、ぐぐっと肉に矢が沈む感触。口を開き、仰け反るアガパパス。そして……熱いほどの刺激を背中に感じた。

「うぐっ」

「ギャヤァアアアア！」

シャニの痛みを堪えた呻《うめ》き声は、アガパパスの断末魔にかき消された。

ふら、ふら、とたゆたうように揺れたアガパパスは、やがてドウゥッと地響きを立てながら雪に沈んだ。その腹の上で、シャニは「ふ、はぁー……」と大きく息を吐く。そして、むく、と起き上がった。……と、その時。

――ドウッ！

まるで凄まじい力で投げられた石礫《いしつぶて》のような速度で、なにかがそばに降ってきた。

「なっ！」

思わず胸元にしまっていた小刀を引き出して構える……が、シャニはすぐさま詰めていた息を吐いた。目の前に降ってきたのが、見覚えのありすぎる毛色をした狼だと気がついたからだ。

「あぁ……、ニィル」

狼、グリトニィルの名を呼ぶと、彼は狼姿のままタタッと素早く走り寄ってきた。

「来てくれたのか」

白銀の毛を見ていると、胸の中に不思議と安堵《あんど》が湧いてくる。思わず狼のほうに手を伸ばすと、彼は嫌がることなくそれを受け入れた。

シャニは膝をついて彼の首に手を回すと、ぎゅ、と柔らかく抱きしめる。

（あぁ、温かい）

先ほど死ぬ気でしがみついていたアガパパスにもたしかに生き物の温もりを感じたが、グリトニィルのそれはまったく違う。冷え切っていた心臓が、ようやくとくとくと動き出したような、そんな心地だ。

「はぁ」と短く息を吐くと、グリトニィルの耳がぱたぱたと跳ねた。シャニの頬に、濡れた鼻先が触れる。

離せ、ということかと思って、腕をゆるめて膝立ちで一歩下がる。と、一瞬の後に狼が人間の姿に変身した。そして周りを見渡してから「シャニ」と短く名を呼んでくる。

「これは、お前が？」

「あぁ。なんとか仕留めた」

これ、と倒れたアガパパスを示され、シャニは素直に頷《うなず》く。時間はかかったが、と多少の情けなさを滲ませながら言うと、グリトニィルは愕然《がくぜん》とした顔をして、そして「一人で……」と呟いた。

「あぁ」

グリトニィルは「信じられん」と漏らし、口元を覆うように顎《あご》に手をやる。そんなグリトニィルを眺めながら、シャニは「ニィル」と話しかけた。

「ここには、アラヌヌに呼ばれて？」

「あぁ。転がるように山を下りてきて『伴侶様を助けてくれ』『アガパパスが出た』と」

それを聞いてシャニはほっと息を吐く。里に帰れたのであれば、アラヌヌは無事だ。怖い思いをしただろうから、とにかくしばらくはゆっくりと養生してほしい。

「よかった」

安堵《あんど》の吐息を漏らすと、強い視線を頬に感じた。もちろん相手は、グリトニィルしかいない。

「ん……？」

「……いや。アラヌヌを逃がしてもらって、助かった。礼を言う」

グリトニィルが、白銀の髪をさらりと揺らして頭を下げる。人に頭を下げるタイプだとは思っていなかったので、シャニは驚いてしぱしぱと瞬きを繰り返す。そして「いや」とゆっくり首を振った。

「行動をともにする年長者として、当たり前のことをしたまでだ。私はただ、誰もがやるべきことをしたにすぎない」

素直な気持ちでそう伝えると、グリトニィルはなんとも言えない表情を浮かべた。

それから「シャニ」と名前を呼んで……、ぴたりと動きを止めた。そして、すん、と匂いを確かめるように鼻を鳴らす。

「怪我をしているな」

訝《いぶか》しげにそう言われて、シャニは「あぁ」と自身の体を見下ろした。先ほどからずきずきと痛む場所があるのは気づいていたが、できることならグリトニィルには知られたくなかった。

「背中だな」

ちらりと振り返ると、外套《がいとう》や服がぱっくりと裂けて、覗いた肌からは血が滴っていた。死の間際にアガパパスが爪で引き裂いたのだ。分厚い外套《がいとう》のおかげかさほど深い傷ではないようだが、血はしっかり流れているし、早く消毒しないと化膿するかもしれない。

「最後の最後にやられた」

昔から己は詰めが甘いのだ、と心中で自分を叱咤《しった》する。

とりあえず止血でもするかと、自身の裂けた服をさらに破いて血止めの布に使おうとした、その時。グリトニィルが、ずかすかとシャニのそばまで歩いてきた。

「あちらを向け」

「え？　……あ」

ぐい、と腰に手を当てながら腕を引かれて、くるりと体を反転させられる。仕草は性急だが、その動きは妙に優しい。傷に響かないように、という配慮が伝わってきた。

「止血か？　それは自分で……」

手当をしようとしているのだ、と悟って「自分でできる」と断ろうとしたのだが……

「え？」

手当の痛みとはまったく違う、柔らかく、それでいて熱いなにかが背中に触れた。戸惑って振り返ろうとするのを、グリトニィルの腕が許してくれない。シャニは決して力の弱いほうではないが、グリトニィルはその数倍強いようだ。腰に回った腕も、手首を掴んだ腕も、びくともしない。

「あの……、あ？」

背中が温かい。いや、温かいというより熱さすら感じる。肌のそばで火を焚いているような、そんな感覚だ。

「なにをっ」

驚いて振り返る。と、グリトニィルがパッと手を離した。反動で勢いがつきすぎて、シャニは雪の上に倒れ込みそうになる。

「……え？」

そうして振り返って見た自身の背中。外套《がいとう》やその下の服は変わらずぱっくりと裂けていたが、その下の肌……血は止まり、爪痕だけが白く残っているのが見える。まるで、怪我をしてから数カ月ほど経ったような状態だ。

「は、え？」

わけがわからず、シャニは震える指を傷跡に伸ばした。そこはやはりすっかり治っていて、触ると肉の盛り上がった傷が、ふに、と若干柔らかい。間違いなく、時間の経過した傷跡だった。

シャニは背中に向けていた視線をグリトニィルに移す。

「これは、どういう……？」

グリトニィルはいつもと変わらぬ無表情のままだ。シャニの驚愕《きょうがく》はたしかに伝わっているだろうに、グリトニィルは焦った様子もなくゆっくりと口を開いた。

「俺の力だ」

「力？」

力、と口の中で数度転がしてから、シャニはハッとした。ウルゥナの言っていたことを思い出したからだ。ウルゥナの特別な力は占いによる予知や遠見。それもまたたしかに稀《まれ》な能力ではあるが、グリトニィルの能力はまた異なる方向性で凄まじい。一瞬で傷を治すこの稀有《けう》な能力が、グリトニィルの「特別な力」なのだろう。

（そんな、人智を超えた力が……）

にわかには信じがたく、シャニは言葉を失くした。

この力があれば、怪我だってなんだって恐ろしくない。傷を負うことを顧みず敵に突っ込んでいくこともできる。

シャニの表情からその思考を察したのか、グリトニィルがわずかに顔をしかめた。

「俺の力は万能ではない。死者を蘇《よみがえ》らせることはできないし、怪我の完治も保証できない」

シャニは彼の言葉の意味を咀嚼《そしゃく》してから「と、いうと？」と話の続きを促した。グリトニィルは自身の髪をかきあげ、そばに倒れているアガパパスに視線をやった。

「自己治癒能力を上げているだけだ。本人にその力が残っていなければ……、たとえば瀕死の状態から救うことは無理だ」

シャニは「なるほど」と頷《うなず》く。

つまり、グリトニィルの能力は、彼自身というよりその治癒を受ける対象の力に大きく左右されるらしい。傷を治すのではなく、自己治癒の手助けをしているといったほうが正しいのだろう。

「すべての怪我を治せるだけの力があったらいいのだがな」

どこか自嘲するような物言いに、シャニは「ニィル？」とその名を呼ぶ。

グリトニィルはどこか遠くを見つめていた目をゆっくりとシャニに向ける。その目に浮かぶ感情が読み取れず、シャニはじっと見つめ返した。

「強いな」

それは意識してこぼした言葉ではなかったのだろう。グリトニィルがハッとしたように口を噤《つぐ》む。

「俺か？　まぁ、それなりに」

グリトニィルが自分のことを言っているのだと察して、シャニは嫌味に聞こえないように軽い口調で肯定する。そして、少し意識していたずらな笑みを浮かべてみた。

「強い嫁は嫌か？」

グリトニィルはきょとんとした顔で目を瞬かせた後、どこか愉快そうに口端を歪《ゆが》めた。

「ふ、嫁……あぁ、嫁だな」

「あぁ」

「アガパパスを一人で仕留められる嫁か？」

「あぁ、そうだ。頼もしい嫁だろう？」

少し胸を張ってそう答えると、グリトニィルが「はっ」と短く笑った。切れ長の目をきゅっと細めて、鼻の頭に少しばかり皺《しわ》を寄せて。は、は、と空気を吐くように笑ったのだ。

それは、シャニが初めて見る、グリトニィルの笑顔であった。普段見ない表情だからだろうか、なんだか妙に目を奪われる。

（なんだ？）

シャニは、どっ、どっ、とやたらと高鳴る胸のあたりを服の上から押さえた。今になってアガパスに対する恐怖が込み上げてきたのだろうか。

「アラヌヌを救ってくれてありがとう」

自身の鼓動に気を取られていると、グリトニィルがさらりと礼を言った。それは、混じりけのない真っ直ぐな感謝の言葉であった。

「子は里の宝だ。宝を守ってくれたお前に、里の者は大いに感謝するだろう。無論、俺も」

「……ニィル」

妙に胸が詰まって、言葉が出てくるまで時間がかかってしまう。なにか変だ、と思いながら、シャニは「いや、そんな」と首を振る。なぜだか顔が上げづらく、シャニは自分とグリトニィルの靴の先を眺めた。

「眩しいな」

「え？」

思いがけない言葉に、首を傾けるように視線だけ持ち上げる。と、自身を見下ろすグリトニィルの金色の瞳と目が合った。

（き、れいな、目だ）

太陽のようなその眩《まばゆ》い瞳に自分が映っていることに驚いて、思わずたじろいだ。が、グリトニィルはそんなシャニの動揺に気づいていないようだった。

「その髪も、肌も、目も、やたらと眩しい」

どうやら互いに同じようなことを考えていたらしい。

グリトニィルの手が、シャニの頬に伸びてくる。が、その手は頬に直接は触れず、少し距離のある位置で止まった。熱を感じるくらい、肌の、すぐそばに。

と、頬が火に炙《あぶ》られたように、ちりりと熱くなる。その熱に覚えがあり、シャニは「あ」と気がついた。おそらくグリトニィルは、シャニの頬についた傷も治してくれたのだろう。

（なんだ。頬に、触れてくれると思ったのに）

なんだ、そうか、治癒のためか。と考えて頬が熱くなって……、そこでシャニは内心「は？」と盛大に眉根を寄せた。まるで、触られることを待っていた、と言わんばかりの自分の思考に、大いに戸惑ったからだ。

（なんだ。え？　なにを考えた？）

表には出さないながらも、内心ぐるぐると思考を巡らせている……と、グリトニィルが、ふっ、と顔を上げた。狼が遠くの音を聞きつけ耳を澄ませるように、静かな表情をしている。

シャニもつられるように黙り、首を巡らせた。そして、グリトニィルが黙った意味を悟る。

「伴侶様ーっ！　グリトニィル様っ！」

雪山の斜面を子どもが一人、駆けてくるのが見えた。その後方には、里の大人が数名ついてきている。

泣きながら駆けてくるその子どもは、アラヌヌだ。

「アラヌヌ！」

ここにいる、と知らせるように腕を上げると、アラヌヌが「シャニ様っ」とぐしゃぐしゃの顔でシャニを呼んだ。ずっと走り通しだったのだろう、顔は汗や涙で濡れている。

「伴侶様っ、伴侶さっ……」

アラヌヌはシャニに向かって手を伸ばし、そしてその途中で、足元に転がる巨体に気がついたらしくビクッと体を跳ねさせた。

「アッ、アガパパス……ッ。グリトニィル様が？」

はっ、はっ、と肩で息をしながら、アラヌヌがアガパパスを避けるように大回りして、シャニのそばにやってくる。遅れてきた里の大人たちも、ざわざわと騒《ざわ》めきながらシャニとグリトニィルを見ていた。

「アガパパスを仕留めたのはシャニだ。俺が来た時はすでに事切れていた」

グリトニィルが静かな、しかしよく響く低い声でそう告げた。と、周囲の騒《ざわ》めきが一層大きくなる。

「は、伴侶様が……本当に？」

愕然《がくぜん》とした表情のアラヌヌに問われて、シャニは「まぁ」と素直に頷《うなず》く。しかし怪我を負ってしまったし、それを治してくれたのはグリトニィルだ。

シャニがそのことを伝えようと口を開くその前に、アラヌヌが「すっ……げぇ！」と大きな声を上げた。普段のかしこまったものとは違う、少年らしい歓声だ。

同時に、周りの里の者たちも「それは凄いな！」「一体どうやったら人間がアガパパスを倒せるんだっ？」と一斉に盛り上がりはじめる。

「いや、俺は……」

「凄い、凄い！　弓で射たんですか？　弓だけ？」

「あ、いや、ナイフも使って……」

「おい、見てみろよ！　首の矢だ、これで仕留めてる！　よくまぁこんな矢で」

シャニがなにか言う前に、アラヌヌと里の者にあっという間に囲まれてしまった。ぎゅうぎゅうと四方八方から囲まれ、問われ、シャニは困ってなにも言えなくなってしまう。

「いや、ニィルが……」

「さすがニィル様の嫁御殿だ！」

「アラヌヌを守ってくれた上に、アガパパスまで仕留めるなんて」

「嫁御殿は戦士だったんだな！」

あちらこちらで一斉に皆が喋るので、誰にどう答えればいいのかわからない。「あの」「ニィルが」「その」と文章にならない言葉をぽつぽつと漏らすものの、そのたびに里の者の賞賛にかき消されてしまう。

そうこうしているうちに、グリトニィルの姿が見えなくなっていることに気がついた。

（ニィル……？）

きょろ、と周りを見渡すが、やはり目の届く範囲に彼はいない。グリトニィルはいつの間にか、どこかへ消えてしまっていた。

九

シャニがアラヌヌを守ってアガパパスを退ける……どころか一人で仕留めてしまった、という話は、瞬く間に里中に広まった。

アガパパスは毛皮だけでなく、骨や内臓等も武器や生活用品、はたまた薬などに利用できるらしく、シャニは里の者からその使用の許可を求められた。狩りで得たものは仕留めた者に権利があるらしい。丁寧に伺いを立てられて、シャニはもちろん是の意を返した。あれだけの巨体を自分一人でどうこうしようとは端から考えてもいなかった。使えるものがあるのならば、どんどん使ってもらったほうがいい。むしろ、その使い方を教えてほしい。……と、素直にそう請うてみると、里の者は「本当ですか？」と戸惑いながら、それでいて歓迎するように受け入れてくれた。

「下の方は我々の暮らしを野蛮だと感じていると、そう思っていました」

彼らの暮らしは、山に暮らす生き物からの恩恵とともにある。食事はもちろん、寒さを凌《しの》ぐための毛皮や、武器、生活の小物に至るまで、ありとあらゆるところに生き物の血や肉、毛皮、骨などが活かされている。

たとえばシャニの母は鶏一羽触ることができないが、ザノゥサの民は女性でも鶏を絞めて血を抜き、捌《さば》くことができる。それができることが当たり前の世界なのだ。

ジャクリーンが美しい宝石を身につけるのと同じように、彼らは自身で狩った獣の毛皮を誇らしげに身に纏う。シャニに、どちらのほうがより素晴らしいか、なんて判断はできない。それぞれが暮らす環境に適応し、生きているだけだ。

そして今、シャニはザノゥサの民として生きると決めた。であれば、環境に適応しようとするのは、至極当然のことだ。

「俺は、自分の知らないことを覚えたい。迷惑でなければ教えてほしい」

素直な気持ちでそう頼むと、里の者たちは顔を見合わせてから、にこりと笑って「承知しました」と受け入れてくれた。

*

「シャニ様、今日はゲヘルナの家まで鏃《やじり》作りを見に行くそうですね」

「あぁ、よく知っているな」

風呂に入っている最中、湯を運んできたアラヌヌに問われてシャニは鷹揚《おうよう》に頷《うなず》く。と、桶から湯船に湯を注ぎながら、アラヌヌが唇を尖らせる。

「本当は、夕方にナイフの稽古をつけてほしかったんですけど、ゲヘルナが『シャニ様は今日うちに来るのよ』なんて言っていて」

ゲヘルナの祖父は動物の骨を使って様々な道具を作る職人だ。彼が、先日シャニの仕留めたアガパパスの骨を使って鏃《やじり》を作ると聞いて、シャニは自ら「是非」と頼み込んでその作業を見に行かせてもらうことになっていた。

ゲヘルナはアラヌヌと同い年の女の子だ。仲はいいらしいが、なにかと張り合っているようだ。おそらく、それもあって拗《す》ねたような顔をしているのだろう。

「アラヌヌもともにくればいい。稽古はその後で、どうだ？」

「……いいんですか？」

どこか甘えたような目を向けてくるアラヌヌに、シャニは「あぁ」と深く頷《うなず》いてみせる。パッと表情を明るくしたアラヌヌは、最近とみに懐っこい。きっかけはそう、アガパパスの一件だ。

アガパパスを仕留めて下山してきたあの日の夜。アラヌヌは緊張と、そして確固たる決意を目に浮かべて床に膝をつき、シャニに頭を下げた。

「命を救っていただき、ありがとうございました」

シャニはもちろん、アラヌヌに感謝されたくて助けたわけではない。

「年長者が子どもを守るのは当然のことだ。気にするな」

シャニはそう言ってアラヌヌに頭を上げさせようとした、が、彼はそれを固辞《こじ》し、さらに言い募った。

「これまでの、数々のご無礼をお許しください」

「シャニ様に救われたこの命は、シャニ様のもの。これから、誠心誠意お仕えさせてください」

シャニを「伴侶様」ではなく「シャニ様」と呼び、もはや床に額を擦りつける勢いで「どうか」と言うものだから、シャニはほとほと困ってしまった。

どうもアラヌヌはシャニの強さと勇気に感銘を受けたらしく、「自分をシャニ様の従者にしてほしい」と願っているというのだ。別にシャニは従者なんて求めていないが、アラヌヌの意思は固く「グリトニィル様にも許可をもらいました」と言い出す始末で。

デイヌィに確認したところ、アラヌヌはたしかにグリトニィルに、「シャニ様の従者になりたい」と申し出ていたらしく……

「まぁ長の嫁御殿に従者なり付き人なりいてもおかしくはないですからね。本人がなりたいと言うのであれば、いいんじゃないですか？　ニィル様も『好きにしろ』とおっしゃってましたよ」

なんて、あっさりと許可されてしまった。

というわけで、アラヌヌはシャニの従者という……シャニにしてみれば「そんな、なんの特にもならないような仕事」を得た。一応、屋敷での仕事はこれまで通りこなしつつ（なにしろシャニもほぼそこにいるので）、シャニの従者として行動をともにすることが増えた次第である。

最初の頃のツンケンとした態度が今となっては懐かしい、というくらい素直に懐いてくるアラヌヌは……まぁたしかに可愛らしい。弟子がいたらこんな感じだろうか、なんてことまで考えてしまう始末だ。

まぁとにかく、シャニはアラヌヌという心から信頼できる従者を得たのである。

ちなみに、アラヌヌだけでなく、里の者たちもさらに友好的になった。ゲヘルナの一家もそうだが、シャニと接するのを嫌がる者が減った。というより、むしろ歓待してくれる。今日のゲヘルナ宅への訪問も、ゲヘルナ自身が「シャニ様は弓が得意ですよね。祖父が鏃《やじり》を作るんですけど、見にきませんか？」と声をかけてくれたのだ。

元々孤児であるアラヌヌに構うことで強硬な態度がゆるみかけていたところに、アガパパスを仕留めてアラヌヌを救った、というのがこの上なく功を奏したらしい。まるで雪解けのように冷たい態度は消え、同胞のようにシャニに接するようになった。あのデイヌィですら「アラヌヌを助けてくださってありがとうございます」と頭を下げてきたのだから、よほどのことだったのだろう。

まぁ、ザノゥサに馴染めるに越したことはない。

シャニ自身は、この状況をありがたく受け止めていた。

「ゲヘルナの祖父は職人らしいが、普段使っている金属の鏃《やじり》も彼が作っているのか？」

湯船に浸かったまま、ゲヘルナに誘われてからずっと考えていたことを尋ねてみる。と、問われたアラヌヌは妙な顔をして「いいえ？」と首を振った。

「ザノゥサの武器はウイで作られていますよ」

知ってますよね、と言わんばかりの発言に、シャニは「ウイ？」と首をかしげる。ウイ、とは店の名前だろうか、それとも地名か。いずれにせよ初めて聞く単語だ。

「えっ、ウイですよ。ザノゥサの里のひとつ……。……まさか、ご存知ない？」

「あぁ。わからない」

嘘をついても仕方ないので正直に答える。と、アラヌヌが手にしていた桶を取り落としそうな勢いで「え、えっ」と慌てた声を上げる。

「ザノゥサですよ。えっと、ザノゥサが五つの里で成り立っているというのは、ご存知で……すよね？」

「すまない。初耳だ」

シャニの言葉を聞いたアラヌヌは大きく目を見開いて、そして「す、すみません」とうなだれた。

「シャニ様は下から来た方。ザノゥサの仕組みもなにも、知らないのは当然ですね。誰も……、シャニ様にきちんと説明していなかったんですね」

俺を含めて、と肩を下げるアラヌヌはおそらく、今までの自分の態度を悔いているのだろう。

「アラヌヌ、他所者《よそもの》を警戒し、忌避《きひ》するのは当然のことだ。特に俺は、ザノゥサを謀《たばか》り王子を差し出したユーディスティ王家の人間だったからな」

湯から持ち上げた手で、ぴんっ、と湯を弾く。それは小さな粒となって、アラヌヌの頬に当たった。ハッと顔を上げたアラヌヌに対し、シャニはできるだけ気安く見えるように、笑いかけてみせた。

「シャニ様……」

アラヌヌは口を引き結び、そして「はい」と頷《うなず》いた。

「今までのことは構わない。これから、ザノゥサについて教えてくれないか？」

シャニの提案に、アラヌヌが目を瞬かせながら「はいっ」と元気よく返事をする。

「えっと、ザノゥサは五つの里から成り立っていまして……」

「アラヌヌ。ありがたいが、まず湯を出てもいいか」

のぼせそうだ、とおそらくすでにほんのり赤くなっているであろう顔を見せると、アラヌヌは「あっ」と言って立ち上がり、水気に足を取られて転びかけ、そして慌てて姿勢を正した。

「はいっ、先に上がって準備しておきますね」

直立不動で返事をして湯場を飛び出していく。ツンと澄ましている時は大人びて見えたが、今は年相応に幼いところがよく見える。

シャニは「ふ」と短く笑ってから、そちらのほうがよほどいいな、と思った。

湯から立ち上がり、シャニは体を捻って自身の背中を振り返る。そこには線状の傷跡が三本、うっすらと残っていた。

（先日ついたばかりの傷とは思えないな）

グリトニィルの力で治してもらった当初は盛り上がっていた傷口の肉も、次の日にはすっかり落ち着いて、古傷の様相を呈していた。

あの日以来、グリトニィルと顔を合わせていない。いつもならこの時間に風呂に入っていると、ふらりと狼姿の彼が現れたりしていたが……

ふい、と湯場の入り口に目を向けるが、誰かがやってきそうな気配はなかった。二日三日なら「偶然だろう」と流せるが、これが十日も続くと気になって仕方ない。

相変わらずグリトニィルは日夜忙しそうに仕事をこなしており、おいそれと話しかけられる雰囲気ではない。風呂は、彼と話ができる唯一の時間だったのだが……

（まぁ、深雪夜の時は家に籠《こも》ると言っていたから）

ウルゥナやデイヌィそしてアラヌヌ曰く、もうすぐ「深雪夜」が来る。

深雪夜が来ている間は各々家に籠《こも》るらしい。アラヌヌも、デイヌィも、そしてグリトニィルも。

グリトニィルの屋敷にはシャニしか住んでいないので、その時であれば二人でゆっくり話す機会に恵まれるだろう。

（そうだな、うん、そうだ）

ふふん、と鼻を鳴らしてから、シャニは湯船を出る。

グリトニィルと二人で過ごす時間があるからといって、どうして自分の機嫌がよくなっているのか、その理由もわからないまま……いや、そもそもそのことに気づかないまま、シャニは足取りも軽く湯場を後にした。

十

ザノゥサは、五つの里で成り立っている。

鍛治が盛んで金物の生産が多いウイ、農業や畜産を営む穏やかなドウラ、狩りの得意な者が多く血気盛んなトハジャ、学者や知識人が多く集まるクワンラ。そして、それらをまとめる長のいる里、セゥロ。五つの里を総称して、ザノゥサと呼ぶ。

（なるほど。里にそれぞれ特色があるんだな）

アラヌヌに教えてもらったことを頭の中で整理しながら帳面に書き記す。五つの円、そしてその円の中に里の名前と特色。

（自分が今いるこの里が、セゥロという名前であることすら知らなかったな）

他の里はともかく、自身の住む里の名前すら知らなかった。シャニは持っていたペンの尻で自身のこめかみを、とんとん、と叩く。

（そういえば、時折見知らぬ人や狼を見かけることがあったが、あれは別の里の者か）

シャニは里の者すべての顔と名前を覚えている。だというのに、時々見覚えのない顔を見かけることがあった。里を訪れた行商かなにかかと思っていたが、あれはおそらく別の里の者だったのだ。

（アラヌヌに感謝しなければな）

アラヌヌは、そういった基本的なザノゥサの成り立ちや仕組みをわかりやすく教えてくれた。日頃から孤児院の年少者に色々なことを教えて聞かせているのだろう。アラヌヌの言葉は、とても平易でわかりやすい。

シャニがザノゥサについてなにも知らないとわかってからというもの、アラヌヌは連日時間を見つけては「ザノゥサについて」の講義をしてくれる。おかげでシャニはようやく、彼らについて少しずつ学ぶことができていた。

（しかし、それもしばらくは休みだな）

シャニは「ふむ」と頷《うなず》いてから、机の上にペンを置く。そして立ち上がって窓辺に立った。

「本当に、嘘みたいに真っ暗だな」

窓の外はまるで夜のように暗い。ただしんしんと空から雪が降っているのが、うっすら見えるだけだ。ちらりと振り返って時計を見ると、たしかに昼の時間を指しているのに、だ。

（これが、深雪夜）

話には聞いていたが、実際に自身の目で見るとまた違う。なんというか、想像していたよりもずっと「夜」だ。

深雪夜は、一昨日から始まった。

その前夜にウルゥナが「明日の朝には深雪夜が来る。皆、家から出ないよう」と、お触れを出し、事実、次の日に朝日は昇らなかった。

時間だけは朝が来ているのに、外はいつまでも暗く静かで。そして皆言いつけを守り、決して外に出ない。いつもならひっきりなしに誰かが訪ねてくるグリトニィルの屋敷も、今日はしんと静まり返っている。

(なんともまぁ、慣れない)

家の中にいても鍛錬はできる。本だって読めるし、食事もできる。いつもはアラヌヌに任せているが、風呂だって沸かそうと思えば自分で沸かして準備できる。だが、視覚的に「暗い」ということが、シャニの感覚を狂わせていた。

シャニは窓に向かって、はぁ、と溜め息をつく。と、窓がほのかに白く染まる。それを服の袖で拭ってから、シャニは踵を返して部屋を出た。

深雪夜の間は、アラヌヌは孤児院で過ごすし、デイヌィも自宅から出てこない。つまり屋敷の中は、グリトニィルとシャニの二人きりだ。

ということは、必然的に二人で過ごす時間が増えるはず……なのだが。

「ニィル」

コンコンッ、とグリトニィルの自室の扉を叩く。と、中から「どうした」と短く返事が聞こえた。

「昼食を食べないか?」

「あぁ、ありがとう。後でいただく」

さらりとそう返ってきて、シャニは思わず「む」と口を歪《ゆが》める。

一昨日からその言葉は何回も聞いてきた。

シャニは自分でできる限り食事を作っている。自分の分だけ作るのは気が引けるので、グリトニィルの分ももちろん準備する。そしてその度こうやって食事の誘いに来るのだが、グリトニィルはなかなか、なかなか出てこない。

（そんなに俺と顔を合わせたくないのか？）

風呂の件もそうだが、最近とんとグリトニィルと顔を合わせる時間が減った。いや、一応同じ家で暮らしているのだから、すれ違ったり、ふと鉢合わせることはある。が、向かい合って食事をしたり、風呂に入ってゆっくりと話したりする時間がない。驚くほどにない。

最初は「まぁそんなものか」と思っていたのだが、これだけすれ違いが続くと「もしやわざとでは？」という気すらしてきた。

（楽しみに、していたんだがな……）

ぼんやりとした頭でそんなことを考えて、シャニはハッと顔を上げて首を振る。

（楽しみ？）

自分で自分の気持ちが理解できず、顎《あご》に手を当てて首をかしげた。……と、扉を挟んだ向こう側から、ドサッとなにかが倒れる音が響いた。次いで、ドサッドサッとさらに重たい音が重なる。

「つぐ」

「ニィル？」

呻《うめ》き声まで聞こえてきて。シャニはノックも忘れ、バンッと扉を蹴破るように開けて部屋に飛び込んだ。

「ニィル、どうし……っ、たっ」

どうしたんだ、と問おうとして途中で言葉に詰まった。部屋の中が、まぁひどい惨状に見舞われていたからだ。

「うわぁ……」

シャニがグリトニィルの部屋に入ったのは初めてだ。シャニの部屋より奥まったところにあるため、ほとんど足を踏み入れない。深雪夜に入ってから食事の際に呼びに来る時、初めてノックをしたくらいだ。それも、扉の向こうから返事が聞こえるだけで、中を見たことはなかった。

部屋の中は、シャニに与えられた私室と同じ程度の広さだった。寝台があり、机があり、棚がある。それぞれの家具の造りは重厚だが、さほど煌《きら》びやかではない。ザノゥサという一族を率いる長の部屋にしては、むしろ質素なくらいだ。

そう、家具は少ない。……が、部屋の中ははっきり言って足の踏み場もないほど、物で埋まっていた。いや、物でなく本や書類、手紙といった、紙の類だ。それが部屋の空いた場所、机の上や棚の上、さらには寝台や床まで所狭しと積み重なっている。先ほどの音はどうやらその一部が倒れた際に発されたものだったようだ。まるで雪崩《なだれ》のように崩れた書類が床を覆い、シャニの足元ではひらひらと数枚の紙が舞っている。ぞわわっと背中の毛が逆立つ気配がして、シャニはグッと拳を握りしめた。

「これは……」

「シャニ……、いや、あぁ、どうした？」

執務机に腰掛けたグリトニィルは、額を押さえたままシャニを見やっている。どうやらこの雪崩《なだれ》を目の前にして、色々な意味で疲れ切ってしまったらしい。目の下には薄く隈《くま》も見える。シャニは「な」の形に開いていた口を一旦閉じて、そしてひとつ「こほん」と咳払いをした。

「ニィル、失礼を承知で申し上げたいのだが……」

「なんだ」

シャニは足元に積み重なっている本と紙を手に取り、きっ、と夫に視線を向けた。

「部屋が汚い」

グリトニィルはそれを聞いて言い返そうとしたのか口を開き……なにも言えないままに閉じた。そして口を閉じたまま「うん、あぁ」と曖昧《あいまい》な返事を寄越す。

「ずっと仕事を？」

机の上を見る限り、グリトニィルはなにか書類をしたためているようだった。横には本が積み重なり、いくつかは広げたままになっている。

「そうだな。まぁ、深雪夜のうちにできることを進めていただけだ」

その言葉を聞いて、ニィルの頭の中でピンっと糸を爪弾くような音がした。

「まさか、深雪夜の間は誰も訪ねてこないからと、今のうちに自身の仕事をこなしていたのか」

グリトニィルの元には、入れ替わり立ち替わり来客が訪れる。彼らがどんな用で訪れているかわからないが、他人との会話に時間を割けば、グリトニィルの書類仕事は溜まる一方だろう。

それを解消しようと、この期間に部屋に籠《こも》り黙々と仕事をしていたのではないだろうか。食事の時間も不規則に、部屋の中も滅茶苦茶なまま、ひたすらに。

「そうだ」

グリトニィルは軽く頷《うなず》き「崩れたものはそのままにしておいていい。食事は後でとる」と言い置いて、自身はまた机に向き直った。

黙々と作業を進める彼を眺めながら、シャニは片眉を吊り上げる。そして足元の書類を拾い上げると、ざっと目を通して右手にまとめた。さらに本、手紙、書類、と拾い上げながら、ずんずんと部屋の中を進む。

――ドンッ。

机の端に本や書類を置く。なかなか重たい音がしたからか、グリトニィルが驚いたように目を見開いて「なんだ？」と顔を上げた。

「手伝おう」

「……手伝い？」

不審な顔をするグリトニィルに構わず、シャニはくるりと踵を返すと、まずは雪崩《なだれ》を起こしている書籍を両手で「ふんっ」と立て直した。そして、その下敷きになっていた書類を救出し、内容を確認しながら仕分けする。

「シャニ、なにを……」

「ザノゥサの長ともあろう方が」

戸惑ったように名を呼んでくるグリトニィルに、シャニはちらりと鋭い視線を向けた。

「こんな部屋で、食事もとらずに仕事をするなんて、ありえない。情けない。信じられない」

書類を突きつけながらきっぱりと言い切ると、グリトニィルがわずかに仰け反るように「なっ」と漏らす。シャニはそんなグリトニィルに、さらに「それに」と言い募る。

「寝台もこの有り様ということは、ろくに寝てもいないんだろう」

「いや、そんなことは……」

「椅子の上での睡眠は勘定に入れないぞ」

鼻を鳴らして言い切ると、グリトニィルが無言になった。どうやら、本当に椅子の上で寝ているだけだったらしい。

「仕事の内容そのものは手伝えないが、このとんでもなく荒れた部屋の片づけと、その中から必要な資料を見つけ出すことくらいはできる」

とんでもなく、を強調しながら伝えると、グリトニィルは部屋の中を見渡し「まぁ」とこめかみに手をやる。どうやら彼にもここが「とんでもなく荒れた部屋」ということはわかっているらしい。そこかしこに本は散乱しているし、外套《がいとう》は寝台の端に掛けっぱなしだし、照明も薄暗い。空気がどんよりと澱《よど》んでいる。

「しかし……」

「しかしもいいのししもない。ニィルは仕事に集中してくれ。こちらはこちらで俺が勝手にやるから」

つい、自分のことを「俺」と言ってしまったが、グリトニィルは気づいていない……いや、気にしていなさそうだ。

シャニは「ふう」と息を吐いて手元の本の整理に戻る。グリトニィルはなにか言いたそうに「シャニ」と名を呼んできたが、そのうち自分の仕事へ意識を戻していった。集中した様子で仕事をするグリトニィルを横目で見てから、シャニも自分の「手伝い」に戻る。

（昔は、よくこういう手伝いをしていたな）

海軍に入隊した当初、シャニはよく上官たちの部屋の掃除をさせられた。上官にもまぁ色んなタイプがいたが、シャニの統計では五人に一人は整理整頓ができなかった。そこら中に物や資料を散らかしているくせに、やれ「アレはどこだ」「ソレはどうした」と聞いてくるからタチが悪い。最初の頃はなにもわからず、ただ殴り飛ばされる日々が続いた。が、シャニはそれでへこたれるような性格ではない。数日後にはどこになにを片づけたかを正確に把握し、なんと言われてもすぐに対応できるようにした。そうすれば殴られなくて済む。そこでシャニは、物の片づけにもコツがいる、ということを知った。

（まさか嫁に来てそれを活かせるとは思っていなかったが）

シャニは手にした本の内容をザッと確認し、分類して棚にしまっていく。

「シャニ。すまない、地図が載った大判の本を……」

「これだな」

シャニはすべてを聞く前に、先ほど棚に並べた本を一冊取り出す。面食らった様子でそれを受け取ったグリトニィルは、本をぱらぱらとめくって中身を確認して「たしかに」と頷《うなず》いた。どうやら求めていた本で間違いなかったらしい。

「ありがとう」

「いや」

礼を言われると、胸の奥がむずむずとこそばゆくなる。昔、海軍の上官にも言われた時よりもずっと誇らしいし、嬉しい気持ちになる。

と、シャニはグリトニィルの机の上を見るとはなしに目をやって、その内容に目を細めた。

「戦略図か？」

机の上に広げられた地図は、ザノゥサの民が暮らす山脈だ。ザノゥサが住まう位置には黄色の駒が、山脈の向こう……ディーズタのほうには赤い駒が並んでいた。他に、砦《とりで》と思しき模型や大型武器の駒、斥候《せっこう》等々色んな種類の駒がつらつらと並んでいる。

グリトニィルは先ほどシャニが渡した本と自身の机にある戦略図とを見比べながら「あぁ」と頷《うなず》く。

「芽吹きの時期にディーズタが仕掛けてくる、とウルゥナの占が出た」

「芽吹き……春か」

「あぁ。ザノゥサは寒さに強い。冬に仕掛けてくるほど向こうも馬鹿じゃないらしい」

そう言うと、グリトニィルが赤い駒の……一番大きな大将駒をコンッと指で弾いた。ころん、と転がったそれはしかし机から落ちることなく、図面の端にしつこく引っ掛かっている。それを眺めていると、じわ、と嫌な予感が胸の内に広がった。

大丈夫なのか、と聞くのはあまりに失礼な気がして、シャニは口を噤《つぐ》む。

「……俺に、そんなことを教えていいのか？」

その代わり、ふと不思議に思ったことを問うてみる。グリトニィルにとって、いや、ザノゥサにとってシャニは他所者《よそもの》だ。他所者《よそもの》に、機密事項を漏らしていいはずがない。

と、グリトニィルは本に向けていた視線をちらりと上げて、シャニを見た。金色の瞳が、部屋の明かりを反射して揺れている。

「シャニは、ザノゥサだ」

なんてことないようにそう言ったグリトニィルは、ふい、と視線を本に戻す。

「え」とこぼしてグリトニィルを見たが、彼は頑なに顔を上げない。どうもそれが照れた顔を隠しているように見えて、シャニは自然と浮かんできた笑みを噛み殺す。

「そう、信じてもいいか？」

付け加えられた言葉は疑問のかたちではあったが、どこか確信めいていて。シャニは込み上げてきた熱いものをのみ下しながら「あぁ、あぁ」と数度頷《うなず》いた。実に締まりのない同意だとは思ったが、胸が詰まってそれしか出てこなかったのだ。

「じゃあ、その、片づけを続ける、から」

「あぁ、頼む」

二人はぎくしゃくと頷《うなず》き合いながら、それぞれがそれぞれの作業に戻る。

グリトニィルは手元の本を、シャニは積み上げられた書類を見ているが、互いに互いを意識しているのは、はたから見ればすぐにわかっただろう。

デイヌィあたりがこの様子を見たら「おやまぁ二人してなにをしているんですか。子どもじゃなし、気になるのならとっとと目を合わせてとっとと気持ちを伝えればいいものを。ま、子どもより初心な二人には無理な話ですかね。ははは」なんて言っただろうが、生憎《あいにく》と彼はここにいない。

二人は互いに「なんだか妙な雰囲気だな」と思いながら、それぞれの作業に没頭した。

十一

ふと時計を見ると、もう深夜と呼んで相違ない時間になっていた。

シャニは捲《まく》り上げていた袖を戻し、ふぅ、と息を吐く。

「ニィル。もうこんな時間だ」

「ん？　あぁ」

グリトニィルのほうも、手元の書類に集中していたらしい。ふと顔を上げて、驚いたように目を見張った。

「……寝るか」

「そうだな」

シャニが部屋を訪れたのが昼前だったので、半日以上作業を続けていたことになる。シャニは立ち上がって腰に手を当て「んー」と背を反らす。長く屈んだ姿勢をとっていたからだろう。腰が、ぱき、ぽき、と軽快な音を立てた。

互いに交代で風呂を済ませ、夕飯も食べた。あとは寝るまで作業をしよう……と黙々と励《はげ》んでいたらこんな時間になってしまった。二人とも黙って仕事をするのが苦ではないのが幸いしたというか、逆に不幸だったというべきか。これまたデイヌィがいれば「いい加減休んでください」と苦言を呈してくれたかもしれない。が、彼はおそらくもう夢の中だろう。

「続きはまた明日だ」

「あぁ、そうだな」

では……、と就寝前の挨拶をしようとしたシャニの目に、本が山盛りに積まれた寝台が映った。

「あっ！」

「っ、なんだ」

大きい声を出してしまったせいで、グリトニィルがびくりと体を揺らす。

「寝台の上を忘れていた。しまった……一番に片づけるべきだったのに」

申し訳ない、と頭を下げると、グリトニィルは気にした様子もなく「いや」と首を振った。

「今夜は椅子で寝る」

「今夜は俺の部屋で寝よう」

二人同時に声を発したので、グリトニィルとシャニは顔を見合わせる。そしてもう一度各々「椅子で」「俺の部屋で」と言い、顔をしかめ合った。

「別に、毎日ここで寝ているから問題ない」

先に口を開いたのはグリトニィルだ。腕を組んでそう言って、つん、と顔を背ける。

「威張《いば》って言うことではないだろう。ちゃんと寝台で寝たほうがいい」

シャニも負けじと言い返し、そしてわざとらしく溜め息をついてみせる。

「先にも言ったが、ザノゥサの長ともあろう人が椅子で寝るなんておかしな話だ。ちゃんと、寝台で寝て、体を休めるべきだろう」

「……とにかく今日はいい。明日から寝台で寝る」

「なにを言っているんだ。俺の部屋の寝台は十分な広さがある。別にいいじゃないか」

ぽんぽんと雪玉を投げ合うように言葉を交わす。が、グリトニィルは頑なに譲ろうとしない。秀麗な顔をしかめて「嫌だ」と子どもじみた口調で拒否する。シャニは、き、とグリトニィルを睨《にら》みつけた後、ふと思いついて、表情を崩してみせた。

「夫婦なのに？」

「なに？」

「夫婦であれば、寝所をともにするのもおかしくない。それどころか至極当たり前の、歓迎されるべき事柄」

「夫婦」と強調しながら問いかけると、シャニの言わんとしていることを察したらしいグリトニィルが、あからさまに渋面を作った。

「言わば、夫婦の責務」

グリトニィルは、責任感が強い。この数カ月ともに生活して学んだ、夫の性格のひとつである。

そう、シャニはグリトニィルが「責任」という言葉に弱いことを知っていた。

「俺をザノゥサの一員と、妻として認めてくれた……違うか？」

昼間に言われた言葉を逆手に取って告げる。と、グリトニィルが腕を組んだままずるずると椅子から滑り落ちた。それを了承の意と捉え、シャニはにっこりと微笑んだ。

＊

「狭くないか？」

「狭くない」

グリトニィルの屋敷内にあるシャニの部屋。

二人はひとつの寝台に入り、ぽつぽつと言葉を交わしていた。

「寒くないか？」

「寒くない」

寝台にはふかふかの枕が敷き詰められて、厚手の掛け布、そして大振りな毛皮も掛かっている。

たしかに寒いわけがない。

寝台は大きく、いつもシャニはその広さを持て余していた。が、体の大きなグリトニィルが並んでいると、狭い……とまではいかないが、圧迫感がある。

仰向けに寝転んで天井を見上げたまま、少し体を右に傾ける。と、シャニの右手側で同じく仰向けに寝ていたグリトニィルが、ぴく、と体を跳ねさせた。

「あぁ、悪い」

「いや」

短いやり取りの後、しん、と会話がなくなる。

どちらも口を開かないと、部屋の中の沈黙が際立つ。外で降っている雪の音すら聞こえそうな静寂を肌で感じながら、シャニは「ふ」と息を吐いた。

「静かだな」

「あぁ」

「深雪夜は、いつもこんな感じで過ごすのか？」

シャニの問いに、グリトニィルが「そうだな」と低い声で返事を寄越す。その声もまた闇夜の中にふわりと消えていく。声も、衣擦れの音も、なにもかもが吸い込まれそうな静けさだ。

「小さい頃は、両親とこうやってひとつの寝台で過ごした」

「……へぇ」

グリトニィルが自分のことを話すのは珍しい。シャニは彼の言葉を邪魔しないように、短く相槌《あいづち》を打つ。

「俺も、深雪夜が来る前は兎を狩りに行ったな」

「アラヌヌと同じだな」

「あぁ」

両親はどうしたのか、と聞いてもよかったが、シャニはそれをやめておいた。

シャニは里人の顔と名前をすべて覚えているが、その中にグリトニィルの両親はいない。他の里にいる可能性もないではないが……おそらく、それもないだろう。グリトニィルの口調は淡々としているが、それは明らかに「過去」を懐かしむものだった。今はもう戻ることのない、過去を。

「あの」

その代わりに、シャニはずっと気になっていたことを尋ねることにした。

「ニィルのご母堂は、ユーディスティ王家の者ではない、よな？」

そう。ウルゥナは、「特別な力を使えるザノゥサは、ユーディスティ王家の腹からしか生まれない」と言っていた。しかし何度思い返してみても、グリトニィルの母となる年代の王女がユーディスティからザノゥサに嫁いだという記憶はない。一体どういった経緯でグリトニィルが特別な力を得たのか。シャニはずっとそのことを考えていた。

「そうだ。俺の母、そして父も、ザノゥサの民だ」

グリトニィルの言葉に、シャニは「やはり」と内心納得する。であれば、なぜグリトニィルに特別な力が宿っているのかという謎が大きくなる。

「俺にもわからない」

グリトニィルが、ぽつりと漏らした。それはあまりに呆気ない答えで、シャニはなんと感想を言うこともできず「わから、ない」とただグリトニィルの言葉を繰り返した。

「おそらく先祖返りだろう、と言われている」

「先祖返り？」

「曽祖母であるウルゥナは奇跡の子だからな」

そういえば、ウルゥナはグリトニィルのことを曽孫と呼んでいた。つまり、奇跡の子の血統ではある、ということだ。

（そういえば、ウルゥナ様が以前『本物の奇跡の子が必要になる』と言っていたな）

つまり、グリトニィルは「本物」ではない、ということなのだろう。

そう思い至った途端、なぜだか妙に胸が痛んで、シャニはさりげなく下唇を噛む。

「ザノゥサでもこんなことは初めてで、まぁ、扱いに困ったらしい」

「扱い……？」

「俺は、本物に比べて力が弱いからな」

グリトニィルの言葉に、シャニは目を見開く。やはり、ウルゥナの言っていたのはそういうことなのだ。

（本物……、本物か）

シャニはグリトニィルの力をその身に受けた。彼の力は瞬く間にシャニの怪我の血を止め、傷口を塞《ふさ》いだ。今や傷跡すら目を凝《こ》らさねばわからないほどだ。

そんな神の御業のごとき力を「弱い」と評するとは思いもせず、シャニは暗闇の中で目を瞬かせる。

「俺の祖先は、対象の自己治癒能力に頼らず、傷を治していたらしい。それに比べれば、俺の力は弱い」

それはつまり、相対的な評価だ。以前特別な力を持っていた者の能力より劣る……から、弱い。

（それでも……）

それでもシャニにとって、あれは奇跡のような力でしかなかった。過去にどんな凄い力を持つ者がいたとしても、今シャニの生きるこの世界で、あの稀有《けう》な力を持つのはグリトニィルだけだ。

「それでも里の皆は、俺を長として選んでくれた。その気持ちに報いたい」

「……ニィル」

その言葉を聞いて、シャニは悟る。

グリトニィルが自身の身を削って里の者たちの訪問にひとつひとつ応じているのも、そちらを優先することで自身の仕事を溜めに溜めて部屋の中を書類でいっぱいにしてしまうのも。資料を積みすぎて寝台で眠ることすらできないのも、全部、全部……

（里の……、彼らの気持ちに報いるためなんだな）

ふと横に目をやると、白銀の髪が窓から差し込むわずかな光を受けて艶々《つやつや》と輝いているのが見えた。

また、部屋の中に沈黙が落ちる。

真っ暗な部屋に目が慣れてきて、天井の木がぼんやりと見える。シャニは何度か瞬きをしてから、ゆっくりと目を閉じる。

「シャニは、ザノゥサに来たことを悔いているか？」

この夜と同じような、静かな問いだった。シャニはうっすらと瞼《まぶた》を持ち上げて「そうだな」とこぼした。

「俺にも残してきたものがあるから、まったくないと言えば嘘になるな」

シャニにはシャニなりに、ユーディスティで築き上げたものがあった。海軍で、部下を従えて海に出る喜びを知り、ようやく父の呪縛から逃れられたと思っていた。結局のところそれは幻想でしかなく、現実は父の命令ひとつであっさりとすべてを取り上げられたわけだが。

元は、母のためと思って生贄《いけにえ》になった、つもりだった。

自分が父に逆らわず人身御供となることで母の立場が守られるのであれば、それでいいと。夢見る少女のような母に、ずっと夢を見させてあげたいのだと。そのためならばどんなに苦しいことも平気だと思ったし、ザノゥサで生きていく決意も湧いた。

「けれど」

シャニはもう一度瞼《まぶた》を閉じて、自身の気持ちと向き合う。

雪山で死にそうになったけれど、助けられ、里に迎え入れられた。

ウルゥナはシャニの手を気遣い薬をくれた。

デイヌィのことはよくわからないが……多分、彼なりにシャニを認めてくれている。

獣を仕留めたシャニを皆は「すごい」と褒めて、アラヌヌは「従者になりたい」なんて言い出してくれた。

　孤児院の子どもたちは無邪気で、可愛い。シャニの行動を見て、認めてくれて、打ち解けて。

「シャニ様」なんて呼んで、家にも招いてくれる……

「俺はもう、ザノゥサの民だと、そう思う」

　愛着が湧いたのだ。もう、すっかりと。多分、そう簡単には消えそうにもない強い愛着が。

「そうか」

　グリトニィルは静かに相槌《あいづち》を打ってくれた。会話と会話の間に挟まる沈黙が、段々と気にならなくなる。むしろ、その静かな間が心地いいとさえ感じていた。

「そういえば」

　ふと思い出したことあって、シャニは体を横向ける。するとグリトニィルが少し右に体をずらした。つまりそう、シャニと距離を取る。

「なぜ離れる」

「なぜ近づく」

　グリトニィルの言葉に、む、と唇を尖らせてから、シャニはひとつ咳払いをした。

「最近風呂場に現れなかったのは、仕事が忙しかったからか？」

　最近ずっと気になっていたことを問う。と、「風呂？」と漏らしたグリトニィルが、次いで「あー……」と間伸びした声を上げた。

「あぁ、まぁ、そうだ」

やたらと歯切れの悪い物言いに、シャニは目を細めた。

「本当に？　俺のことが嫌になったんじゃ……ないのか？」

疑わしい気持ち半分、グリトニィルをからかう気持ち半分でそう囁《ささや》いてみる。……と、グリトニィルが思いがけない速さで「違う」と断言した。

シャニは驚いて、自分の右隣の男を見やる。と、グリトニィルもまた半身を起こして、シャニのほうに顔を向けていた。暗闇でははっきりとは見えないが、どことなく焦っているような気配が漂ってくる。

「ニィル？」

「シャニを嫌に思うことなど、ない」

思いがけず真摯《しんし》な響きを含んだその言葉に、シャニは「は」とこぼしたきり、なにも言えなくなってしまう。

「えっと、……その」

「あぁ、いや……」

なんとなく返す言葉に詰まる。と、グリトニィルもまたなんとも言えない態度で自身の髪をかき上げた。さら、さら、と銀糸のような髪がグリトニィルの大きな手のひらを滑り落ちる。

寝台についた手を少しだけ動かすと、つん、とグリトニィルのそれに当たる。指先同士が触れているが、互いに手を動かすこともなく、じと……と固まる。

「ね、寝るか……」

「あぁ、そうだな」

指先を触れさせたまま、ぎこちなく寝台に寝そべる。

体勢を変えても指先が触れ合っているのはどこかおかしいだろうか。そんなことを気にしていること自体なんだかおかしくて、しかしなにがおかしいのかもよくわからなくて。シャニは「ん、ん？　なにを悩んでいるんだ？　なにか、なにを」とぐるぐる思考を巡らせる。

「寝るぞ」

「あぁ、寝る。寝るとも」

なぜか「寝る宣言」を互いに何度も繰り返しながら、二人は目を閉じる。

それでも、まるでそこに心臓が移動してしまったかのようにじくじくと熱を持った指先だけは、ずっと、触れ合わせたままだった。

十二

「もしかして、ニィル様と交わりました？」

「……はっ？」

突然の問いかけに、シャニは言葉を失う。指から力を抜いてしまったせいで、構えていた矢が思いがけず放たれる。それは少し離れた場所にある的にストンッと軽快な音を立てて突き刺さった……が、ど真ん中からは微妙に外れている。普段のシャニなら絶対にそんなところを射たりしない。

「急に、なにを言い出すんだ」

深雪夜が明けて三日。空は晴れ、気温も少し上昇して、ようやく外に出られる気候になった。

シャニはとりあえず鈍った体を解そうと中庭で弓の練習に励《はげ》んでいたのだが、思いがけない横槍が入ってきた。デイヌィだ。

「おや、違うのですか？　深雪夜の間によろしくやったのかと思ったのですが」

シャニの反応を見て、デイヌィが首をかしげる。

その言葉に、「交わる」というのはやはり体を繋げるという意味だと悟り、シャニはデイヌィから視線を逸らす。

「ともに過ごしはしたが、それだけだ」

たしかに深雪夜の間、シャニはグリトニィルと二人で過ごした。彼の仕事の手伝いをして、一緒に飯を食べ、風呂に入り、同じ寝台の中で寝た。

最初こそぎくしゃくしていたグリトニィルとシャニだったが、それも時間の経過とともに解れていった。長く一緒に過ごしてわかったのだが、グリトニィルとシャニは性格が似通っている。互いに、真面目で、頑固で、仕事に対しては妥協《だきょう》せずに一本気。一緒の部屋で長く過ごしても、なにも苦痛を感じないのだ。どころか、シャニはグリトニィルと過ごすのを「楽しい」とすら思っていた。

一番顕著に距離が近づいたのは、食事の関係だ。

食事の支度はそれぞれ交代で受け持っていたのだが、いつの間にかそれは全面的にグリトニィルが受け持つようになっていた。単純に、彼のほうが料理がうまかったからだ。

シャニはどちらかというと焼くか煮るか、簡単な方法で料理を作ることが多いのだが、グリトニィルは工程を重ねる料理を得意としていた。大柄で大雑把そうな見た目に反して、とても繊細《せんさい》な料理を作るのだ。

グリトニィルは「仕事を手伝ってくれた礼に」と、様々な香辛料を使用した料理を振る舞ってくれた。ザノゥサの民は香辛料をふんだんに使った辛い料理を好むらしい。グリトニィルの作った辛味の強い料理を、二人して汗をかきながら食べて「辛い、けど美味《うま》い、でも辛い」と笑い合った。

基本的に食事は必要な栄養が摂取できれば問題ないと考えるシャニだったが、グリトニィルとの食事はそれ以上の楽しさがあった。

食事だけでなく、寝台の中でも小さな変化があった。

最初こそ離れて寝ていた二人だったが、一日、二日と経つうちに肌が触れ合うことも気にならなくなっていったのだ。深雪夜が明ける前日などは、二人でゆるゆると互いの体に腕を回し合うようにして眠っていた。まぁ、それは寝ているうちに寒さを凌《しの》ごうとした体が自然とくっついてしまっただけかもしれないが……。それでも、物理的にも距離が近づいたことはまず間違いない。

(そうだ。物理的に近づいた)

「本当に交わっていないと?」

深雪夜にグリトニィルと過ごした日々を思い出すシャニに、デイヌィが訝《いぶか》しげな目を向けてくる。

「交わっていない」

嘘ではないので、シャニはきっぱりと自信を持って答える。と、デイヌィは腕を組んだまま「おやおや？」とやたら明るい声を出した。

「寝室をともにしているのに？」

「あぁ」

「七日間も二人きりだったのに？」

「あぁ」

「お互いやたらと意識し合っているくせに？」

「くどい」

最後の問いにははっきり答えず、シャニは素早くつがえた矢を放った。過《あやま》たず、その矢は的の真ん中に刺さる。ビィン……っと余韻《よいん》を残し、矢が微かに震えている。

「お見事」

わざとらしい笑みを浮かべて拍手をするデイヌィを、シャニはちらりと睨《にら》みつける。中庭を横断する渡り廊下（来客用に使われる本館と、私室や寝室がある別館の間を繋ぐ廊下だ）に立った彼は、なかなか立ち去る気配を見せない。

「まだなにかあるのか」

「うーん、もうちょっと嫁御殿とお話ししたくて」

微笑むデイヌィの目は笑みの形を作っているが、いつものごとく本当に笑っているのかいないのかよくわからない。

「長の相談役はそれほど暇なのか？」

「まさか。目が回るような忙しさですよ」

あっはっは、と口元を隠して笑う男をもう一度睨《にら》みつけようとして、やめた。こういう手合いは構えば構うだけ調子に乗るのだ。

「怒らせました？」

「いいや、別に。だが、俺になにを言わせたいのかわからない」

怒ってはいない。だが決して愉快な気分でもない。デイヌィがなぜこんなに「交わった」ことにこだわるのかもわからない。

「すみませんね、なんだか浮かれてしまって」

と、思いがけずデイヌィがそんなことを言うので、シャニはまた驚いて、手に持った矢を落としかけた。

「なぜデイヌィが浮かれる」

「そりゃあ、二人の距離が近づいた気配を察知したからですよ。私はお二人が本当の意味で伴侶になってくれたらいいなと願ってますからね」

なにを当たり前のことを、と言わんばかり態度で肩をすくめるデイヌィに、シャニは「はぁ」と納得ともなんともつかない反応を返すしかない。

シャニは少し迷ってから、矢を矢筒に戻す。もう今日はまともに矢を放てる気がしなかった。そして改めて、ザノゥサの長の相談役に向かい合った。

「願う？　俺とニィルが、本物の伴侶になることを？」

デイヌィにとって、そんなことは重要でもなんでもないだろう。

元々、シャニとグリトニィルは形だけの夫婦だ。もちろんシャニはグリトニィルと友好的な関係を築きたいと思っているが、そこに「好きだの嫌いだの、愛だの恋だの」というものは含まれていなかった。ましてや性行為など、及ぶ必要もない。それはグリトニィルも同じ気持ちだと思っていた。

「私はニィル様の相談役であり、幼馴染なので」

「幼馴染、……デイヌィとニィルが？」

思いがけない情報に、シャニは軽く目を見張る。

「えぇ。うちの母はニィル様の乳母でしてね。その関係で、よくしていただきました」

そうだったのか、とシャニは内心で数度頷《うなず》く。たしかに、グリトニィルとデイヌィの間には長と相談役以上の親密さがあった。幼馴染としてともに育ったと言われて、驚くよりもしっくりと納得した気分になる。

へぇ、と感心の声を上げるシャニに微笑みを見せながら、デイヌィは「ニィル様は」と話を続けた。なにかを気遣うようなその笑みは、いつもの、底の見えないそれとは少し違う。

「ニィル様はよき長ですが、個を押し殺しすぎている」

「個、を？」

個、というのはおそらく「グリトニィル自身」のことを指しているのだと、文脈から察する。

（あぁ、たしかに）

グリトニィルの長としての働き方は、まるきり自分自身がない。朝から晩まで長として里の者たちと接し、深雪夜の間ですら仕事に明け暮れていた。自室だって、ろくに寝る場所もないほど書類や本で埋め尽くされて……

椅子の上で眠るグリトニィルの姿を思い浮かべて、シャニはなんとも言えない切ない気持ちになる。

「それは、ニィル様の出自も関係しているとは思うのですが……、まぁ、あれだけ自分を擦り潰されてしまうと、幼馴染としては心配でしてね」

「出自……」

本物に比べて力が弱い、と自身を責めるように言っていたグリトニィルの顔を思い出す。そして、そんな自分を長だと認めてくれた里の者たちに報いたいと願う、彼の顔も。

（ニィルは、ずっと……）

思えば、この里に来てからグリトニィルの「彼らしい」姿はほとんど見たことがない。彼はいつだって、ザノゥサの長らしく振る舞っていた。

別にそれ自体は悪いことではないだろう。彼がそういった行動を取るのはきっと、彼なりの覚悟の現れなのだ。

（あぁ、そうか。似ているのか）

不意にそんなことを思い、シャニはうつむくように自身の手を見下ろす。弓やナイフを扱いすぎて、厚くなった自身の手。細かな傷の跡だらけで、美しくもなんともない。

シャニはいつだって強い王子らしくあろうと振る舞ってきた。

王子の中で一番の弓の名手になろう、追いやられた海軍の中できちんと地位を築こう、ザノゥサの嫁として立派に努めよう、と。その裏にはいつだって、母であるジャクリーンがいた。彼女が彼女らしく、幸せに生きられるように、苦しむことがないように、そのために自分の身を削ってきた。

(だから、ニィルといると心が落ち着くのか)

ふとそんなことを思って、シャニは自身の手を見つめながら小さな笑みをこぼす。

グリトニィルと一緒にいて心が落ち着くのは、彼の気持ちがわかるからかもしれない。他者のために生きることが癖になってしまった彼の気持ちが。すべてとは言わないが、きっとシャニとグリトニィルには、似通った部分があるのだ。

「今さら『自由に生きろ』とは言えませんが、せめて体を交わすくらい心許せる相手がいれば、と思いまして」

「心許せる相手」

デイヌィの言葉に、シャニはうつむけていた顔を上げる。と、デイヌィは「えぇ」と口元をゆるめて頷《うなず》いた。

「ニィル様が、ザノゥサの長ではなくただのグリトニィルとして接することができる相手がいてくれたら、と思ったんです」

いつも本心の見えない発言ばかりのデイヌィの言葉にしては、いたく真摯《しんし》な響きがあった。きっとそこに、彼の本心が詰まっているからだろう。

じ、と黒い瞳で見つめられる。シャニはそれを黙って見返してから、ふい、と逸らした。そして、青く晴れ渡った空を見上げる。

「ニィルには……」

鳶《とび》だろうか。雲ひとつない青空を、羽を広げた鳥が旋回している。額に手を翳《かざ》してそれを眺めながら、シャニは目を細める。

「ニィルには、よき相談役と、よき幼馴染がいるんだな」

一瞬言葉に詰まったように黙り込んでから、デイヌィが「そうですかねぇ」と肩をすくめて笑う。

「あぁ」

見上げた空に、もう一羽、鳶《とび》がやってくる。元いた鳶《とび》のそばに並ぶように。

――ピー……ヒョロロロロ……

甲高い鳴き声は、おそらく求愛行動だろう。その声を聞きながら、シャニは数度瞬きをする。

「俺も、よき伴侶になれるよう、努めるよ」

そう言うと、デイヌィが「そうしていただけると助かります」と笑った。いつもの皮肉混じりのものではなく、どことなく柔らかさを含んだそれは、里の長ではなく、幼馴染の青年への気遣いがこもった笑顔だった。

シャニはその笑顔を横目で見やってから、次いでなんとも言えない微妙な気持ちで咳払いする。

「しかし、ニィルが俺とそういった行為をしたいかどうかは、わからないぞ」

気まずさから、少し口ごもり気味に早口で伝える。……と、デイヌィが笑みを消して「はい？」と首をかしげた。

「いや、だから、ニィルにその気がなければ、そもそもそういった行為には及べないという話だ」

そう。いくらシャニがグリトニィルの心落ち着ける場所になろうとしても、彼自身がそれを望んでいなければ……むしろ拒否でもされたらどうしようもない。

「望まれればこちらとしては、まぁ、応じられるかもしれないが……」

シャニは、グリトニィルに親近感のようなものを抱いているし、たとえば肌を触れ合わせろと言われても……まぁ、嫌な気持ちにはならないだろう。少なくとも海軍にいた頃、「お嬢ちゃん、今夜一発やろうぜ。抱いてやるから尻出しな」と迫られた時に比べれば、断然良い。

なぜ「良い」と思えるか、自分の気持ちには今ひとつ向き合えぬまま、シャニは腕を組んだ。

「いや、え？　嫁御殿？」

「なんだ？」

「ニィル様はどこからどう見ても……」

デイヌィはそこで言葉を切って「あぁ、いや」と悩ましげに額を押さえる。

「私がここで伝えるのも、いや、……うーん」

「だから、なんだ？　どうした？」

なにやら思い悩んでいる様子のデイヌィは、シャニの問いにも答えない。そして、どこか気まずそうな顔で「いやぁ」と間伸びした声を出した。

「やっぱり、うん、ニィル様に直接聞いてみてください」

「なんと？」

「え、俺のこと好きですか、とか、抱けますか、とか……ですかね」

デイヌィの言葉に、シャニは自身の眉間に盛大に皺《しわ》が寄るのがわかった。ついでに口角はぎゅっと下がり、むす、とした顔になっているのが自分でもわかる。

「そしたらきっとニィル様もよろこ……」

「聞けない」

むっつりとした顔で、シャニはデイヌィの言葉を遮《さえぎ》る。

「はい？」

「そんな恥ずかしいこと、自分から、聞けるわけがない」

「……へ」

正直な気持ちを口にすると、なんだかじわじわと頬が熱くなってくる。デイヌィは、ぽかん、と気の抜けた顔をしてから「あ、あぁ」と口端を引き攣らせた。

「なるほど。嫁御殿も初心者でいらっしゃると」

「初心者？」

なんのことだと問いかけるシャニに答えず、デイヌィは「なるほど、なるほど」と遠くそびえ立つ山脈を眺めている。その目がどことなく虚ろに見えるのは、シャニの見間違いだろうか。

「まぁ、気長にいきますか」

デイヌィの言葉は澄んだ空に吸い込まれるように消えていく。シャニはその言葉の行き先を辿るように空を見上げる。

空を飛ぶ二羽の鳶《とび》はいつの間にか寄り添うように並んで、そして、仲睦まじげにいずこへと去っていった。


グリトニィルとはこの里に来た頃より格段に関係を深めた。それはシャニも自覚しているところだ。

それから、グリトニィルだけでなく、今暮らしているセゥロの民との関係もとても良好になった。あのデイヌィが「まぁすっかり里に馴染みましたねぇ」と言うくらいなので、間違いはないはずだ。

里の者たちはシャニのことを「伴侶様」と呼んだり「シャニ様」と呼んだり、まちまちだ。名前も呼ばれなかった頃を思えば、格段の進歩だといえよう。

どうやらアガパパスからアラヌヌを守り、かつ、一人で仕留めたことが大きく影響しているらしい。以前グリトニィルが言っていた通り、里の者は本当に孤児を大事にしているらしい。アラヌヌを助けたシャニはまるで英雄のような扱いを受けた。また、デイヌィ曰く……

「ザノゥサは強き者が好きなんですよ。あと、前にも言いましたけど美しいものもね」

つまり、子に優しく、アガパパスを仕留められるほど強く、そして美しいシャニを嫌うわけがない（シャニが自分で言ったわけではなく、デイヌィがそう主張したのだ）……ということらしい。

なんにせよ、シャニは自身の存在を受け入れてもらえるありがたさを、日々噛み締めていた。

最近は、里の者に狩りに連れていってもらうことも増えた。彼らの狩りは基本的に狼姿で行うので、シャニとはやり方が違う。が、たとえばシャニが遠方から弓を射て獲物が怯《ひる》んだところに、隙をついてザノゥサの狼が飛びかかる……等、やり方を模索しつつ同伴している。

狩りを得意とするザノゥサの彼らは、シャニの弓の腕を絶賛してくれた。

「シャニ様の放つ弓はまるで獲物に吸い寄せられているかのようだ」

「どうしたらそんな正確に射ることができるのか」

「きっとこれまで血の滲むような努力をされてきたんだろう。見ろ、この皮の厚くなった手を」

ザノゥサの民は、褒める時に言葉を惜しまない。弓の腕が凄い、いやシャニの努力が凄い。いやいやシャニ自身が凄い、と狼姿で尻尾を振りながら言われると、シャニとて悪い気はしない。

ユーディスティにいる頃、海軍の中で実力を認められた時の高揚感に似ている。が、その時の感覚ともまた違う。海軍に所属している時は、常に「いつ足元を掬《すく》われるかわからない」という緊張感があった。自分の居場所を維持するために、シャニは必死だった。しかしザノゥサの民に囲まれていると、その感覚を忘れる。

彼らはまるで新たな家族を迎えたかのようにシャニを受け入れ、時に賞賛し、時に肩を組んで笑い、時にふざけたり小突いたりもしてきた。

最初は、ザノゥサは自分とはまったく違う生き物だと思っていた。しかし、一緒に暮らせば次第に彼らが自分とそう変わらないということが知れた。人間と同じように獲物を狩る。水を飲む、肉を食べ作物を食べ、泣き、笑い、怒り、生きているのだ。そして家族を愛し、里を愛し、子を守り、互いに支え合いながら生きている。

最初は警戒されていたが、それは当たり前だと理解しているので不満もなにもない。そもそもシャニは王女と偽って嫁いできた王子だ。母の安寧《あんねい》を盾に父である王に命じられて仕方なく……という事情はあるが、そんなことザノゥサである彼らには知ったことではないだろう。ユーディスティはユーディスティ、そうひと括りにされても仕方ないのに、彼らはシャニをシャニとして見てくれるようになった。

（ありがたい。ありがたいことだ）

シャニはザノゥサの人々の大らかさに感謝していた。誰に蔑《さげす》まれることもなく、穏やかに過ごせるこの日々に。

（この日々が、ずっと続いてほしいものだな）

なんて、らしくもなく心中で祈りながら、シャニは里での日々を過ごしていた。

だが、そんなシャニの感謝や願いも虚しく、降りしきる雪のように静かに、ゆっくり、しかし確実に、不穏の影がザノゥサに迫りつつあった。

＊

ウルゥナの屋敷に呼ばれたのは、冬に入ってしばらく経ったある日のことだった。

その日の朝、デイヌィから「おばば様がお呼びですよ」と軽い調子でウルゥナへの謁見《えっけん》を促されたのだ。

シャニは素直にその指示に従った。ウルゥナは奇跡の子であり、ザノゥサの未来を視る卜者《ぼくしゃ》。もちろん逆らう理由もない。最初に会った日以来、彼女とは時折会って話をしている。こんな風に、デイヌィを通して不意に呼ばれるのだ。ただ世間話をするだけの日もあれば、茶をごちそうになる日もある。ウルゥナはシャニの知らない色々なことを教えてくれるので、シャニは彼女と過ごす時間を好んでいた。

その日もシャニは「わかった」と快く誘いを受けて、その足でウルゥナの屋敷に向かった。


「よく来たね」

「お久しぶりですウルゥナ様」

白髪の老婆ながらなんとも言えぬ荘厳な雰囲気を漂わせたウルゥナを前に、シャニは首を垂れる。

ウルゥナは「律儀《りちぎ》な子だねぇ。ほら、顔をお上げ」とシャニに楽にするように促してくれた。

彼女に出会ってすぐの頃はその特別な力をいまいち信じられていなかったが、今となっては彼女の力が本物であることがよくわかっている。

シャニは最近、ザノゥサの歴史書を紐解いている。そこには、初代ユーディスティの王と当時のザノゥサの長との契《ちぎ》りや、その後の交流、そして「奇跡の子」について事細かに記されていた。

「奇跡の子」はそれぞれ様々な力を有し、時代の節目でザノゥサを、ひいてはユーディスティを守ってきた。特に、山脈の向こうにある国、ディーズタの大規模な侵略がある時に奇跡の子が生まれていたようだ。

先日グリトニィルが、ウルゥナがディーズタからの侵略行為を予見した、と言っていた。

以前ウルゥナは自身の死期を悟り、代替わりの奇跡の子が必要との旨をシャニに聞かせてくれたが……もしかするとこの度のディーズタの侵攻も関係しているのだろうか。

今日はウルゥナに呼び出されて彼女のもとを訪れたわけだが、シャニのほうからも彼女に聞きたいことがいくつもある。

「あの、ウルゥナ様……」

「聞きたいことがありそうな顔をしているね。ディーズタの侵攻についてかい？」

シャニが口を開くのと同時に、まるでそれを制するようにウルゥナが言葉を告げる。その目にはなにも映していないはずなのに、まるでシャニの表情が見えているかのようなことを。

「ディーズタの侵攻は春。これはもう動かしようもない未来だ」

ウルゥナは気負うでもなくそう言って、そして「それともうひとつ」と続けた。

「ディーズタはユーディスティまで侵攻する」

ウルゥナの言葉に、シャニは「ひゅ」と息を吸う。

ディーズタの侵攻がユーディスティまで至る。つまりそれは、ザノゥサの防衛が失敗することを意味している、ということだ。

シャニは膝の上にのせた手がじっとりと汗ばんでいることに気がついた。

「それを、どうして私に教えるのですか」

ど、ど、と心臓が嫌な音を立てている。もしかして「男であるお前がやってきたからユーディスティは侵略されるのだ」「女であれば奇跡の子が産めただろうに」と言外に責められているのだろうか、とシャニはウルゥナの顔をじっと見つめる。

……が、老婆の顔には、決してシャニを責めたり詰《なじ》ったりする色は浮かんでいなかった。以前話した時と同じ、凪いだ海のように静かな表情をしている。

「……なぜ、そのように落ち着いていらっしゃるのですか？」

自身の里が、ザノゥサが侵略者に踏み荒らされるかもしれないというのに。ウルゥナは薄く笑みを浮かべたまま「落ち着いちゃないよ」と首を振る。

「昔っから未来やここではない場所を見過ぎてね。変えようのない未来をどうにかしようとあがくのに疲れただけさ」

ウルゥナの言葉に、そういえば彼女は自身の死期さえ悟っていたのだと思い出す。

「このことは、お前さんと長にしか知らせてない」

士気に関わるからね、というウルゥナの言葉に、シャニは「たしかに」と頷《うなず》く。

敗戦が決定している戦いに挑むのは苦痛だ。「どうせ負けるなら」と尻込みして、本来の力すら発揮できないこともあるかもしれない。

「長には、どんな結果も受け止めて、その上で里のためにできる最善を選んでもらう」

その判断はグリトニィルに任されるのだろう。彼の背負う重圧を思い、シャニの胸が痛む。真剣な顔で戦略図を描いていたグリトニィルはきっとすでに、ウルゥナが出した薄暗い未来を知っていたのだろう。

「お前さんに教えたのは……ユーディスティの子だからだよ」

思考に耽《ふけ》っていたシャニは、ウルゥナの言葉に顔を上げる。

「生まれ故郷が危険に晒されると知らされるのは辛かろうが、お前さんは知らないままのほうが苦痛だろうと思ってね」

「……そうですね」

知る苦しみのほうが、知らない苦しみよりよほどいい。まだあがくことができるのではないかと思えるからだ。シャニはこれまで、どんな苦境にも向き合ってきた。

「未来は、絶対に変えられないんですか？」

問いかけると、ウルゥナは床に広げた毛皮の上に散った鉱石のひとつを手に取った。

「変わるさ」

思いがけず良い返事が戻ってくる。が、ウルゥナの表情は明るくない。

「けど、変わらないことが多いね」

ウルゥナはどこか疲れたように細く息を吐く。

部屋の壁際に置かれた火が揺らめき、彼女の顔や手に刻まれた皺《しわ》の陰影を濃くする。

「どれだけ力を尽くしても変わらないことのほうが多くてね。私は、少し疲れてしまった」

言葉の内容は重く暗いが、ウルゥナの口調は淡々としている。

一体彼女は、これまでいくつの未来を視てきたのだろう。それはきっと良いものばかりでなく、それこそ無理矢理にでも変えたくなるほど辛いものもあったはずだ。だが彼女は未来を視ないわけにはいかない。ザノゥサのために、その特別な力を使い続けているのだ。

「ウルゥナ様」

「若い頃はそんなでもなかったんだけどね。老いは心を弱くするよ」

やれやれと肩をすくめて、もうひとつ、そしてさらにひとつと鉱石を摘み上げていく。先ほどの鉱石と擦らせるようにカロコロと手の中で転がしながら、ウルゥナがシャニに視線を送ってくる。

「お前さんは、まだ強い意志と心を持ってるね」

静かな、しかし力のこもった言葉にシャニはためらいなく「はい」と頷《うなず》く。

シャニの、その迷いない言葉にウルゥナが笑いをこぼす。

「頼もしいねぇ」

そう言って、ウルゥナは手のひらにのせていた鉱石を毛皮の上にもう一度放る。ばらばらと散らばったそれがどんな意味を持っているのか、シャニにはわからない。

ウルゥナはしばし黙り込んで鉱石を眺めた後、短く息を吐いた。

「何度占っても、お前さんが要《かなめ》だと出るんだよ」

「要《かなめ》？」

それはどういう意味だろう、と眉根を寄せるが、ウルゥナはシャニに視線を移さないまま散らばった鉱石を見ている。

「辛い思いをするかもしれない」

さらりと告げられたその「辛い」がなにを指すのかわからず、シャニは顎《あご》を引く。

自分が傷つけられるのか、死を迎えるのか。もしくは母か、祖国か、それとも……このザノゥサか。そういった自分以外の大切なものになにかあるのか。

じわ、と不安が黒いしみのように胸の内に広がりかけるが、シャニは心中でそれを握り潰す。

「立ち向かいます」

彼女と同じように、物言わぬ石を見下ろしながら、シャニは太腿《ふともも》の上で拳を握る。

「これまでも、さまざまな辛さに押し潰されそうになってきましたが、私はまだ潰れていません」

父や兄妹に疎《うと》まれ、いらない子だと蔑《さげす》まれ。愛する母には装飾品のように扱われ。厄介払いのように海軍へ追いやられ、最後には生贄《いけにえ》として人狼に捧げられて。

それでも、シャニはまだ潰れていない。押し潰されそうになっても、足を踏ん張って耐えて、跳ね返してきた。

「潰されない限り、生きている限り、立ち向かい続けます」

心からの気持ちを言葉にして、ウルゥナを見やる。彼女の視線を持ち上げさせようと強い視線を向けて。

ウルゥナは「ふぅん」と鼻を鳴らしてから、ゆっくりと頬と……そして視線を持ち上げた。

「噂通り、強い子だね」

「噂？」

「セゥロの里中、『お強い伴侶様』の話題で持ちきりさ。こんな屋敷に籠《こも》っている私のところまで届くくらいにね」

お強い伴侶様ことシャニは「はぁ」と首の後ろに手をやる。面と向かってそう言われると、恐縮を通り越して羞恥《しゅうち》が湧いてくる。

「この世には色んな強さがあるけども。お前さん……シャニの強さは若木のようだね」

「若木、ですか？」

頭の中に一本の若い木を思い描き、首をかしげる。

「まだまだ成長途中で、強い風が吹けば折れそうな風情で……」

真面目な顔でそこまで言って、ウルゥナは一度「ふ」という柔らかい笑い声をこぼす。

「なのに、しなやかで、柔軟で、これがなかなか折れないのさ。そのうちどんな風にもびくともしない大木に育つだろうよ」

思いがけず褒められて、シャニは視線を泳がせる。最近、里の者に「強い強い」と褒められることはあったが、ウルゥナの言葉はそれらとはまた違った。

「それは、占いですか？」

もしや占いでそう出たのかと思って問いかけると、ウルゥナは「いいや」と首を振った。

「長いこと生きてきたばばあの観察眼によるものさ」

占いと同じくらい当たるよ、と嘯《うそぶ》きながら、ウルゥナは口端を持ち上げる。そして自身の服の袖の中から、白い石を取り出した。部屋の明かりに照らされたそれは、白色にも、銀色にも見える。なんとも不思議な石だ。

「ザノゥサにはもう一本、成長途中の若木がある」

ぼんやりと石を眺めていると、ウルゥナはそれを毛皮の上に放った。ちょうど、先ほど投げた鉱石のひとつにカツンッとぶつかって止まる。ぶつかったのは、茶褐色の透明な鉱石だった。

「寄り添ってやってくれ。二本が支え合うことで、その力はより強固になる」

もう一本、とウルゥナがいうその木が誰のことを指すのか、シャニにはすぐにわかった。ザノゥサの若き長、グリトニィル……シャニの伴侶だ。

「えぇ」

シャニは短く頷《うなず》いて、その後付け加えるように「寄り添います」と答えた。頬が熱いのは、気恥ずかしさのせいだろうか。

頬の熱を逃すようにゆるく首を振っていると、「シャニ」とウルゥナがシャニの名を呼んだ。

「セゥロの里の者は、もうお前さんという人間の人となりを知っている。が、他の里はそうじゃない。まだ知らない」

ウルゥナの言うことは、なんとなく理解できる。時折セゥロを訪れる他の里の者がシャニに向けてくる視線は、至極冷たい。

「彼らにとってお前さんは、ただの他所者《よそもの》だ」

はっきりと「他所者《よそもの》」と言い切られて、シャニはなにも言えずに頷《うなず》く。いくらシャニ自身が「俺はザノゥサの民だ」と主張したところで、そう易々《やすやす》と納得してくれるわけもない。

ザノゥサの全員に受け入れてもらうには、セゥロの里に受け入れてもらえるようになるまでかかった時間、もしくはそれ以上の時間が必要になることはシャニとてわかっていた。

「ザノゥサは人間とは違う生き物だ。その性質ゆえに警戒心が強い」

シャニは神妙な面持ちで「はい」と頷《うなず》く。かつてアラヌヌにも言ったことだが、ザノゥサの人々がシャニを他所者《よそもの》だと思うことや忌避《きひ》するのは当然のことだと思っている。

「許してやってくれとは言わん。ただ、そういうものだと思ってやってくれないか」

申し訳なさそうにそう語るウルゥナは、笑みを浮かべている割に真剣な目をしている。濁《にご》ったその目を……なにも映していないだろうことはわかっていて、それでも真っ直ぐに見返し、頷《うなず》く。

「わかりました」

そう言うと、ウルゥナはどこか困ったような顔で「すまないね」と謝ってきた。なぜ彼女が謝るのだろうと思いながら内心首をかしげる……、と、ウルゥナが「さて」と場の空気を切り替えるような声を出した。

「薬を塗ってやろう。おいで」

ウルゥナに手招かれ、シャニは立ち上がって彼女のそばに座る。なにも見えていないはずの彼女は、しかし迷いない仕草でシャニの手を握り「あぁほらやっぱり。またこんなに荒らして」と、懐《ふところ》から薬を取り出す。

「人に触れる時は、滑らかなほうが好まれるもんだ。うちの曽孫も、きっとそうさ」

「……っぐ」

思いがけない言葉に、変な風に息を詰めてしまった。咽《む》せるように、ごほ、ごほ、と咳をすると、ウルゥナは「はっはっはっ」と朗らかに笑った。そして、柔らかい動作でシャニの手を揉み込む。皺《しわ》だらけの手は驚くほど滑らかで、たしかに好ましい感触だとシャニは思った。

「シャニ。グリトニィルとザノゥサを、よろしく頼むよ」

歌うようにそう言いながら、ウルゥナが優しくシャニの手を撫でる。シャニは偽りない心で「はい」と頷《うなず》いた。それは老婆を安心させるためでなく、心からの返事だった。

二日後。ウルゥナが息を引き取ったとの報せが、狩りに出ていたシャニのもとへ届いた。

慌てて里に戻ったが、彼女の心はすでに体を抜け出した後で、シャニは彼女の遺体と対面することになった。

まるで、役目を終えたかのような清々《すがすが》しい表情を浮かべて永遠の眠りにつく彼女を、シャニは呆然と見送ることしかできなかった。

そしてザノゥサは、唯一の「正当なる奇跡の子」を失った。

春までもうほど遠くない、冬の只中のことだった。

十三

ザノゥサの葬送は火葬が主らしい。

燃やすことによって、体から解放された人間としての魂が天に昇るのだという。そして、残った骨は森の木の根元に埋められる。狼としての魂がその木を駆け上り、空に去っていくのだと……アラヌヌが教えてくれた。

つまりザノゥサは亡くなった人を、人として、狼として、二度に渡り送るのだ。

ウルゥナの葬送もまた、火葬から始まった。特別な力を使い、長い間ザノゥサを陰に日向に守り続けた女傑の死を、民は皆心から悼《いた》んだ。


セゥロの里のちょうど真ん中に位置する広場。そこには大勢のザノゥサの民が集まっていた。セゥロの民だけでなく、ウイ、ドウラ、トハジャ、クワンラ。ザノゥサのすべての里の代表者たちも集まっている。

広場の真ん中。燃えやすいように動物の脂を塗った布に包まれたウルゥナは、縦横に組まれた木材の中に収まっている。目を閉じた彼女は数日前に顔を合わせた時より、ひと回り以上小さく見えた。彼女は今からここで火葬される。

火をくべるのは、彼女の曽孫であるグリトニィルだ。火の灯った松明《たいまつ》を掲げた彼は、静かにウルゥナを見下ろしている。闇夜に赤々と燃えるその火が、グリトニィルの白銀の髪をてらてらと照らす。

火葬は、夜に火をくべて朝までその火を絶やすことなく燃やし続けるのだという。

(ニィル)

シャニは物言わぬ背中をジッと見つめる。

ウルゥナが亡くなってから、グリトニィルとはまだゆっくり話をできていない。

詳しい事情は聞いたことがないが、グリトニィルにはウルゥナ以外に家族がいる様子はない。彼の父母はすでに他界(おそらく、侵略者との戦いで命を落としたと思われる)しており、兄弟がいるとは聞いたこともない。つまりグリトニィルは唯一の肉親を失ったことになる。また、これまではウルゥナがその占いによってザノゥサの未来を視ていたが、その支えもなくなる。

グリトニィルはこれから、長として一人でザノゥサを背負っていかねばならないのだ。

その重圧はいかほどだろうか、とシャニは黙って拳を握りしめる。

グリトニィル自身は特段取り乱すこともなく、葬儀も規則に則り粛々《しゅくしゅく》と進めているが……その心中ばかりはわからない。

(せめても、少しの支えくらいにはなりたいのだが)

ザノゥサの民が居並び見守る中、グリトニィルがウルゥナを収めた木材の端に火をつける。しばらくすると火が移り、ボッ……と音を立てて大きく燃え上がった。炎はあっという間に木材ごとウルゥナを包み込む。炎の壁に挟まれて、もうウルゥナの姿を見ることはできない。

(熱い)

激しく燃える火の熱風が、シャニの頬を炙《あぶ》る。シャニより前方に佇《たたず》むグリトニィルなどさらに熱いだろうに、彼は松明《たいまつ》を手にしたまま、微動だにしない。

やがて、バチッと木が爆《は》ぜて火の粉が飛ぶ。火の粉や燃え滓《かす》が、夜空にふわふわと舞う。赤々とした火に照らされた彼の背中は、逆光で薄暗い。

(ウルゥナ様)

最後に彼女と言葉を交わした時のことを思い出す。

『寄り添ってやってくれ。二本が支え合うことで、その力はより強固になる』

あの時彼女は、その数日後には自分が死んでしまうことを承知していたのだろうか。

気にはなるが、今となっては確認することもできない。シャニにできるのは、彼女との約束を守ることだけだ。

(……寄り添おう、ニィルに)

今すぐに駆けてそばに行くことはできないので、心の中でだけ小さく誓う。

……ふと、どこからか視線を感じてシャニは顔を上げる。視線のもとは向かって右手、トハジャの代表者たちが並んでいるあたりだ。

(なんだ?)

皆がウルゥナとの別れを惜しみ、涙を流したり、燃える彼女の遺体や昇る煙を眺めたりしている中、一人の男だけが……シャニを睨《にら》みつけていた。

暗闇のせいでよく見えないが、焦茶色の短髪の彼はどうやらトハジャの里長のようだ。装いが他の面々と違う。他の里長に比べて歳若く、シャニよりも年下に見える。

（トハジャの長は、たしか……ギウジ）

そう、彼の名はギウジ。狩りの得意な者が多く血気盛んなトハジャにおいて一番の実力を持つ者。ゆえにその若さで里長に抜擢《ばってき》された若人。

デイヌイやセゥロの里の者に聞いて集めた知識を、頭の中で整理する。

燃え盛る炎の向こう、瞳の中に同じく燃え盛るような憎悪……らしきものをたぎらせたギウジが、シャニを睨《にら》んでいる。シャニは一瞬睨《にら》み返そうかと眉間に皺《しわ》を寄せて、やめた。彼の意図が知れないのに無闇に反目するようなことをしても、グリトニィルの迷惑にしかならないだろうことがわかったからだ。

昔から、他人に睨《にら》まれたり憎まれたりしても素知らぬ顔をするのは得意だ。シャニは視線になど気がついていないような態度で、ふい、とグリトニィルに視線を戻す。そして、彼の前で燃える炎を見やった。

（どうか安らかに）

彼女の残した言葉、たとえばディーズタはユーディスティまで侵攻するといったことなど……気にかかることもある。だがそれはそれとして、シャニ自身が彼女に少なからず尊敬や畏怖《いふ》の念、そして身内に向けるような親しみも少しだけ感じていたことは事実だ。

今はただ、ウルゥナがなんの憂《うれ》いもなく天に召されることを望むばかりである。

意識の外に追いやろうとも、厳しい視線が全身に絡みつく。シャニはそれらすべてを遮断《しゃだん》して、ただウルゥナの冥福を祈った。

＊

ウルゥナを燃やす炎は翌朝になって無事に燃え尽き、グリトニィルがその骨を拾った……と、シャニは次の日の朝にデイヌィから聞いた。

遺体を包む炎はひと晩中絶やしてはならないが、その場に残るのは基本的に血の繋がった近親者のみだ。他の面々は火が燃え尽きる前に葬儀の場を離れる。

シャニは屋敷に戻って、朝、グリトニィルが帰ってくるのをまんじりともせずに待っていた。

彼と、話したかったからだ。別に、ウルゥナの話でなくともいい。ただいつものように顔を合わせて、ぽつぽつとなんでもない話がしたかった。そしてともに風呂に入り、同じ寝台で寝たい。

ただその一心で、シャニは寝台に入ることもなく、窓辺に座り夜が明けるのを待った。

そしていよいよグリトニィルの帰宅を聞いて彼のもとへ赴《おもむ》こうとしたのだが……、部屋を出ようとしたところ、なぜかデイヌィに微妙な顔をされてしまった。

「今日はちょっと、部屋でお勉強でもされたらどうですか？」

「なぜだ？　俺はニィルと話がしたいんだが」

理由もわからずそんなことを言われて、シャニはもちろんその訳をデイヌィに問うた。が、彼はシャニの部屋の前に……まるで通せんぼするように立ったまま「うーん」と仕草だけはやたらと可愛らしく小首をかしげる。

「なぜっていうか、まぁほら、ニィル様も疲れてらっしゃいますし？」

「疲れているならなおさら、早く風呂に入って寝たほうがいいだろう」

深雪夜以降、シャニとグリトニィルは寝室をともにしている。深雪夜の日、グリトニィルがシャニの寝床で眠ったのがきっかけだ。その後、グリトニィルの部屋の寝台の上も片づけたのだが、なんとなく互いに「そろそろそちらで寝たほうが」と言い出せずにいた。そのまま夜はシャニの部屋で、同じ寝台で寝るのが当たり前になっていたのだが……

なぜ今日この日に限ってグリトニィルは現れず、かつ、デイヌィがあからさまに二人の距離を置かせようとするのか。

「……ニィルになにかあったのか？」

「いえいえ」

問いかけると、デイヌィは肩をすくめて否定する。

「そういうことではないのですが。やはりウルゥナ様が亡くなったという影響は大きいので、しばしそっとしておくといいかな……と」

「なるほど」

それはまぁたしかに、デイヌィの言うことも一理ある。唯一の肉親が亡くなったのだ。そっとしておいてほしいという気持ちもわからないではない。グリトニィルの幼馴染であるデイヌィが言うから妙に信憑性があった。

　シャニは腕を組み、しばし悩んでから「わかった」と了承の意を返した。

「ニィルの迷惑になるならば、しばらく離れておく」

「いやまぁ、迷惑というわけじゃないと思うんですが……うーん」

　やたら歯切れの悪い物言いに疑問符を浮かべつつ、シャニは「じゃあとりあえずアラヌヌと弓の練習にでも出る」とデイヌィの横を通り過ぎようとした。が、左に足を踏み出そうとしたところ、なぜかそれを遮《さえぎ》るように、デイヌィがサッと体を右にずらした。

「デイヌィ？」

「アラヌヌには今日大事な役目を任せておりまして」

「……ふぅん？」

　最近、従者となったアラヌヌとはよく行動をともにしているが、彼がこの屋敷の使用人ということに変わりはない。シャニとの交流より、まずはそちらが優先だろう。

「わかった。では一人で山に登ってくる」

　デイヌィを避けて今度は右に足を踏み出す……と、彼が左にサッと体を動かした。

「……」

「今日は部屋でお勉強がおすすめです」

　無言でデイヌィを睨《にら》みつけるように見上げると、デイヌィはいつもと変わらぬ飄々《ひょうひょう》とした顔で笑っている。シャニは片眉を持ち上げて「デイヌィ？」と問うてみた。

「勉強は昼からでいい。まずは体を動かしたいんだ」

左に踏み出す、とデイヌィが右に動いてそれを阻止。

右に踏み出す、とデイヌィが左に動いてそれを阻止。

そんなやり取りを数度繰り返してから、シャニは溜め息を吐いた。

「なんの理由があって俺を阻《はば》む」

「そんなの、嫁御殿にきちんとお勉強してほしいからですよ。ウルゥナ様の件もありましたし、今後はニィル様とあなたとでザノゥサを支えていっていただかないといけないんですから」

ぺらぺらと早口で喋ってから、デイヌィがシャニを部屋の中に押し返そうとしてくる。

「講師としてアフヌヌも呼びますから。ね？」

「彼には大事な役目を任せていると言っていなかったか？」

先ほどの言葉との矛盾を指摘すると、彼は笑みを浮かべたまま無言になってしまった。

「なにか……俺をこの場に繋ぎ止めようとしているな」

「そんなことないですよ？」

こういう時に言葉を重ねても無駄だ。シャニはわざとらしく肩をすくめるデイヌィを、じ、と見つめる。デイヌィは視線をわずかに逸らしたままであったが、段々と気まずげに眉根を寄せ、最終的に「あぁもう」と漏らした。

「そうですよ。繋ぎ止めようとしてますよ。わかってるなら大人しくこの部屋にいてくださいよ」

笑みを引っ込めて、デイヌィが自棄を起こしたようにそう主張する。いつものらりくらりと本音を避ける彼にしては珍しい態度だ。シャニは「やはり」と憤るより、その態度のほうが気になってしまった。

「デイヌィ、一体どうし……」

——ガシャーンッ！

問いかけようとしたその時、本館のほうからけたたましい音が響いた。なにかが割れたような、そんな音だ。

ハッと顔を上げてそちらを見やる。と、デイヌィがどこか「しまった」というような表情を浮かべるのが視界の端に映った。

シャニは無言でデイヌィを押し退け、本館へ走る。

「あぁもう！　私にこの人を留めるなんて無理なんですよっ」

後ろからそんな声が聞こえたが、シャニは足を止めることなく進む。デイヌィには後でしっかりと謝るつもりだが、確かめずにはいられなかった。今の音はおそらく、いや、絶対にグリトニィルに関係している。

「あいつを出せ、元凶を！　長にできぬのであれば俺がアレを八つ裂きにしてやるっ」

本館に足を進めると、応接間のほうから男の怒鳴り声が聞こえてきた。シャニは駆けていた足を止め、そこからはゆっくりと足音を潜めてそちらに向かう。

「この時期にウルゥナ様が亡くなるなんてどう考えてもおかしいだろう、予言ではもっと先だったはずだ！　なにかよくないことが……よくないものが里に入り込んだからに決まっている」

張り詰めたようなその言葉を聞き、シャニは思わず動きを止める。その「よくないもの」がなにを指しているのか、すぐにわかってしまったからだ。

（これは……俺のことか）

シャニの眉間にじわじわと皺《しわ》が寄る。

「しかも新たな『奇跡の子』も望めないなんて……最悪の事態だ。アレは、ザノゥサを滅ぼす、禍《わざわい》をもたらす者だろう」

「違う。俺の妻だ」

低く静かな、しかし強い意思のこもった声が、責め立てる声に反論する。声の主は……

「長、グリトニィル様……っ」

呆れたような男の声に、しかしグリトニィルは「妻だ」と重ねて答える。その声は相対する相手と違ってひどく冷静だった。

「長は、あれに騙《だま》されているっ！」

グリトニィルの態度が余計に相手を憤らせたのかもしれない。男は激しい口調でそう言って、おそらく応接間の机を叩いた。ガンッ！　という激しい音と、なにかの破片がガチャンッとぶつかるような音がする。先ほど聞こえた音はおそらく、机の上にあったカップかなにかが割れた音だったのだろう。

「騙《だま》されてなどいない。俺は俺の意思でシャニを嫁と認めている」

きっぱりと言い切ったグリトニィルが、「話はそれだけか？」と男に問う。と、男は「……もういい！」と低く唸るように漏らして、足音も高く部屋を出てきた。シャニは慌てて柱の影に身を隠す。

（……あれは）

バンッと扉を壊さんばかりの勢いで開き、応接間から出てきたのは、トハジャの里長、ギウジであった。短髪を逆立てんばかりに、全身からめらめらと怒りの気配を立ち昇らせている。

「俺が、……なんとかせねば」

食いしばった歯の間から漏らすようにこぼれたその声は、空気に乗ってシャニの耳に届いた。囁《ささや》くように小さな声だったが、凄まじい怒気が滲んでいるのがわかる。

シャニはなにも言えないまま、その後ろ姿を見送ることしかできなかった。


「嫁御殿」

不意に後ろから声をかけられて、シャニは振り返らないまま「そういうことか」と返す。

「そういうことです」

声をかけてきたのはデイヌィだった。先ほどまではこのこと……ギウジにひどく嫌悪されていることを隠そうとしてくれていたようだが、知られてしまったからには仕方ないと開き直ることにしたらしい。

「俺の存在は、認められていないんだな」

「そうですね」

「それどころか、排除されようとしている？」

「……そうですね」

デイヌィは、はぁ、と溜め息を吐いてから「察しがよすぎるのも困りものですな」と漏らした。

どうやらシャニの感じたことは間違いではなかったらしい。

「時期が悪かったのです」

デイヌィの言葉に、シャニはちらりと彼を見やる。

「これまでザノゥサの支えとなっていたウルゥナ様が亡くなった。新たな奇跡の子が生まれないままに。……そのすべてをあなたのせいだと思っている者がいます」

「ユーディスティがザノゥサを滅ぼそうとしていて、俺がその任を負って嫁いできたと？」

「まぁ、それでなくとも縁起が悪いと」

「なるほど……」

シャニは先ほど漏れ聞こえたギウジの言葉を思い出し、頷《うなず》く。

たしかに、奇跡の子が生まれないのはシャニのせいだ。疑われるのも、存在自体が不吉だと言われるのも仕方のないことなのかもしれない。

わずかに視線を下げると、デイヌィがどこか気まずそうに「まぁ」と続けた。

「トハジャのギウジは血の気が多いですから。皆が皆そう思っているわけではありませんよ」

「だが、セゥロ以外の里の者の多くはそう思っている、と」

「……ま、否定はしません」

デイヌィの正直さは、こんな時に助かる。下手に「そんなことないですよ」と言われるよりもむしろ清々《すがすが》しい。

「俺に気取らせまいとしたのは、ニィルの指示か？」

「それも、否定はしません」

デイヌィの言葉に、シャニは「ふ」と軽く噴き出す。

グリトニィルは一度シャニをザノゥサだと認めてくれた。彼のことをすべて知っているわけではないが、グリトニィルは一度口にしたことをくつがえしたりしない。

騙《だま》されていると言われても「俺の妻だ」と言い切ってくれたグリトニィルの言葉を思い返して、シャニの心が上向く。

（俺の妻、か）

少なくとも認めてくれている者がいるのだ。その気持ちを蔑《ないがし》ろにはできない。

シャニは、ぐっと体の脇に垂らした手で拳を作る。手に力がこもれば、自然と背筋も伸びるというものだ。

「誰になんと言われようと、俺はニィルの嫁だ。ザノゥサの民だ」

シャニは言葉にしてそう言い切り、そしてデイヌィに視線を向ける。

「今すぐには無理かもしれないが、認められるよう最善を尽くす」

きっぱりとそう言い切ると、デイヌィは珍しく目を見開いて、そしてどこか眩しそうにそれを細めた。

「……あなたは、そういう人でしたね」

囁《ささや》くような声でそう漏らして、デイヌィは服の袖で口元を隠すようにしながら笑う。

「なんたって里中の者に嫌われても、黙々と里の中を歩き回っていましたし」

どうやら嫁いできたばかりの頃、里の中を歩いて覚えていたことを言われているのだと気がついて、シャニも口端を持ち上げる。

「そうだ。それに、どれだけ邪険に扱われようとアラヌヌに付きまとったぞ」

「……ふははっ」

幾分胸を張ってそう言うと、デイヌィが耐えきれぬとばかりに噴き出した。日頃嫌味な微笑ばかり浮かべている彼にしては珍しい笑い方だ。

「いやぁ、ニィル様もえらくしつこい嫁をもらったようで」

「根性があると言ってくれ」

そう言うと、デイヌィはもう一度声を立てて笑った。

「あなたのような根性のある方が嫁に来てくれて、ザノゥサは安泰《あんたい》ですね」

「だといいが」

軽口を叩き合っていると、自然と心が軽くなる。

最初は得体の知れない男だったデイヌィだが、こうやって言葉を交わして交流を重ねていけば人となりも見えてくる。

そこでふとあることを思い出し、シャニは「ところで、デイヌィ」と声を掛けた。

「はい？」

「ウルゥナ様のこと、慕っていたんじゃないか。おばば様、と呼んでいたし」

デイヌィはウルゥナのことを他の者のように「ウルゥナ様」とは呼ばず、「おばば様」と呼んでいた。どちらのほうが近しいかはわからないが、少なくともデイヌィの呼び方には親しみがこもっていたように思う。

デイヌィは「あぁ」と軽く頷《うなず》いた後、目を伏せるようにして微笑んだ。

「そうですね。小さな頃から、まるで本当の曽孫のように可愛がってもらっていましたから」

「そうか」

ありし日の彼女とデイヌィ……そしてグリトニィルのことを思い浮かべて、シャニの胸が重くなる。

まだ出会って間もないが、シャニもまた彼女の存在に、言葉に、その人柄に、親しみや安心感を覚えていた。シャニですら強い悲しみを感じているというに、彼女と長く付き合いのある彼らのそれはいかほどだろうか。

「それは……」

「しかし確実に、私よりニィル様の悲しみのほうが深いと思います」

なにか慰《なぐさ》めの言葉を、と切り出す前に、牽制《けんせい》するようにデイヌィが言葉を紡ぐ。

「幼い頃に両親を亡くされたニィル様にとって、おばば様は親代わりのような存在でしたから」

デイヌィがグリトニィルの両親について言及するのは初めてだ。予想していた内容ではあったが、改めて事情を知っている者から聞くと胸が詰まったような心地になる。

「なので、できたら寄り添ってあげてください」

ね、と念を押されて、シャニは目を瞬かせ……そして微笑んだ。最近、似たような言葉をかけられたばかりだったからだ。

「……ウルゥナ様も、ニィルに寄り添ってやってほしいと言っていた」

「おばば様も？」

首をかしげるデイヌィに、シャニは「あぁ」と頷《うなず》きながら笑いかける。

「ウルゥナ様もデイヌィも、ニィルのことを本当に大事に思っているんだな」

それはきっと、ザノゥサの長としてではなく。曽孫として、そして幼馴染として。彼らはとても大きな愛情を抱いている。

デイヌィは少し呆然とした顔で「ウルゥナ様と、俺が」と呟き、そしてわずかに顔をうつむける。

「デイ……」

「あなたが」

あまり言われたくない言葉だっただろうか、と口にしかけた時、デイヌィがぽつりとこぼした。

「あなたがニィル様の嫁に来てくれてよかった」

いつもの皮肉のようなものかと思ったが、それにしてはあまりにも毒気がない。

パッ、と見やったデイヌィは切なそうに、しかし嬉しそうに微笑んでいた。

彼の、グリトニィルやウルゥナを思う気持ちは計り知れない。が、グリトニィルに限りなく近しい存在である彼に「よかった」と言われたことは、シャニの心を強くした。

「ありがとう。そう言ってもらえて、嬉しい」

たとえ「禍《わざわい》をもたらす者」だと罵《ののし》られようと、グリトニィルやウルゥナ、そしてデイヌィ……彼らはそばにいていいのだと認めてくれている。寄り添ってあげてほしいと望んでくれる。

(ならばその期待に応えたい)

心の中でそう誓った時、廊下の向こうから「シャニ様～」と声が聞こえてきた。アラヌヌの声だ。

「おはようございます！　捜してたんですよ～！　あ、その前にねぇねぇひどいんですよデイヌィ様ったら朝から雪かきを俺一人でやれって言いつけて。たまにはご自身でやれって……って、デイヌィ様！」

ほてほてと走って近づいてきたアラヌヌには、どうやらデイヌィが見えていなかったらしい。ちょうど柱に隠れるような位置だったから仕方ない。が、よりによって不満の相手がそこにいるとは思ってもいなかったのだろう。アラヌヌは可哀想なくらい「ひっ！」と怯えて飛び退いてしまった。

「おや、私に不満ですか？　ほー、この私に雪かきをやれと？　長の唯一無二の相談役である私が、雪かきを？　ほー、ほー……」

「デ、デイヌィ様……いや、あの」

もしもアラヌヌが狼姿になれたのなら、おそらくその尻尾は股の間に挟まっていただろう。びくびくと怯えた目でデイヌィを見上げるアラヌヌと、妙な圧をかけるように微笑むデイヌィの間に、シャニはサッと手を差し入れた。

「デイヌィ、俺の従者を怯えさせないでくれ」

デイヌィに向かってそう言って、そのままアラヌヌにも顔を向ける。

「アラヌヌ、不満を言う時は時と場所を選んだほうがいい。特にデイヌィの不満を言う時は」

アラヌヌは助け舟を出したシャニに「シャニ様〜！」と縋《すが》るように手を合わせて、デイヌィのほうは「あれ、嫁御殿。なんで私の時限定なんですか？　ねぇ、ねぇ？」と言い募ってくる。

「そういうしつこい性格だからだろ」

シャニはさらりとそう言って、デイヌィとアラヌヌの間に腕だけでなく体を捩じ込む。

「おやまぁ失礼な」

デイヌィはけろりとした顔で「まったくもう」と口元に指を当てている。アラヌヌをからかっているだけで、最初から怒ってなどいないのだ。シャニもそれをわかっていたから、軽く肩をすくめる。アラヌヌだけが未だに怯えて、シャニの背にしがみつくように隠れていた。

「そういえばアラヌヌはなにか用事があって俺を捜していたんじゃないか？」

先ほどの「捜していた」という言葉を思い出して問うてみると、アラヌヌが「あっ」と声を上げた。

「里の、ライハやテデジムたちが明日、儀明けの狩りに行こうと」

「儀明けの狩り？」

聞き慣れない単語に首をかしげると、アラヌヌが口を開くより早くデイヌィが「はい」と手を上げる。

「葬儀を終えた後に行う狩りのことですね。亡くなった人に捧げるための狩りです。そこで狩った獲物は食べずに、亡くなった方に捧げます。その人があの世でも食うのに困らないように、と」

「亡くなった人に捧げる……そうか」

狩りを得意とするザノゥサらしい慣習だ。シャニが頷《うなず》くと、デイヌィはにこりと微笑んだ。

「以前は火葬の間に狩りを行って、そこで仕留めた獲物とともに故人の骨を埋葬していたのですが、その慣習もなくなり、現在は単純に誰かの葬儀後に行う初めての狩りのことを儀明けの狩りと呼びます」

「なるほど」

もう一度頷《うなず》いて、シャニはアラヌヌに視線をやる。

「そんな大事な儀式に、俺が参加していいのか？」

「もちろんです！」

アラヌヌは胸の前で拳を握って、勢いよく何度も頷《うなず》いた。

「シャニ様はセウロの里の者。ライハたちも『ウルゥナ様のために、ともに狩りたい』と申しておりましたよ」

嘘のない明るい笑顔でそう言われて、シャニは思わず言葉に詰まり……そして「あぁ」と万感の思いを込めて頷《うなず》く。

（あぁ、俺は……）

シャニは胸に込み上げてくる熱いものをどうにかのみ下しながら、目を伏せる。

「シャニ様？」

「いや……、俺にできる精一杯で、ウルゥナ様に捧げる獲物を狩るよ」

黙り込んだシャニを不思議に思ったのか、アラヌヌが首をかしげている。シャニはゆるく首を振ってから、視線を持ち上げた。

（俺は、この里に骨に埋めたい）

いつか自分が死んだ時。この里で身を焼かれ天に昇りたい。シャニは人狼ではないので木を駆け上ることはできないが、走って追いかけることくらいはできるかもしれない。

それでいい、それでいいから、ここにいたい。

この地で生きて、そしてこの地に骨を埋めて。

「ザノゥサの民として」

シャニの言葉に、アラヌヌとデイヌィが笑みを浮かべる。

ザノゥサのすべてに今すぐ認めてもらおうなんて思わない。だが、いつか……それこそ死ぬまでにはシャニのことを「ザノゥサの民」だと思ってほしい。当たり前にそう感じてもらえたら……、シャニはそれだけで満足だ。

シャニは心の中でそんな小さな願いを握りしめる。そのために自分になにができるのか、きちんと考える必要があった。

十四

「ニィルも儀明けの狩りに？」

「あぁ、参加する」

その夜、シャニはようやくグリトニィルと顔を合わせて話をすることができた。ウルゥナが亡くなってから、ゆっくり話をするのは初めてだ。

グリトニィルは、もう深夜と言っても差し障りのない時間にシャニの部屋を訪ねてきた。どこか気まずそうに、しかし明らかに帰りたくなさそうな顔で「こんな時間にすまない」と言うから、シャニは「いや。入ってくれ」とすぐに促した。シャニも、彼を帰したくはなかったからだ。

部屋に招いて、二人で寝台に入った。最初はどこかぎくしゃくしていたが、そのうち自然と言葉を交わすようになって、やがていつも通りの二人に戻った。深雪夜の時のように。

その会話の中で、シャニは明日の儀明けの狩りにグリトニィルも参加することを知った。

「そういえば、ニィルとともに狩りに出るのは初めてだな」

ふと思いついてそんなことを言うと、隣で腕を枕に横たわっていたグリトニィルが「そうだな」と頷《うなず》いた。

「里の者が『伴侶様は腕がいい』と褒めていた」

「それは、光栄だ」

人狼である彼らに狩りを褒められると、もちろん嫌な気持ちにはならない。

ふと、グリトニィルが自身の襟《えり》のあわせからなにかを取り出した。

「シャニ、手を」

「ん？」

グリトニィルに手を出すように言われて、シャニは素直に手のひらを上にして差し出す。と、そこに木でできた小さな細い……筒状のものがのせられた。

「これは？」

「狼笛だ。人間の耳には聞こえないが、俺や、ザノゥサの民には聞こえる」

「へぇ……」

しげしげと眺めてみると、息を吹き込む穴と、その空気が抜けて音が出る穴がわかった。よく見るとふたつの細長い筒が重なっているらしく、真ん中のあたりでそのふたつを左右にずらすことができるようになっている。

「それぞれの木の位置をずらすことで、高音と低音を分けることができる。それで細かに意思を伝えることができるようになっている」

「意思を？」

「たとえば低い音は獲物がいたことを知らせる音、高い音は危険の現れ。その他右や左、上下、自身の位置を教えるのにも役立つ」

グリトニィルが小さく身振りを交えながら教えてくれて、シャニは「へぇ」と感心の声を上げる。

つまりこれがあれば、狩りの途中離れていてもやり取りができるということだ。

シャニは人差し指と親指を使ってそれを持ち上げ、寝転んだまま見上げる。力を込めれば折れてしまいそうなその笛はしかし、なんだかとても頼もしく見えた。

「狼の姿であれば鳴き声でやり取りできるが、シャニは人間だから」

じ、と笛を眺めていると、隣から静かな声がかかった。シャニは首を巡らせて隣、グリトニィルを見やる。

「これがあれば、いいかと思って」

グリトニィルが、ふ、と目を細める。腕を枕にこちらを向くその顔に白銀の髪がさらりと流れて、美しい彼の相貌をさらに際立たせている。シャニは思わず、狼笛を持つのとは反対の手を……その髪に伸ばしてしまった。

手の甲と指先を使って、グリトニィルの前髪を横に流す。一瞬、びく、と身をすくめたグリトニィルだったが、すぐに落ち着いた顔に戻り目を閉じた。

「あ、悪い」

「別に、いい」

いくら同じ寝台で寝ていても、その顔や髪に勝手に触れたりはしない。それは互いに暗黙の了解だったはずだ。が、シャニはその約束をあっさり違《たが》えてしまった。

しかしグリトニィルは少し視線を逸らしたまま「触りたければ、触ればいい」とシャニの行動を許してくれる。

「……狼の時と、毛並みは同じなのか？」

「さぁ」

グリトニィルはどこかくすぐったそうに首を傾け、そして「たしかめてみるか」とこぼした。

え、と問う間もなく、目の前にいた偉丈夫が大きな白銀の狼へと変わった。

「ニィル」

瞬きの間に現れた狼に驚いていると、狼……グリトニィルはズイと頭を差し出してきた。その額で、ぐり、とシャニの肩を押しやる。

「ふっ、ニィル、この……っ、ははっ」

見た目より少しごわごわした毛が首筋に擦れる。くすぐったくて首をすくめると、グリトニィルはまるでからかうように、さらに首を振る。毛がふわふわと顔にまで届いて、シャニは思わず笑った。

どうやらグリトニィルも楽しんでいるらしく、彼の尻尾はふぁさっふぁさっと音を立てて左右に揺れていた。

「髪の毛とは、ちょっと手触りが違うな」

シャニは遠慮なくグリトニィルの両頬を挟んでみる。そしてそのまま、わしゃわしゃと揉み込むように撫でてみた。

「そうか？」

「えぇ。かなり動物っぽい毛だ」

その手触りは、やはり髪の毛とは違う。柔らかいとごわごわの中間あたりというか、決して手に馴染まないわけではないがたまに指に引っかかるというか。

「癖になる手触り」

「……そうか」

頬を揉んでいた手を顎《あご》下にやって、そのまま首から背中にかけての曲線をごしごしと撫でる。グリトニィルは鼻先を天に向けて目を閉じた。なんだか犬かなにかを撫でているような心地になって、シャニは「よしよし」なんて言ってしまった。

さすがにまずかったか、と思ったが、グリトニィルは気持ちよさそうに目を閉じて、やはり尻尾をゆるゆると振っていた。どうやら心地よく撫でられていれば問題ないらしい。

そのまま、ゆるゆると二人で寝台に沈み込む。シャニは頭や背中の後ろに置いたクッションに身を埋め、その胸の上にグリトニィルが顎《あご》を置いてきて。そしてシャニの手がその背を優しく撫でる。

「ニィル」

静かに名前を呼ぶと、グリトニィルが「ん？」と短く返してきた。その耳はぺたりと伏せられていて、気がゆるんでいるのが伝わってくる。

「ウルゥナ様の骨は？」

聞きたくて、しかしなんとなく聞けなかったことを、問うてみる。人間のグリトニィルには言えなかったかもしれないが、狼姿というだけでなんとなく素直になれる。

「ちゃんと埋めてきた。きっと今頃は木を駆け上がって、天に昇られているはずだ」

「……そうか」

ほ、と息を吐き出す。別にグリトニィルがウルゥナをきちんと送っていないのでは、と疑ったわけではない。ただ、彼がそれを苦しまずにこなせたのかどうか、それが気になっただけだ。もし彼の顔が苦痛に歪《ゆが》んだり、寂しさに打ちひしがれているようだったら、寄り添いたいと……そう思ったのだ。

「あぁ見えて若い頃は狩りの名手だったからな。きっと気持ちよく空を駆けていらっしゃる」

「それは、素晴らしい」

グリトニィルとはまた違う白銀の狼が青空を駆けているところを胸の内に思い描いて、シャニはゆるく微笑む。

「きっと楽しくやっているはずだと、そう思うが……」

不自然に言葉を切ったグリトニィルは、ぱたぱたと左右に振っていた尻尾の動きを止める。

「やはり別れは寂しいな」

存外に素直な言葉に、シャニは驚いてグリトニィルの背を撫でていた手を止めた。

「ニィル……」

「彼女の死は随分前からわかっていたはずなのにな。感情は、なかなか思う通りには操れない」

耳を伏せる狼はたしかに大きく威圧感がある。自然界において、一対一で彼に敵うものはそういないだろう。今は引っ込んでいる爪や、口元に隠された牙が彼の強さを物語っている。

だがそんな彼が今、頭を垂れて耳を伏せている。寂しいのだ、と全身……その毛の一本一本からも滲ませて。

シャニはなにか言葉をかけようとして……やめた。自分の言葉は一時の慰《なぐさ》めにはなるかもしれないが、きっと彼の悲しみや寂しさのすべてを取り除くことはできないと思ったからだ。

『寄り添ってあげてほしい』

その代わり、シャニは彼を思う人の言葉に従うことにした。そっと背中に手を回して、全身で抱きしめるように体を丸める。

「シャニ」

グリトニィルが戸惑ったような声を微かに漏らしたが、シャニは聞こえなかったふりをして、構わず彼を抱きしめた。

「シャニ……」

もう一度彼に名前を呼ばれたが、それは先ほどのものより随分と柔らかくなっていた。

「ありがとう」

グリトニィルの言葉に、シャニはなにも答えずただ首を振った。礼を言われるようなことではない、自分が寄り添いたくてこうしているのだと……そう伝わるように。

グリトニィルはしばし自身の頭の置き場に悩むように首を右に左に動かした後、ぽす、とシャニの胸に預けてきた。シャニは彼の背中に腕を回したまま、ゆっくりと目を閉じる。

「寝るか」

「あぁ」

「明日が楽しみだな」

「あぁ」

会話が弾んでいるわけでもないのに心が落ち着くのは、いつもより体を触れ合わせるのに抵抗がないのは、グリトニィルが狼の姿をしているせいだろうか。

枕元の明かりはつけたままだったが、グリトニィルも消す気配はない。もうそれほど蝋燭《ろうそく》も残っていないので、あと数刻もしたら燃え尽きて自然と暗くなるだろう。

「ニィルが、好きだ」

ふ、と心に浮かんだ気持ちをそのまま口にしてみる。

今なら、それを伝えてもいいような気がしたのだ。

「俺も、シャニが好きだ」

うっすら目を開くと、ゆらゆらと揺れる尻尾が見えた。シャニは胸に空気を吸い込んで、そしてゆっくりと吐き出す。

「よかった」

他にも言うべきことはある気がしたが、とりあえず今思ったことだけをぽつんと漏らす。グリトニィルもまた「あぁ」と肯定の意を返してくれた。

それから、二人はなにも言わずに目を閉じた。なにがどうして好きになったのか、それはどういう好きなのか、これからどうしたいのか。そんなことは、また明日以降話せばいいと思ったからだ。

まるで深雪夜のように静かな夜。一人と一頭はまるで最初からひとつの存在だったかのようにくっついて、くるりと丸まって。そして互いの鼓動を感じながらゆっくりと眠りに就いた。

夢も見ぬほど深く、暗く、それでいて温かな眠りに……

十五

翌朝。シャニは昨日アラヌヌから聞いた通り、里の者数名、そしてグリトニィルと狩りに向かうことになった。

いつもの弓とナイフに加えて、首からは紐で結んだ狼笛を下げている。

その狼笛を見た里の者たちは、なぜか「ははぁ」「仲がよろしいようで」としたり顔でシャニと、そしてグリトニィルを交互に見てきた。なんのことかと首をかしげると、メンバーの一人であるライハが……

「狼笛を贈るのは、愛している人にだけなんですよ」

と、教えてくれた。曰く「狼笛はひとつひとつ音が違います。自分を呼ぶその『音』を愛しいその人にだけ捧げる、という意味を含んでるんです」ということだった。狼笛は、人の姿でないと吹けない。そして、狼でないと聞き取れない。人間、狼、どちらの姿も愛しているという証になるのだという。

なるほど、と腕を組んで頷《うなず》いていると、ライハたちは「いやぁ、長と伴侶様の仲がよろしくてなによりです」「ザノゥサも安泰《あんたい》ですな」なんてからかってきた。

グリトニィルは愛を誓うというより、単純に道具として便利だから渡してきたのだと思っていたが……。と、ちらりとグリトニィルに目をやると、彼はむっつりと唇を引き結んで明後日のほうを見ていた。どうやらやはり「愛の贈り物」という気はなかったようだ。

「ニィル。あなたにこれをもらったというだけで嬉しい。勘違いはしていないから、安心してくれ」

好き、とは言われたが、愛していると……そんな熱烈な思いを抱かれていると思い込むほど自惚《うぬぼ》れてはいない。シャニはこそりと耳打ちするようにグリトニィルに伝える。

しかしグリトニィルはなぜかますます不機嫌そうに口を「むっ」と曲げて黙り込んでしまった。

「おやおや、伴侶様は鈍いようで」

「長、これからですよ。頑張りがいがあるじゃないですか」

耳聡くシャニの言葉を聞き取ったライハたちはそんなことを言って、グリトニィルの肩や腕を気軽に叩いていた。どうやら、ザノゥサの彼らにだけ通ずるなにかがあるらしい。シャニはそのなにかがわからないので、首をかしげるしかなかった。

そうやって、楽しくわいわいと盛り上がりながらセゥロの里の北に位置する山に足を踏み入れた時……思いがけない声が掛かった。

「俺も、狩りに同行させてくれ」

声を掛けてきたのは、トハジャの里長ギウジであった。

里からすでについてきていたのか、はたまた付近に潜んでいたのか。いずれにしてもポッと出てきた彼は、ひたすらにグリトニィルを見つめている。まるで、睨《にら》みつけるかのように。そして視線はそのままに、なぜか「なぁ、長の伴侶殿」とシャニに話を振ってきた。

「え？」

シャニも、それからライハたちも戸惑って顔を見合わせた。シャニは昨日のこともあり、一瞬彼の願いを拒否しようとした……が、すんでのところで思いとどまる。

（ニィル、そしてギウジは、俺が昨日の会話を聞いていたことを知らない）

昨日、グリトニィルとギウジの会話を盗み聞いていたことは、デイヌィ以外誰も知らない。ここでシャニがトハジャの里長の願いを無下にしては、おかしいだろう。自身の存在のせいで不和を招いていることを里の者に知られるのは、あまり得策ではないように感じた。

「俺は、歓迎する」

極力なんの感情も込めないよう、短く返す。と、シャニの言葉を聞いたギウジが、にっ、と口端を持ち上げて「どうも、ありがとうございます」と頭を下げた。

里の面々もまたやたら嬉しそうに「伴侶様がいいなら」「どうぞどうぞ」「ウルゥナ様も喜びますね」と言って和気藹々《わきあいあい》と盛り上がる。トハジャの里は腕の立つ者が多い。その長と狩りに出られるということに、気分が高揚しているようだ。

楽しそうにギウジを囲む面々を見やり、グリトニィルに視線を移す。グリトニィルはなにも言わないまま、しかし真っ直ぐにギウジを見ていた。

(何事もなければいいが)

シャニが空を見上げると、鳶《とび》が一羽、悠々と青空を泳ぐように飛んでいた。以前番《つがい》を得ていたあの鳶《とび》かと思ったが、相手の姿はない。番《つがい》は巣にいるのか、はたまたどこかへ消えてしまったのか。鳥に詳しくはないシャニには、わからなかった。

グリトニィル、シャニ、里の皆、そしてギウジ。皆で列になって雪山を進む。

雪はまだ深いが、皆狼姿になっているので不便はない。もちろんシャニは人間姿だが、最近雪の上を歩くのにますます慣れてきたところだ。

今日の獲物は牡鹿だ。その肉と骨、そして角をウルゥナに捧げるのだという。

「ここからは手分けして探しましょうか」

鹿を狩る際に探すのは、彼らが通った道や寝床、糞、そして足跡だ。ここからはそれぞれでそのなにかしらを探し、見つけたら報告して追おうということだろう。

ライハの提案に、シャニはもちろんその場にいる全員が各々頷《うなず》く。シャニは他の者より足も遅ければ鼻もきかない。捜索は彼らに任せたほうが効率がいい。

「では、なにか見つけたら連絡を。なにもなければ太陽が昇り切った段階でここに集合だ」

「了解」

今回の狩りは基本的に日が昇るまでを目安に行う。木立の向こうに見える山を眺めると、まだうっすらとも明るくなっていない。夜が明けるまではまだ時間がある。

黒や茶色といった濃い色の毛を持った狼たちが一斉に、足音も立てず走り出す。シャニはそれを見送ってから、自身の真後ろに白銀の狼が残っていることに気がついた。

「ニィル？」

どうかしたのか、と思い名を呼ぶ。と、狼はその場でうろうろとさまよってから、ふん、と鼻を鳴らした。

「なにかあったら、笛を吹いてくれ」

金色の目が、ジッとシャニの胸元を見ている。シャニはその視線の先にある狼笛を掴んで「あぁ」と頷《うなず》いた。

「なにかあれば、すぐに」

しっかりと頷《うなず》いてみせると、グリトニィルはどこかホッとしたように息を吐いた。

「気を揉みすぎだとは思うが……、なにかないとも限らない」

グリトニィルがなにに気を揉んでいるのか。先ほど最後尾を歩いていたギウジの顔を思い浮かべ、シャニは口を噤《つぐ》む。グリトニィルは、シャニがギウジに疎《うと》まれていることを知っていると……知らない。だから言葉を濁《にご》しているのだろう。

「大丈夫。アガパパスを仕留めた嫁だぞ？　鹿を探すくらい朝飯前だ」

ちょっと胸を張ってみせると、グリトニィルは切れ長の目を丸くして（狼姿だから、妙に可愛らしい）、そして口端を持ち上げた。

「そうだったな」

どこか肩の力が抜けた様子で、グリトニィルが足元の雪をかく。

「シャニは俺たちより夜目がきかない。足元に気をつけてくれ」

「わかった」

しかと頷《うなず》くと、グリトニィルもまた安心したように頷《うなず》き返してくれる。そして白銀の狼はまだ薄暗い闇の中へタッと駆け出し……、少し先で足を止めた。

まだなにかあったかと様子を見ていると、振り向いた狼が「シャニ」と名を呼んだ。

「あの笛は、ちゃんと、そういう意味で渡した」

それだけ言い残して、狼……グリトニィルはパッと身を翻《ひるがえ》して駆け出していく。まるで夜空を駆ける流れ星のように、白銀の煌《きら》めきを残しながら。

「……え？」

困ったのは、その場に残されたシャニのほうだ。

（そういう意味とは、そういう……）

そういう、と何度も心の中で繰り返して、シャニは手のひらを広げて狼笛を見下ろす。簡素な形でありながら細かなところまで滑らかに磨かれたそれは、かなり時間をかけて作り上げたのだろう。指で触れても木が皮膚に引っかかることはない。

（狼笛を贈るのは、愛している人にだけ）

先ほど里の者が言っていたことを思い出し、シャニは「わぁ」と声を出したくなって我慢した。わぁ、だ。グリトニィルの言葉は短かったが、そういう意味とはつまり……そういうことに違いない。

シャニはやたらと熱くなってきた頬を手の甲で押さえながら、心中で「わぁ」「わぁ」と何度も繰り返す。

（愛しているのか？　ニィルが、俺を）

これまで、愛を向けられることはほとんどなかった。元々望まれない王子であったし、海軍では慕われもしたが、鼻つまみ者のように扱われることが多かった。愛というより、性的な目で見られることがほとんどで……愛など。

シャニは手の中の笛を見下ろしたまま、ぐ、と拳を握る。

（愛など）

自惚《うぬぼ》れるつもりなどなかったのに、あんなことを言われてしまうと、どうしたって自惚《うぬぼ》れてしまう。自分は本当に、グリトニィルに愛されているのではないかと。

シャニは自身の頬を押さえた手をごしごしと上下に動かした。

「今は、とにかく、狩りだ」

ウルゥナに捧げるため、牡鹿を見つけなければならない。

自分のすべきことを言葉に出して確認し、シャニは狼笛を首にかける。

ふ、と浅い呼吸を繰り返すと、次第に鼓動も落ち着いてきた。周囲の様子も耳や目に入ってくる。

（それぞれ違う方向に向かったな）

もう足音も聞こえないが、どちらの方向に向かっていったかはわかる。シャニはグリトニィルが向かったのと同じ北北東のほうへ足を向けた。後発のほうが思いがけぬ痕跡を見つけることもある。シャニは自身の足の速さをわかっている。速さはない分、丁寧に探っていくしかない。

（……ん？）

シャニは、ふい、と頭を真後ろに向けるように振り返る。グリトニィルは前方、ギウジは左手、五人いる里の者もそれぞれ右手や左手に向かっている。後ろに向かった者はいなかったはずだ。しかしシャニはそちらのほうに気配を感じた。

「……」

しばし無言で背後を見つめてから、シャニは前方に顔を戻す。そして、できるだけ足音を立てないように歩き出した。

足元の雪を足で払い、木の幹を時折確認し、シャニは黙々と歩く。鹿の足跡は見当たらない。雪の上に残っているのは、グリトニィルと思われる狼の足跡だけだった。雪の重みでしなだれる枝を払い、薄暗い森をゆっくりと進む。里の北にあるこの森はすっかり慣れたが、暗いと迷いかねない。来た道と行く道をこまめに確認しながら、シャニは歩を進める。

最初はグリトニィルの後を追うつもりだったが、シャニは途中から道を変えた。人気のないほうへ向かったほうが都合がいいと思ったのだ。もちろん、シャニにとってではない。グリトニィルにとっても、里の者にとっても、違う。誰にかというと……

シャニは森の中の少しだけ拓《ひら》けた場所に立ち止まり、すぅと息を吸った。

「そろそろ出てきてもいいんじゃないか？」

息を吐き出すついでに、暗闇に向かってそう呼びかける。しばらくの沈黙の後、雪を踏みしめる、きゅ、という音が響いた。今までそんな音はしなかった……シャニに聞かせるためにわざと立てたのだ。シャニはゆっくりと振り返る。

「気づいていたのか」

そこにいたのは、焦げ茶色の毛を持つ狼だった。姿形での判別はつけづらいが、その声には聞き覚えがある。

「……ギウジだな」

確認するように名前を呼ぶと、狼は顎《あご》を持ち上げ「そうだ」と返してきた。どうやら正体を隠す気はないらしい。

「俺に、用があるんだろう？」

だから足音を潜めて、ひたひたとつかず離れずシャニの後をつけていたのだろう。シャニの言葉に、ギウジが鼻を鳴らす。

「そうだ、お前に用がある。……まさか気づいていたとは思わなかったがな」

「殺気があったからな」

ザノゥサの民は、気配を消す能力に長《た》けている。獲物に気づかれたら狩りができないので、当たり前なのだ。通常であれば、シャニが気配を消した彼らに気づくことはないだろう。

だが、長い間海軍に身を置いていたシャニは、他者からの殺気に敏感だ。どんなに気配を消そうと「お前を殺してやる」という意思のこもった視線は、強すぎる。ギウジのそれは、シャニの首筋の毛をちりちりと逆立てさせた。

「俺を排除したいか」

静かに問うと、ギウジがギッと音を立てそうな鋭い目線でシャニを睨《にら》みつけてきた。

「お前はなんだ」

ギウジの言葉は端的すぎて、シャニは咄嗟《とっさ》になにも答えられない。

「奇跡の子を生せぬ男体のくせに、でかい顔して里に居座って。長のみならず、里の者を誑《たぶら》かし、騙《だま》している」

「誑《たぶら》かしてなどいない。もちろん、騙《だま》してもいない」

きっぱりと言い切る。と、ギウジは不快そうに眉を持ち上げた。

「誰が信じると言うんだ。約束を違《たが》えたユーディスティ王家の言葉など」

苦々しく吐き出すギウジに、シャニは「それもそうだな」と同意した。

「は？」

「それもそうだと言ったんだ。ユーディスティ王家……特に王は、まったくもって信用ならん」

「……なにを言っているんだ」

シャニの言葉に、ギウジはあからさまに目を眇める。

「俺はその信用ならん王に、ザノゥサに差し出された身だからな。信用ならんという言葉には大いに同意する」

「お前……」

ギウジは鼻頭に皺《しわ》を寄せたまま、グル……と喉を鳴らす。

「ユーディスティ王家は信用ならん。けれど、俺はザノゥサの民だ」

だから信じてほしい、と言うと、一瞬ぽかんと口を開けたギウジが牙を剥いた。

「詭弁《きべん》を！　なんと言おうと己はユーディスティ王家っ、我らザノゥサの民を名乗るなど……調子に乗るな！」

「ユーディスティの血を引く者はザノゥサになれないと？」

「そうだっ」

憤るように叫ぶギウジに、シャニはしかし冷静に「では」と問いかける。

「奇跡の子を生んだユーディスティの姫は？　その姫から生まれた子はなんだ？　ザノゥサではないのか？　彼らの血を引くウルゥナ様やニィルはどうなる」

血をもってのみザノゥサの民というのであれば、ユーディスティの血を引く彼らはどうなるのか。

その問いに、ギウジはハッとしたように黙り込む。

「それは……」

「俺はセゥロの里の者とともに生きていくと決めた。ザノゥサとして、この地で生き、この地で死に、この地に骨を埋めると決めた」

ギウジを言い負かしたいつもりもなければ、絶対に今ここで「ザノゥサである」と認めてほしいわけでもない。ただ固くシャニを「異物だ」と思っているであろう彼に、自身の意思を伝えたかった。

「俺はユーディスティ王家の血を引く、シャニ・ユーディスティだった者」

シャニは自身の胸に拳を当てる。と、服越しに硬く細いものが触れた。狼笛だ。

「だが、今はザノゥサの長グリトニィルの嫁、シャニだ。ただのシャニ。ザノゥサで生きると決めたシャニだ」

握った拳の、その親指に当たる笛の感触をしっかりと感じながら、シャニは真っ直ぐにギウジを見据えた。

「信じてくれなんておこがましいことは言えない。だが、今しばらく時間をくれないか。俺がザノゥサと民として生きていると証明できるだけの、時間を」

言葉だけでは、信用を得ることはできない。一時の理解を得ることはできるかもしれないが、それは脆《もろ》く、すぐになくなってしまう。だからシャニは、今だけでなくこれからを見てほしいと願った。

ギウジの、今すぐに排除したいという気持ちもわかる。しかし、今はまだ待ってほしいと。信じさせるだけの時間が欲しいと。

ギウジはどこか迷子のように不安定な顔を見せた後「なにを」と吐き、そして顎《あご》を引いて黙り込む。

しばし、その場に沈黙が落ちた。ギウジは何事かを考えている様子だが、その真意は読めない。

「なぜ信じねばならぬ……」

ギウジがぽつりと、だがはっきりとした声で「なぜ」と漏らす。

「誰がなんと言おうと、お前がどんなことを言おうと、ユーディスティだ。俺たちの死を踏み台に、のうのうと幸せを享受する……っ！」

声を荒らげたと思った途端、シャニの両肩に重たい衝撃が伝わってくる。シャニはそれに逆らわず、どうっと背中から倒れた。

両肩にかかったのは、ギウジの前脚だ。見上げれば至近距離に、ぎらぎらと輝く灰色の目があった。その目はシャニの双眸《そうぼう》をしかと捉えている。

「お前が来て、長は、セウロの里はおかしくなった！」

「あぁ」

「ウルゥナ様まで亡くなった！」

「あぁ」

「お前のせいだ！　お前が禍《わざわい》を呼び込んだ！　奇跡の子は生まれぬ！　お前のせいで……っ！」

「あぁ……そうかもしれない」

春が来れば、ディーズタが侵攻してくる。おそらく彼らと戦うその前線に立つのは、ギウジたちザノゥサの若者だ。彼らが狼としてどんなに強かろうと、武器を用意して迎え撃とうと、そのすべての攻撃を犠牲もなく凌《しの》ぐことはできない。必ず、なにかしらの被害が出る。それを最小限に食い止めるのが、奇跡の子の力だった。そのはずだったのだ。

「どうしてくれる、どうしたらいい……」

その時ようやく、シャニはギウジの中にも迷いがあることに気がついた。彼もまた迷って、悩んで、その末にこの不安定な状況の元凶がシャニであると定めた。事実、シャニがもし子を孕《はら》める体であれば少なくとも問題のひとつは解決していたかもしれない。たしかに、彼の抱える不安や不満の一端はシャニにも責がある。

「わからない」

シャニは鋭い牙を見せるその口元をじっと見ながら呟く。

「無責任な……」

「俺は女になれないし、今さらなにを言ってもユーディスティ王家が姫を差し出すことはない」

そう、たとえシャニがユーディスティに戻ってこの現状を伝えたとて、王は信じない。最悪、シャニは捕まって「貢物としての務めを果たさなかった」と投獄、もしくは処刑されてしまうかもしれない。それでも、それを……たとえばグリトニィルが望むのならば、シャニは実行する。ユーディスティの王に伝えてくれと言われたら、命を捨てる覚悟で戻る。ただそれは、ザノゥサの民として、だ。

「だが俺は、ザノゥサの民として、ザノゥサのために動く」

ザノゥサの民としてできることをする。先ほどギウジに伝えた言葉の通り、そうやって行動で示していく。

「この先ずっと。俺にできることがある限り、ザノゥサとして生きる。ディーズタにも立ち向かう」

「お前に、なにができる……っ！」

ギッ、と肩に鋭い痛みが走った。ギウジの爪が刺さっているのだ。それは服を貫通し、肉にまで届いている。温く感じるのは、おそらく血が流れているからだろう。

しかしシャニはできるだけ「痛い」という表情を見せないように、ひたすらギウジを見つめる。その目を覗き込んで、言葉を重ねる。

「なにかは、あるはずだ。俺にできることが……なにか」

シャニは、いつだってそうやって生きてきた。

やることも、できることもないと決めつけられても、それでもできることを探して、見つけて、取り組んできた。弓やナイフを扱う技術、海軍で自分を慕ってくれる部下、アラヌヌやデイヌィの信頼、グリトニィルの狼笛。努力の末に得てきたものが、シャニに自信をくれる。

「俺にも、ザノゥサの民としてできることが、あるはずだ」

強く、はっきりとそう言い切ると、ギウジがわずかに怯《ひる》んだのがわかった。シャニは自身の額に油汗が浮かんでいるのを自覚しながら、それでも笑ってみせる。

「お前は……」

ギウジの鼻の上の皺《しわ》が、ゆっくりとゆるむ。黒い縁取りのある口元から覗いた牙が……次第に皮膚の向こうに消えていく。……と、その時。

――ドウッ！

物凄い速さで、白銀のなにかがギウジを跳ね飛ばした。

「グォオオオオッ……っ！」

ビリビリと森の木立が震えるほどの声で吼《ほ》えたその白銀のなにかは……

「……ニィル！」

シャニの伴侶、グリトニィルその人だった。

グリトニィルは狼姿でギウジを跳ね飛ばした。そのままもんどりうつように二頭で、吠えながら転がる。もはや人語を話すこともせず、互いの爪で、牙で戦い、相手を傷つけていく。グリトニィルがギウジの肩を噛み、ギウジが「ガァアアッ！」と叫んだ。が、ギウジも負けじと爪を立てグリトニィルの頬を払った。グリトニィルの顔から、パッと鮮血が飛び散る。

「ニィル！　ニィル……っ！」

シャニは立ち上がって、争いを止めようとする。が、二頭は雪を巻き上げながら激しくぶつかりあっており、ただの人間であるシャニには入る隙もない。

「違うんだっ、ニィル！　ニィルっ！」

グリトニィルは、おそらくシャニが襲われていると思ったのだろう。体勢だけ見ればそうだし、実際シャニは両肩に怪我を負っている。腕はまともに上がらず、弓矢を持ち上げることさえ今は難しそうだ。

「ニィル！」

グリトニィルがギウジの喉元に食らいつこうとした。……が、ギウジはすんでのところでそれをかわし、グリトニィルを突き飛ばすように体当たりして、二人してごろごろと雪の斜面を転がる。

「待てっ、待ってくれ！」

シャニはどうにかしなければとあたりを見渡すが、なにも救いになりそうなものはない。あるのは木と、雪。そして弓を射ることもナイフを使うこともできないシャニだけだ。

「はっ、はっ」

シャニは荒い息を吐きながら首を巡らし、そして座り込む自身の足元になにかが転がっているのを見つけた。

「はっ、はっ、はっ……はっ」

それは、狼笛だった。

シャニはしばし……ほんの数秒だけ逡巡してから、血の流れる腕でそれを掴む。そして吹き口を口元にあてると、思い切り息を吹き込んだ。

——…………ッッッ！

シャニの耳には、なんの音も聞こえない。が、笛を鳴らした途端、明らかに白銀の狼の動きが鈍った。斜面を転がりかけていた脚を止め、視線がシャニのほうを向いている。

「ニィル！　ギウジに咎《とが》はない！」

シャニはそう叫んで、立ち上がり、走る。

「ザノゥサで、争わないでいいんだ！」

そう、グリトニィルはザノゥサの民、そしてギウジもザノゥサの民。考えることは違っても、ザノゥサを思う気持ちは変わらない。

シャニの叫びを聞いたグリトニィルが、その耳を忙しく跳ねる。……しかし、ギウジにはまだ言葉が届いていないらしく、彼は口を大きく開いてグリトニィルのその首に噛みつこうと牙を剥いていた。

「……っ駄目だっ！」

互いに訳がわかっていないままに争って、傷つければ、絶対に遺恨《いこん》が残ってしまう。シャニは雪の上を走りながら、傷ついた腕をどうにか伸ばした。

（駄目だ！　駄目だ！　ニィルとギウジが傷つけあっては、駄目だ！）

シャニは思い切り雪を蹴り、今にもグリトニィルに襲いかかろうとしているギウジの……その口元を押さえ込むように抱きついた。

「……ゥグウゥウウウッ！」

「シャニ！」

ギウジの呻《うめ》き声、グリトニィルの叫び声、そして自身の鼓動。いくつもの音が重なり合って、どれがどれだかわからないまま、シャニの体は斜面に投げ出される。

「シャニっ！」

シャニはギウジの口元を押さえたまま、ごろごろと山の斜面を転がっていく。背中が、足が、腕が、頭が、全身が痛い。地面にぶつかり、木にぶつかり、岩にぶつかり……それでもシャニはギウジを庇《かば》うように身を丸めた。

グリトニィルの声が聞こえたような気がしたが、次第になにも聞こえなくなっていく。

『許してやってくれとは言わん。ただ、そういうものだと思ってやってくれないか』

不意に。すべての音がかき消えて、ウルゥナの声が聞こえた。今聞いた声ではない。以前に、そう、彼女が死ぬ数日前に会った時に聞いた言葉だ。

シャニは頭の中でわんわんと響くその声を聞きながら「あぁ」と頷《うなず》く。

（そういうものだな。皆、ザノゥサを思う、そういう……）

不思議なほどに、穏やかな気持ちだった。

自分がどうなっているかも、ギウジがどうなっているかも、グリトニィルがどうなっているかも、なにもわからない。なにもわからないが、怖くはない。

（そういうものだ）

胸の中でひとつ納得しながら、シャニは意識を手放した。

十六

「母上」

シャニは青鷺城の廊下を走っていた。大好きな母に会うために。

今日は弓の大会で優勝したのだ。きっと母も喜んでくれる。『さすが私の子だわ』と褒めて、抱きしめてくれるかもしれない。

（母上、母上）

春の妖精のようにふわふわと美しいシャニの母、ジャクリーン。亜麻色の髪は豊かに波打ち、翠の目はまるで宝石のよう。気まぐれにシャニを撫でる指先は白く細く、砂糖菓子でできているみたいだ。

（母上……！）

ようやく母の部屋の前に辿り着き、扉をノックしようとしたその時……

「あれは海軍にやることにした」

中から話し声が聞こえてきた。シャニはノックをしようと持ち上げた手を止めて、中の様子を窺《うかが》う。

「まぁ、ひどいわ。私があれを気に入っていることを知っていて、そんな意地悪をおっしゃるの？」

母の責めるような、しかしどこか甘えた、鼻にかかった声。母は部屋の中にいる「誰か」と話しているようだ。

「せっかく美しく産んだのに、日に焼けたら価値がなくなるじゃない」

ツンと拗《す》ねたような母の物言いで、シャニは母とその相手が誰について話しているかを察する。

母の産んだ子は一人だけ……つまり、自分のことだ。そして母と話す誰かは父。父と母が、実の子であるシャニについて話している。

「仕方ないだろう。あれが目障りだという声が絶えんのだ」

「ふん。どうせあの嫌味なおば様たちでしょう？　やだわ、自分が可愛いお人形を持っていないからって、人のものを取り上げるなんて」

母の言葉に、シャニの胸がつきりと痛んだ。お人形とは、子どものことだ。ジャクリーンにとってシャニはただのお人形でしかない。そんなこと、とうにわかっていた。

シャニと彼らを分け隔てているのは扉一枚のはずなのに、なんだか随分と遠くに離れた場所にいるような気がする。彼らにとってシャニは子どもではなく、物であり、人形なのだ。

「新しい人形ならすぐに与えてやる」

「あら」

衣擦れの音がして、そして「やだぁ」「ふふふ」「あん」と吐息とも笑みともわからない声が漏れ聞こえてくる。

「次は女がいい。男は他がうるさいからな」

「そうねぇ、私も女の子がいいわ。着飾りがいがあるもの」

シャニはそれを聞いて、一歩、二歩、と後ろに下がった。下がったところで、声はどこまでも追ってくる。

「でもあんなに美しくて、海軍でやっていけるかしら？　男に襲われるんじゃない？」

「別に構わんだろう。荒くれ者どものいい褒美になるはずだ。王子を食える機会なんて滅多にないからな」

「うふふ、それもそうね。でも、あなたがあの子を王子だと認めていたなんて意外だわ」

「形だけな。お前には悪いが、あれは王子ではない。駒だ」

うふふ、あはは、と嘲《あざけ》るような笑い声がそこら中にわんわんと響いている。シャニはじりじりと後ろに下がり続け、最後にはパッと後ろを向いて走り出した。それでも、どこからか声が届く。

その声は、父と母のものだけにとどまらなかった。

「お高くとまるなよ。どうせ王宮でも男のアレを咥《くわ》えてたんだろ？　一発くらいやらせろ」

「しょせんお嬢ちゃんだ。ろくに縄も結ぶこともできないさ」

「裸になったら甲板の掃除免除だってよ」

海軍に入ったばかりの頃。きつい仕事に慣れないシャニに、荒くれ者の軍人どもは次々と容赦《ようしゃ》ない言葉を浴びせてきた。仕事中もそうだが、夜が特に恐ろしかった。いつ何時男が押し入ってくるかわからないからだ。シャニはいつもナイフを枕元に置いて眠った。実際にそのナイフを脅《おど》しに使ったことも……一度や二度ではない。

「本物の王子は僕だ。お前は卑《いや》しい女の血を引く、ただの平民……いや、それ以下だな」

「なんだか臭いと思ったら、あの女の子どもがいるじゃない。早くつまみ出して」

兄弟である王子たち、そしてその母親の声まで聞こえてくる。シャニは走りながら、耳元を手で覆った。

（はぁっ、はぁっ、はぁっ）

息が荒くなって、走るのが辛くなる。それでも、聞こえてくる声から逃げたい。どこか安心できる場所まで辿り着きたい。

（……でも、そんな場所）

シャニを温かく迎え入れてくれる場所なんてない。そのことに思い至って、シャニの足がもつれる。

「あっ！」

シャニはその場に倒れ込んだ。見事に地面に激突して、膝や腹、腕、顔……全身に痛みが走る。

シャニは倒れ伏したまま「いたい」と呟いた。同時に、涙がほろりと溢れてくる。

「痛いだって、人形のくせにおかしいなぁ」

「どうせふりだろう？　そうやって誰かに心配されたいのさ」

「誰がこいつを心配するっていうんだ」

倒れるシャニを責める声が聞こえる。わんわんと鳴り響くその声は、聞き覚えがあるようで……しかしはっきりと誰のものかはわからない。シャニはそろそろと顔を上げる。

「自分でもわかっているんだろう？　お前に居場所なんてないって」

目の前にいたのは、亜麻色の髪と翠の目を持つ少年……シャニだった。シャニが、自身であるシャニを責めている。楽しそうに、馬鹿にしたように、そして、どこか苦しそうに。

「お前はどこに行っても厄介者だ。もう諦めればいい。……体も痛いだろう？」

たしかに、全身がずきずきと痛い。立ち上がるなんて到底無理そうだ。シャニはうつ伏せに倒れた姿のまま「あぁ……痛い」と小さく頷《うなず》いた。

「誰もお前を望んでいない。躍起《やっき》になって居場所を探さなくてもいい」

目の前のシャニが座り込み、倒れるシャニの髪を梳く。シャニはその優しい手つきに、ゆったりと瞼《まぶた》を閉じた。

（母上）

いつだって心の支えにしていた母の顔を思い浮かべようとして、それができないことに気づく。母の髪や、目の色、唇や指先はそれぞれ思い出せるのに、肝心の顔がわからない。部位は思い浮かぶのに、顔の形にしようとすると靄《もや》がかかったようにぼやけてしまう。

（母上……？）

なにより大事な存在だったはずだ。彼女が幸せに暮らせるのであれば、自分はどうなってもいいと思っていた。自分のことを人形のように思われていたとしても、一方的な愛だとしても、それでいいと思っていた。

シャニは、そんな愛し方しか知らなかったからだ。

（愛……、愛？）

愛とはなんだろう。自分が母を思う気持ちは愛だと思っていたが、違うのだろうか。

シャニの体が、じわじわとその場に沈んでいく。倒れ込んだまま、足が、腕が、腹が、顔が、どんどんと暗闇に引きずり込まれていく。

（誰かに……）

そういえばつい最近、誰かに「好き」という気持ちを伝えた気がする。母に対するそれとは違う、後ろめたさも、苦しさもなく、するりと口をついて出た……そんな「好き」を。

（誰だっけ？）

母以外に、そんなことを言う人はいただろうか。自分に、大切な人なんて存在しただろうか。

シャニは闇に埋もれながらぼんやりと考える。

……ふと、なにかに首元を撫でられているような気分になって、シャニはうっすらと目を開く。

そして、頑なに耳を塞《ふさ》いでいた手を首に伸ばす。指に触れたのは、紐だった。頼りないほど細いそれを指先で辿ると、こつ、と硬いなにかに触れる。

持ち上げたそれは、笛だった。

（笛……）

シャニは笛をゆっくりとその場で回して、眺める。なんの変哲《へんてつ》もない、小さく細い笛。シャニはその吹き口を唇に当てて……ためらう。ここでこの笛を鳴らしてよかっただろうか。誰かに迷惑をかけないだろうか。自分のせいで、誰かに。

『なにかあったら、笛を吹いてくれ』

迷うシャニの心に、誰かの声が聞こえた。

シャニはそれを聞いて、何度も瞬きをする。そして、おそるおそる息を吹き込んだ。

――シャニ
吹くと、誰かの声が聞こえた。

誰だろう、誰だろう。わからないが、その声はやたらと優しく耳に響いて、シャニは嬉しくなってしまった。そんなに柔らかく名を呼ばれると、嬉しくて泣きそうになってしまう。

——シャニ、シャニ

低く硬質で、けれど決して冷たくはない。そんな声が、シャニを呼び続けている。

——戻ってきてくれ。生きようとしてくれ

優しい声は、段々と懇願《こんがん》するような響きを帯びてきた。シャニは「なんのことだろう」と思いながら、それでも笛を吹く。ぴぃ、とも音がしないそれに、一生懸命に息を吹き込んで。

——シャニ、頼む。……愛しているんだ

それは、あまりにも苦しそうな愛の告白だった。

シャニはその声の主が可哀想で可哀想で、どうにかして慰《なぐさ》めてやりたくなった。大丈夫だと、悲しまなくていいと、……自分も愛していると。そう伝えなければならない。

（あぁ、そうだ）

そう、シャニには愛する人がいた。父ではない、母でもない。あんな執着じみたものではなく、純粋に、心からの「好き」を言える相手が。

「ニィル、グリトニィル……！」

名を呼んだ途端、シャニが沈みかけていた闇の中に、とぷんっと手が差し込まれた。頼り甲斐のあるその大きな手に、シャニは自ら手を伸ばす。

しっかりと掴んだその手は、ぐいっとシャニを引っ張り上げてくれた。

「また、苦しむことになるかもしれないよっ！」

振り返ると、暗い水底に立っている子どもが見えた。一人ぼっちで、恨めしそうにシャニを見上げている。

「ここにいれば誰かとぶつかることもないのに！　人の気持ちにも、自分の気持ちにも振り回されることもないのに！」

怒ったようにそう言って地団駄《じたんだ》を踏む子どもは、それでいてどこか悲しそうで。シャニは、自分を掬《すく》いあげる手と繋いだのとは反対の手を、彼に差し出した。

「一緒に……っ」

絶対に大丈夫だ、とは言えない。シャニはきっとこれからも苦しむだろうし、人から憎しみを買うだろうし、理不尽に恨まれたりもするかもしれない。

だが、それでもいいと思えた。

（きっと、この手を持つ人が、一緒にいてくれるから）

自分を引っ張り上げてくれる、手。この手の持ち主はきっと、こうやってシャニを暗闇から救い出してくれる。そしてシャニもまた、この手の持ち主を救いたい。

「一緒に、行こう！」

シャニの伸ばした手を、少年が見ている。憧れのような、悲しみのような、そんな目を向けている。そして……おずおずと困ったように手を伸ばしてきた。

離れた場所にいたはずだが、気がつけば少年はすぐそこにいて。そして、指が触れた瞬間に……ぱちんっと弾けるように消えてしまった。シャニは少年と触れ合った手をジッと見つめて、そして拳を握りしめる。

少年は消えてしまったが、なくなったわけじゃない。シャニとひとつになっただけだ。

シャニの中でずっと寂しい思いをしていた少年も、きっとこれからは……

（きっと）

祈るように、心の中で呟く。繋いだ手をギュッと握りしめながら。

そして闇の中から引っ張り上げられたシャニは、眩しい光に包まれた。

＊

「……ん」

ふ、と意識が浮上して、シャニはゆっくりと瞼《まぶた》を持ち上げた。同時に、すぅ、と一筋涙が頬を伝って流れていく。

（涙？）

指でそれを拭って、シャニは首をかしげる。なぜ自分が泣いているのか、わからなかったからだ。

なんだか不思議な夢を見ていた気がするが……どうにも頭がすっきりしない。

「ん、……っと」

体を起こそうとしたところで、自分が寝台に寝かされていることに気がついた。見慣れた天井……シャニの自室だ。

（なぜここに？）

シャニは「儀明けの狩り」に出ていたはずだ。それがなぜ、寝台で寝かされているのか。

（俺は、たしか、ニィルやギウジと……）

「シャニ様……っ！」

なにが起きたのかを思い出そうとする前に、悲鳴のような声に思考を遮《さえぎ》られた。顔を横に向けると、桶を抱えたアラヌヌがこちらを見ていた。その目にはみるみるうちに涙の膜が張って、今にもこぼれ落ちそうになる。

「アラヌヌ？　どうし……っ、った」

慌てて体を起こしたものの、途端にずきりと胸が痛む。いや、胸だけではない、腕も、背中も痛い。よく見ると、腕には白い包帯が巻かれていた。

「はっ、長を……長を呼んできます！」

「おい、アラヌヌ……っ？」

アラヌヌは桶をその場に取り落として、そのまま駆けていく。中の水が床に飛び散って、シャニはアラヌヌを呼び止めようとする。……が、彼はあっという間に部屋を飛び出してしまった。

「なんだ？」

シャニは怪我に気を使いながらゆっくりと身を起こし、そして寝台から床に足を下ろす。

（あぁ、そうか。この傷は……）

そう、これは山の斜面を転がった時にできたものだ。シャニは、争うグリトニィルとギウジを止めようとした。そして、ギウジを抱き止めたまま斜面を転がり落ちて……

（この怪我は、その時にできたものか）

ようやくすべてを思い出し、シャニは「ほ」と息を吐く。かなりの怪我を負ったはずだが、これだけ回復しているということは、おそらくグリトニィルが力を使ってくれたのだろう。

（感謝しなければ。……それにしても）

ぐ、と拳を握ったり開いたりしてから、シャニはその場に立ち上がる。

（グリトニィルとギウジは、あれからどうなっ……）

思考の途中で、がくっ、と体が崩れ落ちる。

「え？」

シャニは慌てて寝台にしがみついて、転倒を避ける。そしてもう一度腕に力を込めて立ち上がろうとした。しかし……

「あれ？」

やはり足に力が入らない。いや、右足は踏ん張れるのだが、左足がまるで自分のものではないように重たい。

あれ、え、と繰り返しながら何度も何度も立ち上がろうとして、失敗する。

何十秒もかけてようやく立ち上がり、右足だけでどうにか前に進もうとするが、砂袋のように重たい左足がそれを邪魔する。

「うっ、うぅ？」

怪我ならば、これまで何度だって負ってきた。剣で斬りつけられたこともあるし、骨だって折ったこともある。だが、こんな……こんなことは初めてだ。

シャニは呆然としたまま、腕を持ち上げる。そしてそれを、自身の左足に振り下ろした。

（……痛みを、感じない）

ドスッという鈍い音がしたが、しかし左足に痛みを感じない。痛みどころか、自身の手が触れた感覚すらない。

「……っ！」

ゾッ、とした。全身の毛が逆立つような恐怖に思わず口を開いた……その時。

「シャニ！」

開け放たれていた扉から、誰かが飛び込んできた。白銀の髪を持つその人は、グリトニィルだ。

シャニは床に座り込んだまま、呆然と彼を見上げる。

「ニィル……」

「シャニ、大丈夫か？　意識が戻ったんだな」

グリトニィルはすぐさまシャニのそばに座り込んだ。心配そうに歪《ゆが》むその金色の目を見ながら、シャニはぽつりと「ニィル」と繰り返す。

「左足が、動かないんだ」

左足にのせた手をそのままに、シャニは独り言のようにぽつりとこぼした。グリトニィルは目を見開き、そしてその手をシャニの手に重ねる。

「シャニ」

「動かないんだ」

声が、みっともなく裏返ってしまった。グリトニィルの力を使ってもらえばもしくは……というわずかな希望は、彼のその表情を見て煙のようにたち消える。

「動かない、ニィル……足が、俺の足が」

それでもシャニは諦め悪く繰り返す。きっと無駄だろうとわかっていながら、グリトニィルを傷つけるだけだとわかっていながら。それでも、縋《すが》らずにいられなかった。

「これじゃあ、狩りに出られない。なぁ、ニィル」

どうしよう、と無理やり作った笑顔を浮かべつつ漏らす。グリトニィルの腕がシャニの背中に回った。きつく抱きしめられて、自然とシャニの顔が上向く。

見慣れた天井を眺めながらシャニは「どうしよう、ニィル」という言葉と、そして堪えきれなくなった涙をこぼした。

十七

あの時、シャニはギウジを抱えたまま山を滑り落ちた。

全身を強く打ち、肌も裂傷だらけ。特に酷かったのが足だった。無意識のうちにどうにか足で踏み止まろうとしたせいかもしれない。その際、尖った岩で左足の腱を損傷してしまい……グリトニィルでも完璧に治すことのできない怪我を負った。

　その後、斜面の途中にあった大木に引っかかって止まったものの、救出された時にはすでに意識もなく。すぐにグリトニィルの力による治療が行われたが、それから五日もの間懇々《こんこん》と眠り続けていた。そして、今日に至るのだという。


「そうだったのか」

　寝台で、上半身を起こして話を聞いていたシャニは、ひとつ頷《うなず》いてみせた。寝台のそばに置いた椅子に腰掛けたグリトニィルは、沈鬱な表情で顔をうつむけている。シャニが意識を失っている間の説明を求めたから話してくれたものの、その口調はとても重かった。

「さっきは取り乱したけど、だいぶ落ち着いた。そばにいてくれてありがとう」

　先ほど、目覚めてすぐの時。シャニは自身の足が動かないことに衝撃を受け、大いに取り乱した。涙を流し、抱きしめてくれるグリトニィルの背中に縋《すが》り、あまつさえ彼に拳をぶつけたりもした。ひどい有り様だったが、グリトニィルは文句ひとつ言うことなく、そのすべてを受け止めてくれた。だからシャニは思っているよりも早く精神的に復活できたし、今一度冷静になって自分の体を確認することができた。

　自由がきかないのは、左足の膝から下だ。まるで重たい荷物を引きずっているかのような心地である。寝台に上がるのだって苦労して、グリトニィルに手伝ってもらったほどだ。ただ、感覚がないのは過度に力を施したせいかもしれない、とグリトニィルに言われた。

「落ち着けば、感覚は多少戻ってくるだろう。しかしやはり、完璧に治すことはできない。俺の力は……万能ではないから」

苦しそうにそう言われて、シャニは「いいや、十分だ」と首を振った。今は引きずらねばならないが、そのうちもう少しまともに歩けるようになるということだ。朗報以外のなにものでもない。

「あなたのことだから、きっと懸命に治療にあたってくれたんだろう。本当にありがとう。感謝しかない」

シャニは素直にそう伝えて、グリトニィルに手を差し出す。握手を交わして「もう大丈夫だから」「それはよかった」と、すっきりとまとめようとしたのだ。が、グリトニィルはシャニのその手をジッと見下ろしてから……徐《おもむろ》に自身の両手で包み込み、それを額に当てた。まさか握手ではなく包み込まれるとは思ってもおらず、シャニは動揺して「ニィル？」と声をかける。

「すまなかった」

グリトニィルが、食いしばった歯の隙間からこぼすように謝罪の言葉を告げる。

グリトニィルは握りしめていたシャニの手をゆっくりと下ろし、そして優しく撫でながら放す。

彼の顔はいつもより血の気がなく、まるで髪色が顔にまで落ちてきたかのように見えた。薄らと儚《はかな》く、今にも消えてしまいそうだ。だがその目には、暗い悔恨《かいこん》の炎が力強く燃えている。

「ニィル……」

「すまない、……本当に、すまなかった。何度謝っても足りない。あの時俺がもっと冷静であれば」

　こんなことには……、と血を吐くように漏らして、グリトニィルは視線を落とす。掛け布の上、拳を握った彼の手は小刻みに震えていた。手に力を入れすぎているのだろう、指先は真白く、血が通っていない様が見て取れる。

「ニィル、そんなに思い詰めないでくれ」

　思わずその手の上にそっと手を重ねようとするも、グリトニィルはサッとそれを引いてしまった。

「無理だ。だって、俺が……、お前の足を」

　ぽた、となにかが滴る音がした。そちらを見やると、グリトニィルの手から滴った赤い雫《しずく》が彼の太腿《ふともも》に垂れていた。血だ。きつく拳を握りしめすぎて、彼の爪は手の皮膚を破ってしまったのだろう。

「グリトニィル！」

　シャニは慌ててグリトニィルの腕を掴む。そして、半ば無理矢理彼を自分のほうへ向き合わせる。

「誰が、いつ、あなたを責めた」

　足には力が入らずとも、腕のほうは問題ない。力強くグリトニィルを揺らすと彼の髪は顔にかかり、まるで幽鬼のような様相になってしまった。

「ニィル、ほら」

　シャニはグリトニィルの手を掴み、自身の胸へと導く。グリトニィルの手のひらにはべっとりと血がついていたが、気になどしない。シャニは左胸……心臓の上に、グリトニィルの手を擦りつけた。

「俺は生きている」

おそらく、弱くはない鼓動がグリトニィルの手を揺らしているはずだ。シャニは意識して声を潜める。その音をグリトニィルにしっかり聞かせるために。

「生きているだろう」

「……あぁ」

どっ、どっ、と力強く脈打つ心臓の音が、グリトニィルの手を通してシャニの手にも伝わってくる。赤い血が滲んで汚れた胸元……その奥にはたしかに動く心臓がある。

「生きてさえいれば、きっと、どうとでもなる」

シャニがそう言えるのは、今までの経験に基づく自信からだ。どんなに苦しいことも、無理だと思うことも、シャニは自身の力で乗り越えてきた。

それに……

「あなたも、そばにいてくれるだろう」

シャニは先ほど夢に見ていたことを思い出しながら、グリトニィルに語りかける。

どろりと暗い闇に沈みかけた自分を救い上げてくれたのは、間違いなくこの手だ。シャニは掴んだグリトニィルの手に手を重ねる。もしかすると、意識を失っている間にグリトニィルの力を受けていたので、無意識のうちに彼の力を感じ取り、ああいった夢を見たのかもしれない。

夢の中で、グリトニィルは決してシャニの手を離さなかった。だからシャニも彼を信じて、闇から抜け出すことができたのだ。

「あなたがそばにいてくれたら、心強い」

シャニはグリトニィルの金色の目を覗き込むように、顔を傾ける。けぶるような金色がシャニの顔を捉え、悲しげに逸らされて、しかしもう一度戻ってくる。

「そばにいるなら、できたら笑顔でいてほしい。俺は……あなたの笑顔が好きだから」

いつか、声を上げて笑っていたグリトニィルの顔を思い出す。たしかシャニは、彼のその顔を見て初めて胸の高鳴りを感じたのだ。アガパパスを仕留めたその後、強い嫁を自称した自分に、グリトニィルが笑ったあの時。もしも彼を好きになった瞬間を聞かれたら、きっとシャニはあの時の話をするだろう。

シャニの鼓動が速くなったのを感じ取ったのか、グリトニィルが金の目を左右に揺らす。そして眉尻を下げて、少しだけ口端を持ち上げる。完璧なものとは言えなかったが、それはたしかに笑顔だった。

シャニもまた、にこ、と頬を持ち上げ笑みを返す。

グリトニィルが、シャニの胸に当てたのとは反対の手を……頬へ伸ばしてきた。シャニの顔なんて簡単に包み込めそうなほどの大きく逞《たくま》しい手が、おずおずと優しく頬に触れ、離れ、そしてもう一度触れる。

「俺は、シャニのどんな表情も好きだ」

グリトニィルはそう言って、そしてゆっくりと顔を傾けた。合わせるように、シャニはわずかに目を伏せる。一人の顔が近づき、互いの震える吐息を感じ、そして……ふ、と触れるだけの口付けを交わす。

最初は軽く触れるだけだったそれは、次第に、ちゅ、ちゅ、と音を立てるものに変わった。

そのまま何度も口付けを繰り返してから、互いになにも言わないままに身を離す。

「……悪い、こんな時に」

「……いえ、俺こそ」

顔が離れるとなんだか妙に気恥ずかしくなって、シャニは頬に手の甲を当ててうつむく。グリトニィルのほうもなんだか気まずそうにしながら、シャニの頬と胸に当てていた手を離した。

「なんだか、こう、口っていうのは自然とくっつくものなんだな」

シャニはこれまで、誰かと口付けを交わしたことなどなかった。なぜ口を触れ合わせるのかその意味もわからなかったし、もちろん「やってみたい」と思ったこともない。だが、先ほどの口付けは、気づけば自然と唇と唇が触れ合っていた。

「不思議だ」

「……そうだな」

無意識のうちにむにむにと自分の下唇に触れていると、グリトニィルがなんとも言えない顔をして短く同意してくれた。

「また、いつかしてもいいか？」

問いかけると、グリトニィルが「えっ」とすごい速さでシャニに顔を向けた。そして、気まずそうに咳払いをする。

「……シャニが、嫌でなければ」

グリトニィルの返事を聞いて、シャニは微笑む。嫌であるわけがない。

（まだ、考えなければならないことは山ほどあるが。楽しみがあると、頑張れる）

恥ずかしいので言葉にこそしなかったが、シャニは胸の中でそう呟いて「ほ」と温かな吐息を吐いた。

それから数度瞬きをして、なにかを考えるように顎《あご》に手を当てているグリトニィルに「ところで」と声をかける。

「ギウジは？」

シャニの問いかけに、グリトニィルは黙ったまま口を開かない。シャニはもう一度「ギウジは、無事だったのか？」と問うた。するとようやくグリトニィルは視線を上げ「無事だ」と端的に返してきた。それを聞いて、シャニはホッと胸を撫で下ろす。

「できたら顔を見たいんだが、可能か？」

そう言うと、グリトニィルがギョッとした顔をしてゆるゆると首を振った。

「なぜ、会う必要がある」

「なぜって、彼に話したいことがあるからだ」

シャニはそう言って「あぁ、恨み言じゃないから安心してほしい」と続けた。もしかしてシャニが怪我のことを恨んで、その復讐のために面会したいと申し出たのでは、と思われたくなかったからだ。

「ただ、話したい。彼にも、ちゃんと自身の気持ちを」

シャニが言い募ると、グリトニィルが真っ直ぐな視線を向けてくる。嘘も迷いも見透かすようなその金の目を、ぐ、と力を込めて見返す。

しばし見つめ合って、先に目を逸らしたのはグリトニィルのほうだった。

「わかった」

シャニは微笑んで、そしてふと胸元を見下ろして「う」と情けない呻《うめ》き声を漏らす。

「アラヌヌに怒られるな」

白い寝巻きには、べったりと赤い血がついている。端のほうはもう乾きはじめていて、後で落とすのに手間がかかるのがわかる。グリトニィルとシャニの服はほとんどアラヌヌが洗っている。普段からシャニが汚れに頓着《とんちゃく》しないせいで「シャニ様、もうちょっと、ほんのちょっとでいいので服の汚れに気を遣ってくださいませんか？　……って、あぁ！　もう裾《すそ》に泥が跳ねてる」といったことを散々言われている。まるで子どもを諭《さと》す親のようだが、本人は本気で言っているし、シャニも真剣にそれを受け止めている。受け止めて……やはり気がついたら服を汚しているのでどうしようもない。そしてまたアラヌヌに小言を言われる。

「アラヌヌ？」

首をかしげるグリトニィルは、きっとアラヌヌに怒られたことなどないのだろう。シャニは苦笑いをこぼして「一緒に怒られてくれ」と懇願《こんがん》した。

十八

「ギウジは牢屋にいる」

グリトニィルの言葉に驚いて、シャニは「牢屋っ？」と大きな声で聞き返してしまった。が、どうやらそれはグリトニィルの冗談でもなんでもなく、事実であった。

村の外れにある石でできた建物。入り口である分厚い木の扉は重そうなかんぬきで塞《ふさ》がれており、窓は高いところにしかない。誰かが出入りしている様子もなかったので、一体なんのための建物だろう……とシャニも疑問に思っていた。まさかそこが罪人や、捕虜《ほりょ》を閉じ込めておくための牢屋だとは知りもしなかった。

ギウジはあの日……儀明けの狩りの日から自主的に牢屋の、独房の中に入っているのだという。

シャニはそれを聞いてすぐにそこへ向かった。未だ鉛《なまり》のように重い足を引きずりながら。

*

「なんの用だ？」

人が一人ようやく横になれるほどの広さしかない独房の中に、ギウジは狼姿で伏せていた。

牢屋の中には、現在ギウジしかいない。シンと静かなそこにグリトニィルを伴って現れたシャニに対し、ギウジは視線を寄越すこともなく短く問うてきた。

シャニはなにも答えないまま、太い木でできた格子越しにギウジを見下ろす。ギウジの茶色の毛は泥でくすんでおり、ところどころ乾燥した血も付着している。先日会った時はふさふさと豊かに波打っていた毛は、ぱさぱさと傷んで艶《つや》がない。

「あの日から、ずっとここにいるのか？」

問いかけると、ギウジは鼻を鳴らして「だったらなんだ」と吐き捨てた。

「裁きに来たんじゃないのか？　それとも世間話をしに来たのか？」

「どちらでもない。あれは俺が好きでやったことだ。ギウジに咎《とが》はない」

どこか挑発するような口調のギウジに、しかしシャニはそれに乗ることなく冷静に返す。

「だから、ここに入る必要はないし、トハジャの里長を辞める必要もない」

きっぱりと言い切ると、石造りの冷たい床に伏せていたギウジがようやく頭をもたげた。

そう。ここに来る前シャニはグリトニィルから、ギウジがトハジャの里長を退くと申し入れてきた、という話を聞いていた。それから、先日負った怪我の治療もすることなくこの牢屋に自ら入った、とも。ギウジはおそらく、罪の意識を感じているのだろう。

「何度でも言うが、ギウジに咎《とが》はない。俺に罰する気はないし、その必要性も感じない」

「馬鹿か」

ギウジはシャニの言葉を切り捨てるように罵《ののし》り、そしてそっぽを向いてしまった。

「俺は、お前が……ザノゥサに禍《わざわい》をもたらすものだと思っていた」

顔を背けたまま、ギウジが続ける。

「しかし、実際は違った」

ぽつ、と漏らしたその言葉には温度がなかった。ただ淡々と事実だけを述べるような、そんな口調だ。

「ここで何度も思い返してみたが、あの時の……お前の言葉に嘘はなかった。禍《わざわい》をもたらしたのは、俺のほうだ」

だからここにいるのだ、というようにギウジが顎《あご》を引く。自分こそが今回の件の発端であると。自らを罪人と認めているからこそ、こうやって牢屋に籠《こも》っているのだと。

「……あの時、どうして止めた」

ギウジが首を巡らせて、シャニを見上げてきた。暗い目が、シャニの真意を探るように見つめている。

「力を持つ長に、ただの狼である俺は敵わない。放っておけば俺が怪我をするか、もしくは死ぬだけで済んだだろうに」

その言葉には、もう嫌味の色はのっていなかった。純粋に、不思議そうにシャニに問うている。

シャニはここに来るまでの間に考えていた色々なことを言葉にしようと口を開いた。しかしなにも言わないまま閉じて、そしてゆっくりと首を振った。

「ザノゥサの民に争ってほしくなかった。それだけだ」

ザノゥサの長とトハジャの里長がどうとか、自身の身体能力であれば最小限の被害で抑えられると思ってとか、そんなことを言おうと思っていた。が、結局出てきたのは、それだけだった。

ザノゥサの民同士で、傷つけあってほしくなかったのだ。

正直な気持ちを吐露《とろ》すると、ギウジが鼻を鳴らした。

「変な……奴だ。その上俺を庇《かば》って怪我まで負って」

ギウジの視線がシャニの足に向く。この牢屋に入ってきた時から、ギウジはシャニの足が自由に動かないことを鋭い視線で確認していた。

「あの時、俺が飛びついたせいで斜面を転がり落ちることになったからな」

争いを止めるためとはいえ、シャニが割って入ったことで斜面を落ちることになったのは事実だ。

「俺のせいで、ギウジに怪我をさせるわけにいかないと思った。だから庇《かば》った」

自身で考えて、自身で選んだ道だ。

シャニの言葉を聞いて、ギウジが目を細める。そして、溜め息のような吐息を漏らした。

「本当に……禍《わざわい》とは無縁の奴だったんだな」

ギウジが腰を上げる……、と、一瞬にして狼が消え、そして短髪の青年が現れた。全体的に薄汚れているし、服もところどころ裂けて血が固まっているのが見える。が、その視線は力強かった。

青年、ギウジはその場に片膝をつき首を垂れる。

「悪かった」

そして、はっきりとそう言った。あれほどの激情を向けていたシャニに、膝をつき頭を下げたのだ。

「いいや。ザノゥサのためを思ってやったことだろう」

「だとしても。一生かけても償《つぐな》えないことをお前にした」

シャニは首を振ったが、ギウジは頑なに頭を上げない。

「できることならば即刻首を刎《は》ねてほしいが……」

「駄目に決まってるだろう！」

慌てて止めると、ギウジは「……と、言うと思った」と続けた。

「無理矢理に罰してくれとは言えない。だが……償《つぐな》い方がわからない」

ギウジも、この数日ずっと考えていたのだろう。その言葉はとても重く、滴るような後悔に満ちていた。シャニは彼の、くたびれた茶髪を見下ろしながら「俺は」と切り出した。

「俺は、やはりギウジはトハジャの里長であるべきだと思う。里長としてザノゥサに尽くしてくれるなら、それでいい」

素直な、心からの気持ちを伝えたつもりだったが、ギウジは「いや」と硬い声で拒否した。

「俺は、そうは思えない」

「ギウジ……」

シャニ自身は本心から、ギウジがトハジャの里長であればいいと思っていた。彼はたしかにシャニに害をなそうとしたが、それはザノゥサを思ってのことだ。グリトニィルに話をしたが聞き入れてもらえず、自身がどうにかせねばならぬと思ってしまったのだろう。思慮《しりょ》が足らないところはあるかもしれないが、間違いなくザノゥサ思いの男なのだ。

どうしようかと思い悩むシャニの後ろから、す、とグリトニィルが一歩前に出てきた。

「トハジャの里の者たちが、お前が牢屋に入っている間毎日訪ねてくるぞ。俺たちの里長はまだ出てこないのか、と」

グリトニィルの言葉に、ギウジの肩がピクリと跳ねる。

「今回のお前の行動は伏せてある。シャニは狩りの途中に滑落しかけたお前を助けて怪我を負った。お前は責を感じ、自ら牢屋に入っている、と。そう話してある」

「なにを……」

「ディーズタの侵攻が控えている今、ザノゥサ内での諍《いさか》いは望ましくない。シャニもそれをわかっていたから、俺たちを止めたんだ」

グリトニィルがきっぱりと言い切ると、ギウジがようやく顔を上げた。

「俺は……」

「『あの人は短気で、思い込みの激しいところもあるが、里思いのいい人なんだ』」

突然口調の変わったグリトニィルに、ギウジはもちろんシャニも驚いてしまう。が、グリトニィルはいつもどおりの冷めた表情を浮かべていた。

「『血の気の多いトハジャの里を治められるのは、あの人しかいねぇんです』『里長のせいで長の伴侶様を傷つけてしまったことは本当に申し訳ない。けど、どうか里長を、ギウジ様を許してやってくれませんか』」

グリトニィルが言葉にすればするほど、それが誰の発言であるかがわかってくる。シャニは、ふ、と相好を崩して、呆然と目を見開くギウジを見やる。

「トハジャの里の者が毎日毎日嘆願《たんがん》にやってくる。お前を牢屋から出してやってくれ、と」

俺が閉じ込めている訳でもないのにな、とグリトニィルは目を細めた。

ギウジはなにも言わないまま視線を泳がせる。そして、下唇を噛み締めて顔を伏せた。

「トハジャの里の者がお前を里長だと認め、頼っている。……お前は、トハジャの里長だ。その責務を果たせ」

ギウジは「っ」と小さく嗚咽《おえつ》するように喉を震わせてから、再度頭を下げた。

「この命尽きるまで、トハジャの……ザノゥサにために尽くすと誓う」

声も、肩も、全身が震えている。グリトニィルはそれを見下ろし「あぁ」と頷《うなず》いた。

「今日も里の者が来ているぞ。そろそろ出ていって顔を見せてやれ」

ギウジは顔を上げて「そうする」と軽く口端を持ち上げた。その眦《まなじり》にはわずかに光るものが浮かんでいたが、シャニも、そしてグリトニィルも、そのことについてはなにも触れず、ただ黙って頷《うなず》いた。

グリトニィルが袖に入れていた鍵を使い、牢屋の入り口を開く。ギウジは頭を下げて牢屋から出て……、そして、シャニに正面から向かい合った。

「すまなかった」

「……ギウジ」

もう、先ほど謝罪は受けている。シャニは「もう大丈夫だ」と言って首を振った。

「この先なにかあった時、俺がお前の……伴侶殿の足になろう」

ギウジは至極真剣な顔つきでそう言い切った。シャニはなんと答えるか迷った末に……ただ素直に気持ちを返すことにした。

「ありがとう」

シャニの心からの感謝にギウジはわずかに目を細めて、そして外套《がいとう》を靡《なび》かせながら胸を張って歩き出した。その姿は先ほどまで牢屋の中でうなだれていたものとは違う、ザノゥサの里のひとつトハジャの長のそのものだった。

十九

ザノゥサに春が訪れた。

とはいっても、里は相変わらず雪に囲まれている。

ザノゥサの雪は一年中ほとんど溶けない。短い夏の間に雪が溶けて植物や花が咲くらしいが、まぁその程度だ。つまり冬が終わったからといってぽかぽかと温かい陽気がいきなり訪れるわけではない。

とはいえ、深雪夜のような大雪もなく、比較的穏やかな天候が続く。

そんな陽気の中、シャニはアラヌヌを伴って山の中を歩いていた。

「ご無理なくお願いしますね。まだ怪我も全快したわけではないんですから」

「あぁ、十分気をつけるさ。……はっ」

左足を引きずりながら、シャニは山道を歩く。弓やナイフを携帯することはグリトニィルに許可されなかったので、ただ森の中を歩くだけだ。それでもこうやって山に入ること自体いい顔をされなかったので、まぁ譲歩してくれたほうなのだろう。グリトニィルは最近とみに過保護だ。

（まぁこの足じゃ仕方ないが）

シャニは左足を見下ろして、溜め息とも苦笑いともつかない吐息をこぼした。


シャニが左足に大怪我を負ってから二カ月が経った。シャニの足はグリトニィルの言っていたように、ある程度感覚を取り戻した。暑さ寒さ、痛みも感じることができる。しかし、肝心の歩行についてはなかなか回復しない。というより、これ以上回復することはないように思われた。

どうしても多少引きずってはしまうが、ある程度の距離は歩ける。今日のように山を登ることだってできるほどだ。だが、全力で走り回ることはできない。走ろうとすると、どうしても遅れる左足のせいでもつれてしまうからだ。

グリトニィルは、そんなシャニの足に手を翳《かざ》して毎朝毎晩力を施してくれる。まるで「絶対に治してみせる」というように。

（きっともう、元には戻らないのに）

山道を歩きながら、シャニは冷静な頭で考える。

グリトニィルのそれはきっと、穴のあいた桶に水を注ぎ続けるような……そんな行為だ。シャニの足は、元通りにはならない。自己治癒能力では回復しきれないほどひどく損傷してしまったのだ。こうやって問題なく歩けているだけでも感謝しなければならない。それはシャニとてよくわかっていた。

（もういいんだ、と伝えなければ）

それでもそれを止めることができないのは、シャニ自身「治るかもしれない」と心のどこかで願ってしまっているからだろうか。

「そろそろ休憩しませんか？」

「あぁ、そうだな」

後ろから声をかけられて、シャニはその場に立ち止まる。すかさずアラヌヌが汗を拭くための布を差し出してくれて、シャニは苦笑しながらそれを受け取った。

怪我をしてからというもの、アラヌヌは前にも増してシャニについて回るようになった。どうやらデイヌィに「嫁御殿が無茶しないように見張ってくれ」と指示されているようだ。

デイヌィをはじめセゥロの里の者は、シャニの怪我を大いに心配してくれた。だがそれは嘆《なげ》き悲しむものではなく……

「狩りの時にソリを使うっていうのはどうですか？　俺たちで引いていきますよ」

「いいなそれ。クワンラで設計して、ウイで作ってもらえばいい」

「それにしてもトハジャの里長を助けるとは、さすがシャニ様」

なんて、前向きな意見が多い。シャニの前だからあえて暗くならないよう努めてくれているのかもしれないが。何にしても、その明るさに救われたような気持ちになる。

ちなみに、デイヌィだけには本当の事情を話している。彼はその話を聞いてすぐに「ギウジを罰すべきです」と言ったが、シャニはグリトニィルやギウジに伝えたのと同じ言葉でどうにか彼を説得した。

まさか一番シャニの怪我に興味のなさそうな（というと語弊《ごへい》があるが）デイヌィがそんな反応をするとは思ってもおらず、シャニは面食らってしまった。

「当然でしょう。長の伴侶に仇《あだ》なした者を許すなど、ありえません」

思いがけない力強さでそう言われて、シャニは目を瞬かせた。

「今はとりあえずニィル様と嫁御殿のお言葉に従いますが、いずれ報いてもらいますから。必ず」

袖で口元を隠しながらそう宣《のたま》うデイヌィに「冗談だよな」と聞いてはみたが、彼は笑うばかりで明確な答えはくれなかった。

まぁ、大事に思ってくれているということだろう……と、シャニは苦笑いでそれを受け入れた。

最初の頃は掴みどころがなく、絶対に馴染むことはないと思っていたデイヌィだが、少しずつ信頼にも似たなにかを得ていたらしい。まぁ報いとは言っても、さすがにそうひどいことはしないだろう。ギウジはトハジャの里長なのだから。

「あ、ギウジ様だ」

ちょうど頭の中に思い描いていた人物の名前を聞いて、シャニは顔を上げる。

シャニたちが立ち止まっている場所は小高く拓《ひら》けており、見下ろせば里全体がよく見える。シャニには人の顔まではっきり見えないが、目のいいアラヌヌはそこまで見えるらしい。

「……最近、他の里からの出入りが増えてきましたね」

静かなアラヌヌの言葉に、シャニも「あぁ」と同意する。

他の里の者の出入りが多いのは他でもない、ウルゥナの予知したディーズタの侵攻が近いからだ。

戦いに必要な武器をウイが、備蓄となる食料をドウラが運び込み、クワンラとトハジャで迎え撃つための戦略を立てる。皆でディーズタとの戦いに備えて動いているのだ。

アラヌヌもその気配を肌で感じているのだろう、最近どこか思い詰めたような顔をすることが増えた。

「ギウジ様、きょろきょろしてますよ。シャニ様を探してるんじゃないですかね」

「いや、目当ては俺じゃないと思うが」

シャニの目には見えないが、アラヌヌ曰くギウジは「きょろきょろ」しているらしい。あの厳《いか》ついギウジには似合わない表現だが、アラヌヌが言うならそうなのだろう。

「シャニ様だと思いますよ。セゥロに来るたびに貢物を持ってくるじゃないですか」

「貢物というか……」

たしかに、ギウジはセゥロを訪れるたびにシャニに土産を渡してくる。猪や鹿の心臓に肝、イモリの丸焼き、滋養強壮に効くというガヤの実。「これで精をつけろ」と言って、毎度押しつけるようにに渡してすぐに去っていく。どうやら彼なりに、シャニの足の怪我がよくなるように願ってくれているらしい。

「貢物でしょう。……もしやギウジ様、シャニ様の美しさに目がくらんで……？」

閃《ひらめ》いた、とばかりに手を打つアラヌヌに、シャニは「それはない」と首を振る。

「いえあります。十分ありえますよ」

腕を組んだアラヌヌはしたり顔で頷《うなず》いている。なにがどうありえるのか聞いてもいいが、余計にややこしいことになるような気がして口が重くなる。とりあえず「う、ん？」と同意とは言えない返事だけしておいた。

「シャニ様はとても綺麗で、そして勇敢です。強く美しいものに惹かれるのはザノゥサの血といっても過言ではないでしょう。まして命を助けられたとあっては、俺のように……」

「アラヌヌのように？」

言葉尻を捉えて問うてみると、アラヌヌがハッとしたようにその場で飛び跳ねた。

「あ、いや、俺もシャニ様に助けていただいたので……」

「あぁ」

そういえばアガパパスから逃したことがあったな、とシャニは思い出す。あれがきっかけでアラヌヌと打ち解けたといっても過言ではない。

どことなくもじもじした様子で頬をかくアラヌヌに、シャニは柔らかく微笑んでみせる。そしてふと自身の足を見下ろし、目を伏せる。

(もう、あぁいう風にアラヌヌを救うことはできない)

あの時シャニは全力で走って、弓を使って、ナイフを使って、アガパパスの体を駆け上って……

しかし今、この左足では、そんなことはできないのだ。絶対に。

「あー……シャニ様？」

アラヌヌが気まずそうにシャニを覗き込んでくる。シャニは顔を上げて「いや」と首を振った。

「あの、俺はシャニ様に憧れていますけど、それは純粋な憧れであって、決して邪《よこしま》な気持ちではありませんから」

「ん？　うん、ありがとう」

どういう意味だろう、と思わないでもなかったが、アラヌヌが拳を握りながら「憧れです」と力説してくれるのが嬉しくて、思わず笑ってしまう。

「今日はここら辺にして、戻ろうかな」

里を見下ろしながら、ぽつりと漏らすとアラヌヌが「珍しいですね」と笑った。

シャニは「そんなことないさ」と笑いながら、前髪で目を隠すように顔を傾ける。

まさか、今ここにアガパパスが現れてもアラヌヌを助けることができないと自覚したから、なんてことも言えず。シャニは「さぁ下りよう」とアラヌヌを促した。

(自分の選択に後悔はない。今からできることだってあるはずだ。すべてを失くしたわけじゃ

ない）

ひとつ、ひとつ、自分に言い聞かせるように胸の内で繰り返す。

（すべてを失くしたわけじゃ……）

ということは、つまりひとつふたつ失くしたものがあると自分自身認めているのだ。

ぎゅ、ぎゅ、と雪を踏みしめながら歩く。失くすのは悪いことばかりではない。なにかを失くした道の先に、新たな幸せが待っていることもあるはずだ。

＊

「痛くないか？」

足に手を当てられながら静かに問われて、シャニは「痛くない」とこれまた静かに返す。

寝台の上、膝を曲げるように座るシャニに向かい合い、その足に手を翳《かざ》すグリトニィルに問われる。

グリトニィルが手を翳《かざ》した箇所から、じわじわと熱を感じる。鋭い岩によって切り裂かれた左足の脹脛。そこには白い裂傷痕が残っている。包帯を取ってようやく見たその傷痕は、すでに数年は経過したかのようにうっすらと淡い。けれど、それだけ薄くなっても、シャニの足は元通りには動かない。

「斥候《せっこう》が、山脈に向けて進軍するディーズタ軍を見つけた」

不意にもたらされた言葉に、ガンと頭を殴られたような心地になる。

「……え？」

「進軍の速度から到着はおよそ十日後。数はそう多くないから第一波だろうと推測した」

のろのろと頭を持ち上げるが、グリトニィルは淡々と話を続けながらシャニの治癒を続けている。

「そうか」

「いつもは大軍でやってくるんだが、今回は分散することにしたらしい。持久戦になるかもしれない」

大軍を動かすと、それだけ武器や食糧の準備が必要となる。大量の人間が数十日生き残るだけの食糧は、持ち運ぶのだけでも一苦労だ。山脈の途中には街も村もなく、野草などの現地調達もままならない。ディーズタにとっても苦しい戦いになるはずだ。

「もしくは少人数でも俺たちを倒せるような武器を仕入れたか……」

人数を減らしてきたからには、なにかしらの理由があるはずだ。グリトニィルの言葉を聞き、シャニの背中にゾッと怖気が走る。

ディーズタもまた、長年にわたりザノゥサに侵略を阻《はば》まれてきた。その対策をしてこないとは言い切れない。そしてそれがどんな対策かは、遠見や予知のできるウルゥナがいない今、誰にもわからない。

「近日中に、俺たちも山脈に向けて出立する」

「そうなのか？」

「あぁ、里の近くで迎え撃つわけにはいかない」

もっともな言葉に、シャニは「あぁ」と漏らす。それはそうだ。そんな簡単なことに思い至らなかった自分に嫌気が差す。海軍から離れ、ザノゥサで穏やかに暮らすうちに勘が鈍ってしまったのかもしれない。

シャニはグリトニィルの顔を見つめる。彫りの深い、くっきりとした顔。氷のように冷たく美しいが、その中身は優しく柔らかいことを今はもう知っている。

無駄とわかっていながら、それでも律儀《りちぎ》に伴侶の治癒を続けるくらい……彼は優しい。

「ありがとう、もう大丈夫だ」

シャニはグリトニィルの手に手を重ねて、無理矢理にならない程度にゆっくりと押しやる。

「シャニ」

シャニの言葉の微妙な差異に気がついたのか、グリトニィルが顔を上げる。白銀の毛がさらりと流れる音がした。

「もう大丈夫だ」

もう一度同じ言葉を繰り返すが、グリトニィルはなにも言わない。なにも言わないままにシャニを見つめて、そして首をかしげた。

「俺には、大丈夫なようには見えない」

グリトニィルがえらく真面目な口調でそんなことを言うから、シャニは思わずぽかんと口を開いてしまった。そして、耐えきれずに噴き出す。

「ははっ、ふっ、ははは」

なぜシャニが突然笑い出したのかわからないのだろう。グリトニィルは不思議そうな顔をしている。それでも「なにを笑う」なんて怒らないところが、彼らしい。

「ふふ、ニィル、すまない」

笑いの残滓《ざんし》が残る口元を覆う。そして「はぁー……」と溜め息をついてから、シャニはグリトニィルを真正面から見つめた。

「俺も行きたい」

「シャニ」

ほろりとこぼしたシャニの言葉に、グリトニィルが眉根を寄せる。その金色の目は怒りというより、心配や戸惑いに彩られていた。だからシャニはすかさず「……と、言っていたと思う」と続けた。

「もし、足の怪我がなければ。駄目だと言われても、無理矢理にでも同行していた」

「シャニ」

二度目の「シャニ」は、どこか切なさを含んでいた。

里の者は足の怪我があっても変わらないシャニを見て「伴侶様はお強い」「前向きでいらっしゃる」と言ってくれる。シャニ自身、足のことで絶望しきっているわけではないし、それは事実でもある。だが、どうしようもない気持ちに苛《さいな》まれることがあるのもまた事実なのだ。

「この足では、無理だとわかっている」

シャニは上半身の力を抜いて、ふらりとグリトニィルの肩に額を寄せた。体重を預けるようにもたれかかっても、グリトニィルは揺らがない。

「どこまでも、あなたと一緒に行きたかった」

グリトニィルには、一度思い切り泣くところを見られている。だから、弱音だって吐ける。

（あぁ、これが伴侶というものなのか）

涙を見せたり、弱音を吐いたり、心配したり強がったり。生まれてこの方他人には見せたことがないような姿を、シャニはグリトニィルによく見せている気がする。そして……

「愛している。どうか無事に戻ってきてくれ」

愛だって、こんなにも簡単に囁《ささや》いてしまうのだ。

グリトニィルの肩がゆっくりと跳ね、そしてシャニの背中に腕が回る。互いの寝巻きが擦れて、さり、と控えめな音がした。

「あぁ、必ず」

グリトニィルの言葉は短かった。けれどそれは決して足りないということはなく。シャニはもぞもぞと体を動かして、そして自分もまたグリトニィルの背中に手を回した。

寄り添うように身を寄せたことで、ふと、ウルゥナの言葉を思い出す。

『寄り添ってやってくれ。二本が支え合うことで、その力はより強固になる』

（本当は……）

本当は、戦場でもグリトニィルに寄り添いたかった。

彼を支え、助ける存在でいたかった。だが、それはかなわない。戦場ではなくここに残って、シャニは彼の帰還を祈らねばならない。もどかしくて、歯痒くて、辛い。

と、グリトニィルの大きな手が肩甲骨から背骨を辿り、腰骨へと流れた。そわりと肌が粟立って、シャニはグリトニィルにしがみつく。

「ニィル？」

「悪い。嫌だったか？」

肩に預けていた額を持ち上げると、ほんのりと赤く色づいた太い首筋が目に入った。そしてそのまま視線を上げると……首と同じく、いや、そこよりももっと赤く染まったグリトニィルの顔に行きついた。

「ニィル……」

「すまない。こういう時、どうすれば……そういう、あれになるのか、わからない」

指示語ばかりでよくわからない、が、わかる。そういう、あれだ。伴侶の夜の営みだ。

シャニはつられるように頬を熱くしながら「あぁ」と曖昧《あいまい》に首を傾ける。

「口付けてもいいか？」

どぎまぎと視線をさまよわせていると、グリトニィルが耳元で囁《ささや》くように問いかけてきた。本人は意図していないのかもしれないが、重く響く声でそんなことを言われると、腰のあたりが妙に騒《ざわ》つく。

シャニは喉をひくつかせてから「は、い」と頷《うなず》いた。ちょっと言葉に詰まってしまったが、そこはご愛嬌《あいきょう》だ。

シャニの返事を聞いたグリトニィルは、どことなく性急に口付けてきた。シャニの頬に手を添えて、優しく、柔らかく、そして深く。

「ん、う」

「は……シャニ」

初めて口付けを交わしてからというもの、時々こうやって……することがある。きっかけは、どちらかが今のように「していいか」と問うこともあれば、無言でくっつけ合うこともある。

最初はふにふにと唇同士を触れ合わせるだけだったのだが、今は互いに唇を開いて、舌を絡め合うことも増えた。

「ん、あ、……んぅ」

グリトニィルの、狼らしい長く厚い舌でぴちゃぴちゃと口内を弄《いじ》られると、なんともいえない心地になる。最近は下半身の、有体に言えば陰茎に血が集中してむくむくと兆《きざ》すようになってしまった。グリトニィルも同じらしく、互いに妙に下半身に触れないようにしている。なんとも滑稽《こっけい》な気がするが、仕方ない。なにしろシャニもグリトニィルも、そういった経験が皆無なのだから。

今日もまた、こうやって口付けだけして離れるものかと思っていたが……何回唇を触れ合わせてもグリトニィルはシャニを放さない。

「ん、ぅう」

「は……、っ」

一度唇を離したグリトニィルが、シャニの体を優しく倒す。シャニは抵抗することなく仰向けに倒れた。柔らかな寝台がシャニの体を受け止める。

「本当は、怪我が全快したら、と思っていたんだが」

そう言いながら、グリトニィルはシャニの左足をするりと撫でる。思わず「ひ」と情けない声を出しそうになって、シャニは慌てて下唇を噛み締めた。

「……いいか？」

いいとは、なんのことだろうか。グリトニィルはなんの許可を求めているのだろうか。シャニの頭の中でぐるぐると色々な思考が巡る。

「……駄目か」

どう返事をしようかと迷っている間に、グリトニィルが自信なさげに顎《あご》を引いた。

（ん……）

グリトニィルの頭の上に、狼の耳が見える。しかもぺたりと伏せられた、伏せ耳だ。駄目か、どうか、と窺《うかが》うようにこちらを見る目も物言えぬ狼のようで……シャニの喉が「うぅ」と鳴る。狼に見えると、どうにも「可愛らしい」という気持ちが込み上げてしまう。そして、なんでも許してしまいたくなる。

（これは、人を愛する弊害なのか？）

人を好きになると、可愛らしい狼に見えるようになって、挙句なんでもしてあげたくなるものなのだろうか。

狼に見えるのはグリトニィル限定なのかもしれないが。いや、ザノゥサの民であれば皆狼姿になれるので、もしかすると「こう」なのかもしれない。

(誰かに聞いてみるか？　誰に？　デイヌィ……？)

いや、デイヌィに伴侶はいなかったはずなので聞いてもしょうがないかもしれない。いや、いやしかしデイヌィにも好いた惚《ほ》れたの相手くらいいるかもしれないし、いや。

なんて悶々《もんもん》と思考に耽《ふけ》っていると、グリトニィルが「シャニ？」と問いかけてきた。

「なにを考えている？」

「え、デイヌィのことを……」

問われたので素直に答えたら、その場の雰囲気がピシリと凍ってしまった。というより、グリトニィルが盛大に顔をしかめた。

「デイヌィ？」

「あぁいや、一番はニィルのことなんだが、ちょっと付随《ふずい》してデイヌィが……、わっ！」

と、なぜか無言のグリトニィルが首筋に唇を寄せてきた。そしてそのまま、じゅっと吸いついた。

びっくりして体が跳ねてしまったが、グリトニィルが覆い被さってきたので、それも自然と押さえつけられる。

「こういう時に、他の男の話はしないでほしい」

「………それは、申し訳ない」

なんと答えていいものかわからず、うろ、と視線を泳がせた後、シャニはとりあえず謝っておいた。

（こういうのを、きっと閨事《ねやごと》というのだろう）

閨事《ねやごと》について、王族であれば当然誰かしらから指南されているべきなのだろうが、シャニは爪弾きものだったのでそういった教育はなされないままだった。たとえば今の「他の男の名前を出さない」もそうだが、しきたりや決まり事が事細かに決まっているのかもしれない。

シャニは意を決してグリトニィルを見上げ、「ニィル」と自分なりにかしこまった声を出してみた。

「なんだ？」

「俺は、その……閨事《ねやごと》のなんたるかをよくわかっていない」

思い切って告げてみるも、グリトニィルは意外にもきょとんとした顔をして「まぁそれは、俺もだ」と返してきた。

シャニはその言葉に勇気をもらい、ぐぐ、と皺《しわ》を寄せていた眉間から力を抜く。と、今度はグリトニィルがどことなくそわっとした様子で「シャニ」と呼びかけてきた。

「その……行為のやり方は知っているのか？」

「あぁそれはもちろん。見せられたこともあるし、誘われたこともあるし」

正直に答えると、グリトニィルが「なにっ？」と大きな声を上げた。驚いてシャニのほうも「なんだっ？」と返してしまう。

「ユーディスティでは、そういう行為を他人に見せるのが当たり前なのか？」

どうやらグリトニィルにいらぬ誤解を与えてしまったらしい。シャニは慌てて「いやいや」と首を振る。

「そんなことをするのは変態だけだ」

「変態、……そうか」

「俺は男所帯の海軍にいたから、男同士のそういう誘いが多かったというだけだ」

「……そうか」

なんという会話だろうか。シャニは気まずい気持ちで「まぁ、そういうことだ」と話を締めくくり、グリトニィルもまた黙り込んでしまう。

「だが、その、俺は……どんな奴に誘われようと頷《うなず》いたことはない」

どの言葉が閨事《ねやごと》にふさわしいのかわからないが、シャニは懸命に自分の気持ちを伝えてみる。

ついでに、両手を持ち上げてグリトニィルの両頬を挟むように包み込む。

「ニィルとこういうことをしてもいい、したいと思うのは、……ニィルを愛しているからだ」

それだけはまず間違いのない事実なので、シャニは胸を張って「本当に、愛してるからだ」と繰り返す。

……と、グリトニィルがくしゃりと顔を歪《ゆが》めた。あまり表情を変えない彼にしては珍しい。

「シャニ」

名前を呼ばれて、その金色の目を見つめ返す。まるで蜂蜜を溶かしたような綺麗な瞳だ。思わずうっとりと眺めてしまう、と、グリトニィルは自身の親指でシャニの目元を擦った。

「本当は、一目見た瞬間から魂奪われていた」

文脈から察するに、魂が奪われる、とは一目惚《ひとめぼ》れのことだろう。

(そういえば……)

どこかで聞いたことがあると思い、記憶を探る。と、「幸いにして長はお前さんに魂奪われたようだし」というウルゥナの声が蘇《よみがえ》った。そう、あれはウルゥナに初めて会った時のことだ。あの発言を信じるとすれば、グリトニィルは出会った当初からシャニに惹かれていたということになる。

(まさか、そんな)

出会った瞬間とは「約束の丘」で、ザノゥサの長と貢物の王子として視線を交わしたあの時のことだろう。あの一瞬で、グリトニィルはシャニに魂を奪われたと、そう言っているのだ。

「いや。無論、シャニを心から愛するようになったのは、その後の……色々もあってだが」

グリトニィルは話を行きつ戻りつさせながら言葉を紡いでいる。本当に、愛を語るのが得意なほうではないのだろう。それでも、シャニのために言葉を尽くそうとしてくれるその心が嬉しい。

シャニは見た目よりもきめ細かく柔らかなグリトニィルの肌を、優しく撫でる。

「それでも、あの時から俺の魂は、この瞳の中にある」

この瞳、とグリトニィルがシャニの目を示す。じっ、と見つめられてシャニはどうしようもなく胸の中が淡く疼《うず》くのを感じ取った。

(これは、なんというか)

いわゆる、胸の内がくすぐったい、という表現がしっくりくる。

シャニは少しだけ顎《あご》を持ち上げて「ん」と唇を差し出した。グリトニィルもまたその意味を察してくれたのだろう。覆いかぶさるように、シャニの唇に自分のそれを重ねる。

最初は浅く、途中からは呼吸すら奪うように深く。そして次第に獣のように貪《むさぼ》りあいながら。

シャニとグリトニィルは徐々に口付けを深めていった。そしてもどかしい気持ちで互いに寝巻きを脱ぎ捨て、剥き出しの肌を重ね合った。


「んっ、あ……っ」

寝台にうつ伏せに倒されて、なぜか尻を噛まれる。シャニは「んわ」と情けない声を上げて、肩越しにグリトニィルを振り返る。

「ニィル、ん……また」

「すまない、つい」

先ほどから、グリトニィルはかぷかぷとシャニの肌に噛みついてくる。牙は立てない甘噛みのようなものなので痛みはないが、それを心地好いと思っていることを知られるのが恥ずかしい。

首筋、肩、肩甲骨に腰。さらに尻たぶなどもう何回噛まれたかわからない。

(狼の、本能のようなものだろうか)

そういえば早々にころんと体を裏返されたのも、狼の習性なのだろうか。なんにしてもグリトニィルは機嫌よさそうに噛み、舐《な》め、そして香油で濡らした指でシャニの臀部の奥……尻穴を解してきた。

（それにしても、本能にしてはえらく勘がいい……あっ）

「あっ」

心の声と現実の声が重なって、シャニは恥ずかしさからクッションに顔を埋める。グリトニィルが、シャニの尻穴をぬくぬくと指で解しながら、同時に首筋を甘く噛んだので、声が出てしまったのだ。

ちなみに、どちらが挿入をするかに関しては存外すぐに決まった。なにしろシャニもグリトニィルも、互いに陰茎がついている。「一応確認を取ったほうがいいのか」という気持ちで問いかけたみたところ、グリトニィルは大真面目な顔で「ザノゥサはユーディスティ王家の血を引く者に精を注ぐと教わってきた」と宣《のたま》った。

まぁそう言われてみればそうである。シャニとしても、嫁として嫁いできた以上（まぁ男ではあるが）、いわゆる精を注がれる側の役割を担うことに不満はなかった。

というわけで案外あっさり行為の役割も決まり、あれよあれよとここまで進んできたわけだが。

「んっ、あっ！」

尻の中の腹側のほうを人差し指と中指で、きゅう、と挟み込むように押されて、足先がピンと伸びた。目の前でちかちかと光が跳ねて、シャニは「あ、う？」となにも理解できていないような声を漏らしてしまう。いや、実際なぜ尻穴の中を揉まれたり擦られたりするだけで気持ちよくなるのか、その原理がわからない。

グリトニィルはシャニの反応をつぶさに観察しているらしく、良い反応を示すと必ず重ねて同じ刺激を繰り返してくる。

今もまた、先ほど指で挟み込まれた箇所を何度も何度も擦り上げられて、シャニはついに「ひぁっ！」と声を上げて射精してしまった。右足はひくっひくっと跳ねて、反応の鈍い左足は痙《けい》攣《れん》するように小刻みに震えている。

「あっ、あ、あ」

うつ伏せという体勢のせいか寝台と体とで押しつぶされた陰茎からじわじわと温い体液が漏れているのがわかる。

（射精とは、こんなに勢いがないものだったか？）

射精後の、ぼう、とした頭でそんなことを考えてしまう。と身を屈めたグリトニィルがシャニの腰回りをかぷかぷと噛んで、シャニの体をひっくり返す。

「あっ、わ、ニィル……っ！」

そのまま、勢いなく精液をとろとろと流す陰茎をべろりと肉厚な舌で舐《な》め取られて、シャニは慌てて後ろに下がる。が、すぐにグリトニィルに腰を掴まれて、元の位置に戻されてしまった。そのまま、グリトニィルはまるで骨をしゃぶる犬のようにべろべろとシャニの陰茎やその付近を舐《な》めしゃぶる。

「あっ、あっ、あぁっ？」

まさか射精したばかりのそこをそんな丹念に舐《な》められるとは思わず、シャニはやはり「う、う？」と情けない疑問符を飛ばすしかない。

「なんで、なんで舐《な》めぇ……あっ！」

じゅぞぞ……っと陰茎、いや、もはや下生えまで含みそうな勢いでそこを丸ごと口に含まれて、シャニは恥ずかしさに顔を隠す。他者に対して恥ずかしいと感じるなんて、いつぶりだろうか。

グリトニィルはシャニの動揺など気にした様子もなく、じゅううっと根本から先端まで勢いよく吸うように舐《な》めとると、ようやく口を離した。にゅぽっという音とともに解放されたシャニの陰茎は薄桃色に色づき、ひくひくと恥ずかしそうに震えている。

「舐《な》めないと、シャニの味が覚えられないだろう」

「俺の、あ、味？」

わけがわからず、顔を隠した指の隙間からちらりとグリトニィルを見やる。と、グリトニィルはシャニにのしかかるように覆いかぶさってきた。

「そうだ」

グリトニィルの高い鼻が、シャニの首筋を辿る。

「首の匂い、脇の匂い、胸の間の匂い」

すんすん、と鼻を鳴らしながら、グリトニィルが段々と顔を移動させていく。首や脇や胸の間……言葉にされた箇所の匂いを、すん、と嗅《か》がれるたびに羞恥心《しゅうちしん》が募っていく。

「匂いだけじゃなく、味や、噛みついた時の感触も」

「んっ、あ……」

かぷ、と胸の先端を甘噛みされて、そのまま舌先で乳首を転がされる。シャニは「ふっ」と吐息のような喘ぎ声を漏らして仰け反った。いつの間にか、くたりとしていた陰茎も先走りを流すほどに硬く回復している。

「腹も、臍も、下生えのところも。全部匂いと味を覚えて、一生忘れない」

「あ、ひぁっ」

下生えを、ざり、と舌で舐《な》め取られて、もうすっかり腰が砕けてしまった。くた、と体の力を抜くと、グリトニィルは機嫌よさそうにシャニの体をもう一度ひっくり返す。やはり挿入は、後ろから挿れるらしい。

(匂いとか、味とか、やっぱり……動物的な)

狼の血がなせる業なのだろうか。グリトニィルの行為はやはり動物じみている。

だが、別にそれが嫌だと感じない……むしろこんなにも感じてしまっている自分もまた、動物ということなのだろうか。

(わからない、けど、そのままのグリトニィルを受け入れたい)

嫌なら逆らう。けど、嫌じゃないから受け入れる。くたりと力の抜けた腰を優しく持ち上げられ、下にクッションを差し込まれ、再度尻穴を解される。先ほどは快感を追わせることが主だったようだが、いつの間にか穴を広げることに徹底されている。挿入される指は二本から三本に変わり、きゅうきゅうと指を締めつけるばかりだった穴は、とろりと柔らかくなっている。

「あっ、ん、ん、ニィル……ぅ」

鼻にかかった、甘えたような声が出る。自分にこんな声が出せるなんて、知りもしなかった。

「シャニ、シャニ……あぁっ」

グリトニィルの胸が背中に当たるほど密着して、尻の狭間に熱い陰茎が触れる。尻たぶの左右の肉に挟まれた陰茎が、にゅこにゅこと上下していた。その際に尻穴の縁を何度も擦られて、なんともいえないゾワゾワとした感触が背中を駆け抜ける。

「それ、やっ、はやく……挿れて、くれ」

いよいよ、自分で挿入をねだるまでになってしまった。シャニは恥ずかしさで顔から火が出る思いだったが、当のグリトニィルは「わかった」と嬉しそうにシャニの首筋を吸っている。振り返ったら、その背後に狼の尻尾が見えるかもしれない。

「んっ……あぁっ！」

そんなことを考えている間に、グリトニィルの陰茎の先端が尻穴の入り口にかかる。くぷ、と輪を広げるようにして侵入してきたそれは、あっという間につぷぷぷっと奥まで挿入される。

「っひぁっ……っ！」

びぃん、と、弓形に体が反って、ひくひくと震える。それは決して痛いからではない。驚くほど甘く、痺《しび》れるほどに気持ちよかったからだ。シャニは「ふっ、うっ」と唇を尖らせたまま、びくびくと下半身を跳ねさせる。射精したか、と思ってそこを見下ろしても、精を吐き出した様子はない。むしろ苦しそうに震えている。

「へぁっ？　あっ、あぁ～っ！」

そのまま、今度は出し挿れが始まってしまった。後ろ手に両手を軽く掴まれ、何度も何度も腰を揺さぶられる。まさに、獣のような性行為だ。

（こ、れはっ、これはぁっ）

指の先から蕩《とろ》けていきそうな快感だった。シャニは舌を出したまま「んぁ、うぅ～」と呻《うめ》く。本当に、ただの動物のように。

相性がいい、というのだろうか。グリトニィルとの行為は、一人で処理をする時よりも何倍も、何十倍も気持ちいい。

「シャニっ、シャニも、覚えてほしいっ、俺の、全部」

切羽詰まったような声でそう懇願《こんがん》されて、シャニは熱に浮かされた頭で「全部、ニィルの、全部」と繰り返す。腕を掴む大きな手も、背中に覆いかぶさる分厚い体も、さらさらと肌を撫でる白銀の髪も、尻穴を蹂躙《じゅうりん》する陰茎も、そこから溢れる精液すらも。全部、全部。

「あっ、あぁっ、あー……っ」

意識した途端、シャニもまたグリトニィルと同じような欲望を抱いていたことに気づかされる。シャニも、グリトニィルのすべてが欲しい。

恋をすると、こんなにも相手を貪欲《どんよく》に求めるものなのだろうか。相手のすべてが欲しいと、その匂いの一片すら逃したくないと。

「うっ、うぅ」

自分の浅ましさに直面したようで恥ずかしい。けれど、本能がそれを望んでしまっている。

「ニィル……っ、中に」

喉を鳴らしながら、シャニは懇願《こんがん》する。

「あっ、中に、精液、出してくれ、……っ全部」

途端、肩を掴むように肌を密着して抱きしめられて。シャニは「あっ、は、あぁっ！」と目を見開きながら、今度こそ射精を伴う絶頂を迎えた。やはり勢いのない射精は、とろとろ、と陰茎を辿るように流れていく。

同時に、グリトニィルが尻穴の中で精を放ったのがわかった。熱い飛沫が穴の奥を穿《うが》ち、満たしていく。

（あぁ、あぁ、これが……）

無意識のうちに下腹部に手を当て、するりと撫でる。

「ニィルの……、全部」

体の奥に精液を注がれて、シャニの全身から力が抜ける。グリトニィルがその腕で受け止めてくれて、優しく寝台の上に下ろされる。

（この精液で、俺が、孕《はら》めたらよかったのにな）

腹に手を当てていると、ふとそんな考えが浮かんでくる。元々、グリトニィルは王女を求めていたのだ。奇跡の子を生せる、女性を。

グリトニィルの求めるものを与えられない悲しみが、シャニの胸の内をほんの少しだけ痛くする。

「シャニ。シャニが好きだ、愛している」

心から、と目を閉じているシャニに繰り返し告げて、頬に唇にと口付けを落とすグリトニィルは、きっとシャニの性別など気にしていないはずだ。

（俺も愛しているよ、ニィル、グリトニィル）

シャニはうとうとと襲ってくる眠気と戦いながら、どうにか「俺、も」と返す。届いたかどうかはわからないが、口にした後、口付けの数がさらに増えた気がする。きっと、聞こえたのだろう。

シャニは下腹部に手を当てたまま、願う。

（男だろうとなんだろうと、ただ、ニィルと幸せになりたい。ニィルと寄り添いながら、生きていきたい）

小さなその願いはまるで彗星のように煌《きら》めいて、美しい尾を残しながら、やがて夢の中へと落ちていった。

（ニィルと、幸せになりたい）

願いはやがて、夢の中へじんわり溶けていく。シャニはそれを抱きしめて、そして今度こそ意識を手放した。

＊

夢を見た。海の夢だ。

ゆらゆらと揺れ続ける波の上、滑るように船が走っていく。一隻、二隻ではない。大艦隊だ。

（ユーディスティ海軍の艦隊……ではない）

シャニは一羽の鴎《かもめ》のように、スイと平行を保ちながら高度を下げる。

甲板にはずらりと兵が並んでいる。浅黒い肌に焦茶の目……

（ハギの傭兵軍？）

ハギ、とは傭兵を国の所有物として他国に貸し出している国だ。シャニはハッとして、船の掲げる旗を見上げた。

（これは、ディーズタの……！）

血のように真っ赤な布地の旗には、国を象徴する二頭の白い獅子が描かれている。海風に揺らめくその旗は、間違いなくディーズタの国旗だった。

なぜディーズタの旗を掲げる船にハギの傭兵が乗っているのか……。深く考えずとも、その答えはすぐに思い浮かんだ。

（雇ったのか、傭兵を……！）

ディーズタは海を有しない国なので、船を持っていない。だからこそこれまで侵攻はユーディスティの北に位置する山脈方面からのみだけだった。ザノゥサの民がそれを防いでいたのだ。だが、ハギの傭兵を船ごと雇ったのであれば話は別だ。

船は帆を張ってぐんぐんと進んでいく。

まず間違いなく、ユーディスティに向かって進軍している。

（まさかユーディスティが得意とする海戦を挑んでくるとは……、いや、だからこその奇襲か）

ユーディスティは、よもやディーズタが海から攻め込んでくるとは思ってもいない。この大軍に不意を突かれたらさすがのユーディスティも無傷では済まないだろう。

『ディーズタはユーディスティまで侵攻する』

そこで、シャニはウルゥナの言葉を思い出した。

（そうだ。あれはてっきり山脈を越えてくるということだと思っていたが、もしかすると……）

シャニが思考を巡らせはじめた時、ぐら、と視界が歪《ゆが》んだ。鮮明だった映像が砂嵐に襲われたかのように荒れはじめる。

「う、あぁっ！」

情けなく、呻《うめ》きながらぐるぐると体が回って、揺れて、なにも見えなくなる。

（まだ、しっかり見たいのに、見なきゃいけないのに……！）

待ってくれ、と空に向かって呼びかけるが、願いは聞き届けられず。

シャニは、あっ、という間に暗闇の中に引きずり込まれていた。


「……っは！」

ドンッと胸を押されたような衝撃で目が覚める。ゆっくりと右隣に首を巡らせると、自身の腕を枕に眠るグリトニィルが目に入った。窓から差し込んだ朝日が白銀の髪を照らし、きらきらと美しく輝いている。まるで、グリトニィル自身が内から光を放っているかのように。

（そうか、昨日、ニィルと……）

昨夜の出来事を思い出して、シャニの頬がほんのりと熱くなる。ゆっくりと身を起こすと、シャニの体の上に置かれていたグリトニィルの腕と掛け布がはらりと落ちる。

「……ん？」

髪と同じくきらきらと輝く睫毛《まつげ》が震えて、そしてゆっくりと開いていく。金色の宝石が生まれ出でるかのように、瞼《まぶた》の狭間から金の瞳が覗いた。

「シャニ？」

グリトニィルが、どことなく掠《かす》れた声でシャニの名前を呼んだ。口端が持ち上がり、嬉しそうに微笑んでいるのがわかる。まるで薔薇の花がほころぶかのようなその美しい笑みに、シャニは感嘆の吐息を漏らす。

「いや、……おはよう」

と、身じろいだところで、わずかに下腹部や下半身……特に尻のあたりに違和感を覚える。そしてなぜそんなところが疼《うず》くのかという理由に思い至り、慌てて頬を手の甲で押さえた。

（ん……？）

それから、シャニは数度瞬いて無言で考え込む。

「シャニ？」

不思議そうなグリトニィルの問いかけに、シャニはゆっくりと首を巡らせた。

「ニィル……、聞いてほしいことがあるんだが」

シャニの真剣な面持ちを見たグリトニィルが、目を細めて身を起こした。

二十

「つまりシャニ様は、遠見、もしくは予知をされたということですね」

デイヌィの問いに、シャニは「……おそらく」と曖昧《あいまい》に頷《うなず》く。謙遜《けんそん》したわけではなく、ただはっきりと自信を持てなかったからだ。

その場に居並んだ面々は、シャニの言葉を聞いて各々神妙に眉根を寄せたり、腕を組んだりした。どうやら彼らもまた真偽の判断を下しかねているらしい。さもありなん、と思いながらシャニはわずかに顔をうつむけた。

ここは、グリトニィルの屋敷にある応接間だ。そこには今ザノゥサの中枢を担う面々がそろっていた。

まず長であるグリトニィルとその相談役であるデイヌィ、そしてトハジャの長ギウジに、ウイの長ナレィヌ、ドウラの長アザヒ、クワンラの長ペアア。そしてシャニをあわせた計七名だ。長机に腰掛け、シャニがグリトニィルに相談した件についてもう数刻ほど話し合っている。

「たしかに俺は夢の中で、ハギの傭兵を雇いユーディスティに侵攻するディーズタの船を見た。夢だと言われればそれまでかもしれないが……あまりにも鮮明で」

話し合っている内容は、シャニの見た「夢」についてだった。今朝方、シャニはユーディスティに侵攻するディーズタの艦隊の様子を夢に見た。ただの夢だと言い切るにはやたらと鮮明で、詳細。それに、現在の状況に符合していた。

「ディーズタが海からの侵略を考えているのならば、今回山脈を越えようとする兵の数が少ないことにも説明がつきますね」

デイヌィがなるほど、と頷《うなず》くと、ウイの長である長身の中年女性ナレィヌが「ちょいとお待ちよ」と手を上げた。

「たしかに一致するかもしれないけど、あくまで夢だろう？　伴侶様はユーディスティの王子、男だ。孕《はら》んだ子でなく伴侶その人に特別な力が宿るなんて聞いたこともないよ……っと、悪いね伴侶様。あなたがちゃんとザノゥサの民であることは理解してるよ」

後半はシャニに申し訳なさそうな笑みを向けながら、ナレィヌが豊かに波打つ黒髪を揺らす。

シャニは「いや、構わない」と笑みを返した。

ナレィヌの隣に腰掛けたドウラの長である黒髪をぴっちりと後ろに撫でつけたアザヒも「そうだなぁ」と同意するように頷《うなず》く。

「グリトニィル様のように先祖返りをするならまだしも。伴侶殿はユーディスティ王家の血を引きこそすれ、ザノゥサの血は持っていないはずだろ」

彼らの言葉に、シャニは少し逡巡してから「それが」と小さく声を挟む。

「思い当たることが、一点あるんだ」

「思い当たること？」

はて、という顔をする面々に頷《うなず》いてみせながら、シャニはちらりとグリトニィルを見やる。グリトニィルは不思議そうな顔をして、シャニの視線を受け止めてくれた。

「昨夜、俺はニィルの精液を腹に注がれた」

「なっ……！」

まず間違いなく思いがけない言葉だったのだろう。皆がガタガタっと姿勢を崩す中、ギウジが一際大きな反応をした。

「なっ、なにを言い出すんだっ、こんなところでっ！」

その頬は真っ赤に染まっており、戦闘においては敵なしの彼も性的なことに対しては意外と初心であることが窺《うかが》い知れる。シャニはそんなギウジに「すまない」とひと言断ってから話を続けた。

「俺は男だ。どうしたって子を孕《はら》むことはできない。……だが、ユーディスティ王家の血を引くことも事実」

シャニは自分の中に立てたひとつの仮説を、ゆっくりと整理しながら言葉にする。と、シャニの言葉を聞いたクワンラの長である白髪に白髭《しろひげ》を蓄《たくわ》えたペアが「おぉ、なるほど」としわがれた声を上げる。

「ザノゥサとユーディスティ王家が交わることで奇跡の子が生まれるのならば、一応、条件は満たしているということですな。ザノゥサの精を腹に受け、子ではなく腹の中……伴侶様自身に力が宿ったと。なるほどなるほど。これは面白い説じゃ」

知識人らしく懐《ふところ》から取り出した帳面になにかを書き出したペアに、「あぁ」と頷《うなず》いてから、シャニは皆に視線を戻す。

「ただ、おそらく本物の『奇跡の子』のような完璧な力ではない。ウルゥナ様はそれがいつどこで起こることかを予知されていたようだが、俺は夢の中で映像を見ただけだ」

あの戦艦が今現在海の上にいるのか、または未来の話なのか。シャニにはなにもわからない。ただ断片を垣間見たに過ぎないのだ。

「信じたいものですが、なんとも判断がつきませんね」

デイヌィが困惑したように眉間を揉む。いつも飄々《ひょうひょう》としている彼さえも悩ませる状況なのだ。

シャニは少しだけ迷って、そして深く息を吸った。

「俺はウルゥナ様に……」

皆の視線が、もう一度シャニに集まる。

「ニィルに寄り添うようにと言われました。俺たちが支え合うことで、その力はより強固になる、と」

寄り添うとは、文字通り隣に並び立つことかと思っていた。そして力とは、言葉通りのものでなく二人の結びつきのことを言っているのかと。しかし、それが「特別な力」のことだとしたら……

「俺の力は、完璧ではない」

不意に、シャニの言葉を引き継ぐようにグリトニィルが口を開いた。シャニが彼を見つめると、彼もまたシャニを見ていた。

「完璧ではない俺たちが寄り添うことで、ザノゥサを守れるだけの力になるかもしれない」

たとえば、グリトニィルが半分の力を持っているとして。そして、形は違えどシャニにもまた半分の力が生まれたとしたら。それを合わせることで、ようやくひとつの大きな力になるのかもしれない。奇跡の子の代わりに、ザノゥサを守るだけの力が。

応接間が、しん、と静まり返る。誰しもが、いや、グリトニィルとシャニ以外の面々が、それぞれになにかを思い、悩み、考えているのがわかる。

なんともいえない膠着《こうちゃく》状態を打ち破ったのは、ギウジの「それで？」という発言であった。

「伴侶殿の力が本物だとして、ユーディスティへの侵攻をどう防ぐ？　俺たちはザノゥサの民。海戦には不慣れな狼だ」

ギウジの言葉はもっともだ。シャニはハッと顔を上げて、デイヌィを見やる。彼は顔を天井に向けて「うぅん」と唸った。

「こちらから注意を促す書面を送ったところで、ユーディスティ王家が素直に受け止めてくれるとは思えないですねぇ」

それは、たしかにそうだ。たとえシャニの力が本物だとしても、ザノゥサの力を知らぬユーディスティ王家……特にあの父に話が通じるとは思えない。

「しかも、いつかとははっきりわかりませんが、山脈越えの侵攻が囮《おとり》だとしたら海からのそれとそんなに時期は離れていないはず。少なくとも十日足らず、もしくはもっと早くにユーディスティは攻め込まれるかもしれませんね」

デイヌィの冷静な分析に、シャニは太腿《ふともも》の上でグッと拳を握る。たとえシャニの予知が本物だったとしても、それを正確に伝える術がない。シャニが直接ユーディスティに赴《おもむ》いてもいいが、この不自由な足では十日以上かかってしまうかもしれない。

一瞬、シャニの頭の中に自身を貢物としてザノゥサに差し出した父や大臣、そして散々自分を馬鹿にしてきた兄弟たちの顔がちらついた。

(たとえば)

たとえばシャニがこのことを伝えなければ、彼らは海から侵略され国を失ってしまうかもしれない。しかしそれがザノゥサにばかり犠牲を強いてのうのうと暮らしてきたユーディスティ王家への罰だと、そうは考えられないだろうか……

(……いや)

シャニは迷いを振り切るように首を振り、そして力強く顔を上げる。

「俺が、馬で駆けてユーディスティに向かう。途中で乗り継いで走り続ければ……どうにか、間に合うかもしれない」

たとえ、どんなに個人的な恨みがあろうと、ユーディスティという国そのものを見捨てることはできない。

青鷺城の部屋の一室、夢見る少女のような顔をして窓辺に佇む母の姿が、脳裏に浮かぶ。が、シャニはゆっくりと首を振った。

彼女のためではない。自分のために、自分の意思で、シャニはユーディスティを見捨てたくないと思った。そしてふと、海軍の知り合い……ダグラスの顔を思い出す。

「海軍。海軍の知り合いに直接話を持ちかけてみる。注意を促せば、彼なら必ず警戒してくれるはずだ」

　まったくなにも知らぬ状況で急襲されるのと、知っていて迎え撃つのとでは、被害が格段に違うはずだ。ダグラスが現在どこに配置されているかまではわからないが、彼ならばうまくやっていることだろう。もしかしたらシャニの残した資料等を使って、そこそこのし上がっているかもしれない。

「嫁御殿、さすがにその足で馬の早駆けを、しかも何日もだなんてあまりにも非現実的です」

　しかし、意気込むシャニをデイヌィがやんわりと窘《たしな》める。そんなことはない、と言おうとするが、彼の目の奥にシャニを気遣う色が見て取れて、思わず黙り込んだ。

「そのダグラスという奴に、伴侶殿からの手紙を渡せばいいんだな」

　唇を噛み締めていると、不意に声をかけられた。顔を上げれば、ギウジがまっすぐにシャニを見ている。

「ギウジ？」

「俺が届ける。狼になって駆ければ三日とかからず辿り着くだろう」

　ギウジは肩をすくめてそう言って「なぁ？」とデイヌィに視線を送る。デイヌィは目を細めて「それはまぁ、そうですね」と同意を返した。

「なら決まりだな。山脈の侵攻に関しては、戻り次第直接合流する」

ギウジはグリトニィルにそう告げると、次いで、シャニに視線を戻す。

「伴侶殿、急ぎ手紙をしたためろ。それからあんたからの物だとわかる……なにか証拠になる品を添えてくれ。多分俺がいきなり行っても不審がられるだけだ」

「いや、え、それはそうだが……、ギウジ、いいのか？」

シャニは感謝の気持ちと、しかし拭いきれない戸惑いの気持ちを込めてギウジの目を見つめ返す。ギウジは、ユーディスティをあまりよく思っていない。どころか、憎んですらいる。だからこそシャニを疑い、襲ったのだから。

しかしギウジはまったく気負った様子もなく「いい」と頷《うなず》いてみせた。

「なにかあった時は、俺が伴侶殿の足になると誓ったはずだ」

真っ直ぐで真剣な視線に貫かれ、シャニは自身の心が震えるのがわかった。心が震え、手が震え、そして喉が震える。シャニはそのすべてをグッとのみ込んでから「……ありがとう」と心からの礼を伝えた。

「ニィル様、よろしいですか？」

デイヌィが確認するようにグリトニィルを見やると、彼は大きく頷《うなず》いた。

「ギウジ、任せたぞ」

そして信頼のこもった、低く通る声でギウジの名を呼ぶ。ギウジは少し面食らったように目を見開いから、嬉しそうに「はい」と頷《うなず》いた。

他の面々もギウジの案に賛成し、とりあえずその場は解散ということになった。シャニの力についてはまだ不確定なところがあったが、ペアが「そういった事例がこれまでになかったか里に帰って資料を漁ってみます」と言い、張り切っていた。もしかすると、なにか確証に至るものが出てくるかもしれない。

とりあえず、予知夢と思しき夢を見た時はすぐに共有するように、ということで話がついた。

それからシャニはダグラスに宛てた手紙を急ぎ書き上げ、最近伸びてきた自身の髪を一房切り取って添えた。亜麻色の髪はユーディスティでも珍しい。手紙の内容とあわせれば、ダグラスなら理解してくれるはずだ。

ギウジはその手紙を受け取り、その日の午後にはユーディスティに向けて駆け出していった。一応地図やダグラスがいるであろう海軍の詰所など詳しくは伝えたので……あとは彼を信じるしかない。

旅立つギウジに、最後にもう一度「手紙を頼む」と頭を下げると、彼は「わかってる」と至極あっさり頷《うなず》いた。

「誓いは果たす。ただ、あー……」

「なんだ？」

もそ、と言い淀んだギウジに言葉の先を促すと、狼姿の彼は耳を跳ねさせてぷいっと鼻先を明後日のほうに向ける。そして、グゥウウと唸るように喉を鳴らした。

「ああいう、夫婦の閨事《ねやごと》を明け透けに話すのは、か、感心しない。他の奴が聞いて、その……そういう場面を頭の中で考えたりすると、よくないだろっ」

それだけ言い残して、ギウジはパッと身を翻《ひるがえ》し、里の外へ駆け出していった。

「今のはどういうことだ？」

隣にいたデイヌィに問うてみたが、彼は「さぁ〜」と盛大に肩をすくめて袖口で口元を隠す。

「まぁとりあえずこの場にニィル様がいなくてよかったですね、って感じです」

ギウジの見送りに出向いたのは、シャニとデイヌィだけだった。グリトニィルは他の長とディーズタの侵攻についての会合中だ。

ますますわけがわからなくなって、シャニは「はぁ」となんとも気の抜けた返事をするしかない。デイヌィがこういう反応をするということは、そう重要なことでもないのだろう。

（まぁ、閨事《ねやごと》の件はあまりに他人に話さないほうがいいということ、だな）

そう納得して、シャニは「うん」とひとつ頷《うなず》き、ギウジが走っていた方角を見やる。ギウジの姿はあっという間に森の中に溶け込んで見えなくなってしまった。

シャニはいつもと変わらぬ静かな森を見つめながら、もう一度「どうか、どうか無事に届けてくれ、ギウジ」と願いを込めてギウジの名を心の中で囁《ささや》いた。


その日の会合の結果、グリトニィルをはじめザノゥサの戦力となる若き狼たちは、四日後の早朝に戦地に向けて出立することが正式に決まった。

もちろんシャニはその中には加えられていない。非戦闘要員であるアラヌヌたちのような子どもや年寄りとともに、里に残ることとなった。

二十一

早く過ぎるなと願うほど、時というものは急ぎ足で駆けていく。あっという間に四日が経ち、グリトニィルたちの出立の時が来た。

ちなみに、ギウジが戻ったという知らせはまだない。手紙が届いているのかどうかも定かではなく、もしかすると、すでにもうユーディスティは海側から侵攻を受けているかもしれない。

ギウジには、危ないと判断したら戻ってくるように、と伝えてはあるが……彼は任務を途中で放棄するような男ではない。シャニはせめてもと、毎日彼の無事の帰還を祈った。そして……

「もう行くのか」

「あぁ」

白銀の狼が、するりと寝台から出ていく気配がして、シャニもまた体を起こす。裸の肌に、寝台の端のほうで丸まっていた寝巻きを羽織った。ひんやりと冷えた感触が、シャニの目をはっきりと覚ましてくれる。

「いや、そのままでいい。昨夜は、無理をさせた」

昨夜、と言われてシャニは「ん」と口ごもる。もじ、と身を捩《よじ》ると、下腹部と臀部がじんわりと疼《うず》くのがわかった。

初めて体を繋げた日から、シャニとグリトニィルは連夜行為に及んでいる。それはペアに「伴侶様の体の中に精を注ぐことで力に目覚めたのであれば、行為はできるだけやるといいと思いますよ。えぇえぇ、気の向くままにどうぞ」と言われたから、というのもあるし……単純に互いに気持ちがよくて堪らないから、というのもある。

「体が冷える。まだ寝ていていい。寝台に戻ってくれ」

寝台から下りようとしたシャニを、グリトニィルが鼻先で押し返してくる。そのひんやりと濡れた感触にくすくすと笑いながら、シャニは「そういうわけにもいかないだろう」と首を振る。

「ニィルの出立を見送らねば」

そう言うと、グリトニィルが「あぁ、そうか」となにか合点がいった様子で頷《うなず》いた。

「シャニは知らないんだな」

「なにを？」

「ザノゥサでは、戦に立つ者を見送らない」

シャニは驚いて「そうなのか？」と目を見開いた。

海軍にいる頃、出港の際は大勢の人に見守られたものだ。特に戦いに赴《おもむ》くとなると、国を挙げて盛大に壮行会が催されたりもした。

「心残りになってしまうからな」

「心、残り」

「あぁ。未練がないほうが、死を恐れずに戦える」

そう、はっきりと言い切るグリトニィルもまた、ザノゥサの戦士なのだろう。シャニは瞳を揺らして、寝台から下ろしかけていた足を引っ込めた。

「そうか。……なら、ザノゥサ式に従おう」

シャニはできるだけおちゃらけたように肩をすくめて、そしてグリトニィルに見えないようにわずかに顔をうつむける。

グリトニィルはその間にも淡々と準備を済ませ、そして「じゃあ、いってくる」と背筋を伸ばして寝台の前に立った。

凛々《りり》しいその様を見て、シャニの胸に誇らしい気持ちと同時に、どうしても耐えきれない切なさが込み上げる。

「ニィル」

「なんだ？」

「やっぱり、一回だけ抱きしめてもいいか……？」

懇願《こんがん》するように頼むと、グリトニィルが尻尾を一往復だけ振る。そして、かしかしと足音を立てながらシャニのそばにやってきて、耳を伏せながら顔を差し出してきた。

「ニィル……っ」

シャニは堪らず寝台から飛び出し、彼の首に腕を回す。

「あぁ、ニィル、グリトニィル」

何度も名前を呼んで柔らかな毛に顔を埋め、擦りつけて。シャニは眉根に力を込めて、溢れそうになる涙を堪えた。

「こんなに怖いのは初めてだ。自分が戦に向かう時より、よほど……恐怖で足がすくむ」

正直に気持ちを吐露《とろ》すると、グリトニィルは笑いも呆れもせず「あぁ」と短く同意を返してくれた。

「死なないでくれ」

「あぁ」

「帰ってきてくれ」

「あぁ」

「……愛している」

シャニはそう言ってグリトニィルから体を離すと、その金色の目を覗き込んだ。そこには、涙目の情けない自分の顔が映っている。

「俺の魂も、もうこの瞳の中だ」

すっかり囚われている、と言って無理矢理に微笑んでみせる。と、グリトニィルが目を見開いた。

――ぱさ、ぱさ。

場にそぐわない乾いた音がするのでなにかと思ってそちらのほうを見る……と、グリトニィルの尻尾が床を撫でていた。それはもう、我慢できないという様子で左右に振れまくっている。

「……ニィル」

「なにも言うな。情けないのは、自分でわかっている」

グリトニィルはシャニの言葉を遮《さえぎ》るようにそう言って、そっぽを向いてしまった。

「ニィル」

思わず、泣き笑いのような笑みがこぼれた。グリトニィルを思う気持ちで胸がいっぱいになり、今にも破裂してしまいそうだ。

シャニはグリトニィルのその精悍《せいかん》な頬にひとつ口付けを落とす。そして「ご武運を」と耳元に、囁《ささや》くように伝える。

「ありがとう。……行ってくる」

グリトニィルはそう言って、シャニの頬に自身の頬を擦りつけた。そして、あっという間に離れてしまう。少しだけごわついた毛が肌を撫でて、シャニはどうしようもなく寂しい気持ちになる。

グリトニィルはそのまま、振り返ることなく扉を出ていった。

思わず追いかけるように数歩前に出て、そして左足の重さに気づかされる。

窓の外に目をやれば、外はまだ薄暗い。

きっとこの里では今同じような別れがいくつも繰り返されているのだろう。戦地に赴《おもむ》く者と、それを見送る者。シャニとグリトニィルの別れは、そのうちのたったひとつでしかない。

（グリトニィル、ザノゥサの皆、どうか無事に）

無事に帰ってきてくれ、と心の中で祈りながら、シャニは寝台に腰掛けて、首にかけた狼笛を手のひらの中に閉じ込め、指を組む。

（無事に）

部屋の中に朝日が差し込むまで、シャニはずっとそこで祈り続けた。

＊

誰にも見送られぬまま、狼たちは戦地へと旅立っていった。

しかし、彼らがおらずとも日々の生活は変わらず巡ってくる。

「だぁ！　シャニ様っ、それは自分が運びますから！　あまり動き回らないでください」

グリトニィルたちが旅立って数日。シャニは里の中を歩いて回り、人手の足りない家の手伝いに勤しんでいた。

戦地には、どうしても若い力が必要となる。となると残されるのは非力な子どもや年寄りだ。たとえば重い水を運んだり、壊れた屋根を直したりといった力仕事が難しくなる。無論見張りも兼ねて数名は若い者も残っているが、彼らだけでは里の力仕事すべてに手が回らない。

シャニはそんな彼らを手助けしようとしているのだが、なにかと心配性のアラヌヌがついて回って、やれ「あっ、それは俺がやります」だの「だー！　駄目です駄目です！　デイヌィ様に『嫁御殿にくれぐれも無茶させないように』ってきつく言われてるんですから」だの宣《のたま》ってくる。ちなみに、デイヌィももちろん長の相談役、そして若い力として戦場に赴《おもむ》いている。

「戦闘には向いていないんですけどね」

なんてけろっとした顔で言っていたが、彼もまた誰かと別れを済ませたりしたのだろうか。まぁ、アラヌヌにはシャニのことを色々と言い置いていったようだが。

（ありがた迷惑だが）

この非常時に自分ばかり屋敷に籠《こも》ってぬくぬくとなんてしていられるわけがない。シャニはアラヌヌには「わかった」「デイヌィには俺から言っておくから大丈夫だ」「こんな時は助け合いだ」と色々諸々言い募り、結局、一日中里のために動き回った。夕暮れ時になってようやくアラヌヌも「シャニ様を止めることは、俺にはできないということが、よ〜くわかりました」と白旗を上げてくれたが、シャニは「それは、すまないな」と謝ることしかできなかった。多分、次の日も同じことをするだろうとわかっていたからだ。苦労をかけるのは忍びないが、自分にできることはなんでもやりたいのだ。ザノゥサのために。

そうやって一日中動き回ったからか、その日、シャニは一人きりの寝台でぐっすり眠ることができた。

二十二

月と太陽が空に浮かぶ明け方。狼たちが、雪原を駆けていく。雪煙を巻き上げ、ドッドッと雪を穿《うが》つ足音を立てながら一斉に。狙うは黒い鎧《よろい》に身を包んだディーズタの兵士たちだ。彼らも素早い狼をどうにか足止めしようとしているのだろう、矢や火矢、それに石礫《いしつぶて》が無数に飛んでくる。狼はそれをかいくぐり、敵の喉元に喰らいつく。が、隙を見せればすぐさま兵士の持つ刃がその身を斬り裂く。

人間の悲鳴に混ざって、狼の断末魔も上がっている。投石台が燃え上がり、人も燃える。もはや地獄の様相だ。

（みんな……っ！）

シャニはそれを空から見下ろしていた。何頭もの傷ついた狼に手を伸ばそうとするも、それは空を切るばかりで、助け上げることも起こすこともできない。

（あぁ、あぁ、俺は……っ！）

なぜ見ることしかできない、なぜ！　絶望しながら見上げた空には、昼日中の月が浮かんでいた。今にも消えそうな細い月が、まるで首を刈る刃のようにシャニを見下ろしている。

（……グリトニィルッ！）

その時。後方から流星のように駆けてくる白銀の狼を見つけた。グリトニィルだ。彼はその牙で、爪で、敵兵を圧倒しては、倒れた仲間のところに駆け寄り「力」を使っている。彼に助けられた仲間はまた起き上がり、血に塗れた雪原を駆けていく。

（グリトニィル……っ、あぁ！）

シャニは、彼に触れられない悔しさともどかしさに心を千々にされながら、ふ、と顔を上げる。

なにか、地響きのような音がしたのだ。

それに気づいたのはシャニだけなのだろう。皆目の前の戦闘に意識を奪われて、気づいていない。

（グリトニィル！　おかしい！　変な音がする！）

シャニは懸命にグリトニィルに声を掛けるが、彼は目の前で倒れた仲間に力を注ぐことに意識のすべてを奪われていた。

「生きろ！　生きろ、生きてくれっ！」

血を吐くように叫ぶグリトニィルの声が響く。シャニは泣きそうになりながら、それでもグリトニィルの名を呼んだ。

（グリトニィル！　グリトニィルッ！　聞いてくれ！　この音を聞いてくれ！）

だが、空気のような存在のシャニの声は当然グリトニィルには届かない。

そして、その時が訪れてしまった。

――ドッッッ！

――ドォオオオッ！

地面が揺れる。大気が揺れる。轟音のするほうを見やって、シャニは愕然《がくぜん》と口を開いた。雪の波が、物凄い速さで山の上から迫ってくる。木々は薙《な》ぎ倒され、人も、狼も、皆一緒くたになってのみ込まれていく。

「雪崩《なだれ》だっ！　逃げろ！」

グリトニィルの声が聞こえた気がしたが、それはすぐに悲鳴や、鳴り響く轟音にかき消される。

（グリトニィル！）

グリトニィルはそれでも、仲間の首を咥え必死で引きずって逃げる。

しかし、それもまた数秒と保つこともなく……


「グリトニィルッ！」

シャニは自身の叫び声で目を覚ました。

顔は涙と汗でぐちゃぐちゃになって、心臓は痛いほどに高鳴っている。

「はっ、はっ、はっ、は……っ」

荒い息を吐きながら寝台から身を起こし、シャニは自身の手を見下ろす。わなわなと震える指先は冷え切っており、白を通り越して青くなっている。まるで長い時間雪の中に埋めていたかのように。

シャニは立ち上がり、うわごとのように「グリトニィル」と繰り返しながら部屋を出る。

「ニィル、グリトニィル」

夢の中で感じた彼の死が、あまりにも生々しすぎた。

左足を引きずり、シャニは泣きながら屋敷をさまよう。

「グリトニィル、嘘だ、死んでない、ニィル」

ひっ、ひっ、と泣きじゃくりながら、シャニは屋敷の外に出る。まだ夜が明ける前だからか、外には人一人いない。

シャニは雪の上をよろよろと歩いて、そして、膝をつく。

「夢だ、夢だ、夢……」

言い聞かせるように繰り返し、冷たい雪をかきむしるように手の中に握りしめる。手の熱で溶けた雪でしとどに指を濡らしながら、シャニは涙を流したまま空を見上げる。

「っ、………違う」

しゃくりあげながら見上げた空。そこに浮かぶ月は、ほんのわずかだが、夢で見たそれよりふっくらとしている。鋭い刃の細いそれではない月を呆然と見上げ、シャニは「予知夢」と呟く。

先ほどの、あの恐ろしい映像が遠見ではなく予知夢なのだとしたら。月の太さからしてあれが起きるのは明朝だ。

シャニはすぐさま立ち上がり、濡れた寝巻きが体に張りつくのも気にせず、屋敷に戻る。足を引きずりながら、それでもどうにか走ってグリトニィルの執務室へ飛び込んだ。机の上は相変わらず乱雑に物が置かれている。シャニはその中から、以前彼が使っていた戦略図を引っ張り出した。

「……ここだ」

指で広い地図を辿り、ディーズタとの国境にある山間部を見つける。そこにはグリトニィルの走り書きがいくつも書き込まれていた。おそらく、そこで迎え撃つ手筈《てはず》になっているのだろう。距離にして、馬でおよそ丸一日かかるほどの遠さだ。

シャニは未だ流れていた涙を強引に手の甲で拭うと、力を込めて自身の頬を叩く。パァンッといい音がして、自然と涙が止まる。

シャニはそのまま立ち上がり、自室へ戻った。


寝巻きを脱ぎ捨て、最近着ていなかった狩り用の、動きやすい服に身を包む。狼笛を首から提げ、胸元にナイフを仕込み、棚にかけていた弓と矢筒を手に取り背負う。そして「アラヌヌへ」と一番上に記した手紙をひとつ書き上げる。短い言葉で綴《つづ》ったので正確に伝わるか自信はないが、もう書き直す時間はない。

あとは水と少しの食料さえ準備すればいい。……と台所に向かってから、ふと思い立ち、シャニは屋敷の奥にある宝物庫に足を伸ばした。

そこには、ユーディスティから捧げられた貢物がごろごろと収められている。大きな金が必要な時に利用するらしく、デイヌィは「まぁいざという時の換金物みたいな物ですね」と言っていた。

シャニはその中から、以前自分がザノゥサに捧げられ、しかし受け入れられず山に捨て置かれた際に使っていた金細工の弓矢を引っ張り出した。

そばに置いた明かりに照らされて、金の弓矢がきらりと光る。

「……十分目立つな」

シャニはそう言って笑うと、自身の背負っていた弓と交換し、矢は矢筒にしまった。多少重さはあるが、仕方ない。

最後に外套《がいとう》を羽織り、シャニは厩《うまや》へ向かう。

しん、と静まり返った厩《うまや》の中には、馬たちが大人しく寝ていた。が、シャニの足音を聞きつけて、数頭が「ヴルルッ」と鼻を鳴らす。

「どう、どう、静かに」

しぃ、と人差し指を立てて口に当てると、賢い馬は「ヴルッ」と鼻を鳴らしながらも静かになる。いななきひとつ漏らさないのは、さすがグリトニィルの馬といったところだろうか。

「よし、いい子だ」

シャニはそのうちの一頭……、足を怪我する前はよく貸してもらっていた栗毛の馬の縄を掴み、小屋から出す。手早く鞍《くら》をつけて、段差を利用してどうにか馬に跨《またが》って。そして「行こう」と栗毛の馬を促す。

栗毛の馬は逆らうことなく、朝焼けに包まれはじめた里を走り出した。里の中を抜け、門を抜け、シャニは里の外へ飛び出す。

（すまない、アラヌヌ）

シャニは、先ほどアラヌヌに残した手紙の内容をなぞるように、心中で彼への謝罪を漏らす。

（どうしても向かわねばならぬので、俺は行く。皆の命を救うためだ、許してくれ。帰ってきたら

一緒にデイヌィに怒られよう）

そこまで考えてから「いや」とシャニは首を振る。最後の一文はあまりにもひどいかと思って二重線で消し「俺だけ怒られるから大丈夫だ」と書き直しておいた。これで、アラヌヌも多少はホッと胸を撫で下ろすはずだ。

朝靄《あさもや》でけぶる雪山を、シャニは馬と一体になって駆ける。今すぐに出立せねば、明日の夜明けに間に合わない。雪崩《なだれ》が起きる、あの時間に。

「はっ！」

シャニは馬の腹を軽く蹴り、一路グリトニィルのもとへ向かって速度を上げた。

二十三

馬の休憩を挟みながら、何時間も駆けて、駆けて、駆け抜けて。太陽が空の真ん中に昇って、傾いて山の向こうに沈んでも、シャニは無心で馬を走らせ続けた。

「すまない。もう少しだけ頑張ってくれ」

栗毛の馬は気性の荒くない優しい牝馬《ひんば》で、シャニの言葉にも「気にするな」というように鼻を鳴らす。

「頼もしいな、ありがとう」

暗くなると、昨夜見た悪夢……いや、予知夢が何度も脳裏を掠《かす》める。

血を流し倒れる狼、無惨《むざん》にも矢で射られ斬り倒される狼、懸命に仲間を助けながら雪崩《なだれ》にのみ込まれるグリトニィル。シャニとて、惨《むご》たらしい戦場ならいくつも経験してきた。だが、愛する者を目の前で……しかも触れることもできないまま失うのは初めてだった。心臓が凍りつくとは、きっとああいう瞬間のことを言うのだ。

（間に合ってくれ、どうか、どうか！）

馬の温もりだけが、シャニを正気でいさせてくれる。彼女がいなかったら、シャニはここで叫び出していたかもしれない。

空に星が瞬く。グリトニィルの馬は火を恐れないので、片手に明かりを携えて走る。が、さすがに暗闇の中を走るのは昼間よりもずっと神経を使う。速度を落とし、昼間より頻繁に休憩を挟まないとならない。シャニはもどかしい気持ちで、地図や方位磁石を使って目的地に向かう。きっと夜明けには間に合うはずだと、そう言い聞かせながら。

しかしどんなに願おうと、時間は平等に過ぎていく。暗く深い夜は終わりを告げ、朝日が昇る。いつもなら希望を感じるその力強い光だが、今のシャニにとっては絶望の明かりだ。

（神よ、ウルゥナ様よ、どうかグリトニィルを、皆を助けてくれ！　頼む、頼む！）

心の中でありとあらゆる神に、そしてウルゥナに願いながら、シャニは白みはじめた空を睨《にら》みつけるようにひたすら駆け続けた。

＊

シャニがようやく目的地に辿り着いた時、山の向こうにはすでにディーズタ軍の兵士の姿が見えていた。赤地に白い獅子が二頭描かれた国旗が高々と掲げられているのが、斜面の下からでもよくわかった。

これはきっと、シャニが見た夢の、その直前だ。おそらくザノゥサの面々は、拓《ひら》けた雪原のそばに立つ木々の合間に隠れている。ディーズタ軍がこの雪原を下りてくる際に襲いかかる作戦なのだ。

（時間がない……っ！）

シャニは舌打ちをすると、馬に乗ったまま雪原を駆け上がる。雪に脚を取られながら、それでも栗毛の馬は果敢に雪山を登ってくれる。心の中で感謝をしながら、シャニは肺いっぱいに息を吸い込み、今まさに斜面を下りはじめたディーズタ軍に向かって叫んだ。

「聞けぇえ――っっ！」

そんな大声を出すのは、久しぶりだった。喉が裂けて血が出たかもしれない。それでも構わないと、シャニは腹の底から声を出し続けた。

斜面の途中、木々の間にはきっとグリトニィル含め狼たちが身を潜めている。突然現れたシャニに驚いているはずだ。シャニは手綱《たづな》から両手を放し、足の力だけで馬に跨《またが》る。そして、両腕を広げた。

ディーズタ軍には「こちらを見ろ」という仕草に見えるように、そしてザノゥサの皆には「止まれ」「出てくるな」と制するように。目と勘のいい彼らなら、きっと気づいてくれるはずだ。

「ぐっ、うっ！」

左足に力が入らないせいで、危うく落馬しそうになる。が、シャニはどうにか踏ん張った。太腿《ふともも》の筋肉が痛みではち切れそうだ。

シャニはディーズタ軍とほどよい距離……おそらく彼らの腕では矢が届かないあたりまで馬で駆け上がった。そして、手放していた手綱《たづな》を掴むと、ぐっ、と胸元に引き寄せる。栗毛の馬は行儀よくその場で止まった。

ディーズタ軍は、警戒するようにシャニに弓を向けている、が、この距離なら大丈夫だという確信のあるシャニは、恐れることなくその場で馬から降りる。そして「ありがとう。……長のもとへ、行け」と、小さな声で馬に命じる。やはり賢い馬は「ヴルッ」と鼻を鳴らして、登ってきたばかりの雪原をためらいなく降りていく。

「何者だっ！」

一人雪原に降り立ったシャニに、おそらく軍を指揮しているであろう人物が声をかけてくる。

シャニは長く馬に跨《またが》りすぎて痺《しび》れる足を叱咤《しった》し、その場にしっかりと立って背筋を伸ばす。

「私はっ、ユーディスティの第八王子っ！　シャニ・ユーディスティだ！」

シャニの叫びに、ディーズタ軍がざわざわと騒《ざわ》めく。指揮官は沸き立つ兵士を手で制する。

「何用があって、ここにいる！　返答によっては今すぐ矢で貫くぞ！」

指揮官の脅《おど》しに、シャニは怯えることなく頷《うなず》いてみせる。そして、先ほどより多少抑えた声で話を続けた。

「私はユーディスティ王家よりザノゥサへの貢物として与えられた。この私に、畜生の嫁になれと！」

シャニは、できるだけ傲慢《ごうまん》な、それでいて美しい悲劇の王子に見えるように、亜麻色の髪を揺らして首を振ってみせる。

「私は許せなかったのだ……！　獣の身でこの身を貪《むさぼ》ったザノゥサも、そして私を捨てたユーディスティ王家も！」

芝居がかった仕草で、ああっ、と哀れに顔をうつむけてみせる。シャニの美しい顔や体がしっかりと見えているのだろう。ディーズタ軍はまたもざわざわと揺れ出した。

（かないもしない復讐に燃える、顔は良くとも頭の悪そうな王子に見えているか）

自身を抱きしめるようにうつむくシャニに、指揮官が「それで！」と声を張り上げる。

「哀れな王子が、なぜここにいる！」

意外にも冷静な、いや、疑り深い指揮官なのかもしれない。シャニは顔をうつむけたまま、す、と目を細める。

「ディーズタがユーディスティに侵攻しようとしていると、ザノゥサの里で耳に挟みました。だから……っ、だから、私もその仲間に加えてもらおうと！」

ぱっ、と顔を上げて、懇願《こんがん》するように胸の前で手を組む。

「やっとの思いで里を抜け出してきたのです！　どうか、どうか、仲間に加えてくださいませ。私はユーディスティの事情にも、ザノゥサの事情にも明るくございます」

つまり、情報提供をするから仲間に入れろ、という意味だったが……、指揮官には正しく伝わったらしい。「なるほど」と顎《あご》に手をやって思案している。

「では、お前が本当にユーディスティの王子で、ザノゥサにいたという証拠は！　どこにあるっ！」

指揮官の言葉に、シャニは背中から矢を取り出し、矢筒から矢を抜き、構える。そしてためらいなく矢を放った。

――ドッ！

金色の尾を残し、矢がディーズタ軍の手前の雪に突き刺さる。

「その金色の矢をご覧ください。それはユーディスティ王家の紋章が入った、特別な矢」

朝日に煌《きら》めく矢を、指揮官がシャニを警戒しながら手に取る。そしてじろじろと検分するように見回し「たしかに」と同意を返してきた。

シャニはそれを聞いて「あぁ、よかった」とホッとしたように天を仰いでみせる。そしてその隙に、空に浮かぶ月と太陽の位置を素早く確認した。

（もうすぐだ）

夢の中で見たあの瞬間まで、もう時間がない。

シャニは次に、胸元に手を入れて、首に下げていた笛を取り出す。

「それはっ？」

指揮官に問われ、シャニはそれを指に持ち掲げた。

「これは、私がザノゥサの長の妻であった証拠。この笛は長から贈られた唯一無二の狼笛。この細工はまさに、ザノゥサの手によるもの」

シャニはそう言うと、その笛を口元に持っていった。そしてさりげなく、しかし思い切り息を吹き込む。人間の耳には聞こえない、しかし狼の耳には確実に聞こえるその笛の音を。

（左へ……っ！　左へ！）

ザノゥサの笛の音には、意思を伝える方法がある。シャニはまだすべてを学んだわけではないが、左右の合図くらいは出せるようになっていた。シャニは何度も「左へ向かえ」という合図を出す。

夢の中で、雪崩《なだれ》は雪原と右の木立を薙《な》ぎ倒すように流れていた。少なくとも左へ寄っておけば、巻き込まれることはないはずだ。

（頼む、左へ向かってくれ！）

心の中でそう叫んでから、シャニは笛の吹き口から唇を離した。

「まぁ、人間の私には犬の聞く音などわかりもしませんが」

そう言って、いやらしく笑ってみせる。と、指揮官もようやく口端を持ち上げた。どうやら本物だと信じてくれたらしい。

「それはそれは、大変でございましたな、王子」

急にわざとらしい敬語を使い出したと思ったら、自らシャニのほうへ寄ってこようとする。

「私は王子の言うことを信じましょう。えぇ、是非我が軍と行動をともになさってください」

シャニは近づいてくる指揮官を見上げながら「それはありがたい」と感動した顔をしてみせる。

おそらく、彼に本当にシャニを受け入れるつもりなどない。人質として利用できそうだと判断したのだ。ユーディスティ王家への身代金か、ザノゥサへの報復としてぎたぎたに八つ裂いて彼らの前に放り出すか。色々な利用方法が彼の頭の中には浮かんでいるのだろう。

と、その時。わざとらしい笑みを浮かべるシャニの耳に地響きのような音が聞こえてきた。

（あぁ、頼む、無事に逃げ切っていてくれ）

夢の中の出来事を、そして今から自分の身に起きることを思い描き、ゾッと足がすくむ。だが、それでも……

（俺の愛しい彼が、彼らが犠牲になるよりよほどいい）

心の中でそう言い切るシャニの耳に、ディーズタの兵士たちの声が聞こえてきた。

「なぁ、なんか変な音がしないか」

「地響きのような」

「え、音？　なんのことだ？」

どうやら勘の良い者と悪い者がいるようだ。兵士たちに騒《ざわ》めきに「なんだ？」と振り返った指揮官の足に目掛けて、シャニは素早く矢をつがえて弓を引いた。

「なんだ！」

しかし、やはり左足のせいでわずかな調整が以前より格段に下手になっている。矢は指揮官の足を掠《かす》めて雪原に突き刺さった。

「なんの真似だ！」

明らかに激昂した指揮官が、少し離れた場所にいるシャニに掴みかかろうと手を伸ばしてくる。

シャニはその手を避けるように、斜面を駆け下りる。

「待てっ！　このっ、射ろ！　この者を矢で射殺せ！」

指揮官の叫びに、ディーズタ軍が弓を放ってくる。が、予想した通りシャニのところまでは届かないし、指揮官を避けようとするせいで方向もてんでばらばらだ。

シャニはその間に、雪原を転がるように下りていく。

「待てっ！　この不届者……っ」

指揮官が、もはや直接シャニを捕らえようと同じく斜面を駆け出した、その時。

――ドツツツ！

――ドォオオオオッ！

地面が揺れ、大気が揺れた。

シャニは「ついに来たか」と心中で叫びながら、不自由な足で必死に走る。山を下りながら、左へ、左へと。

「なんだっ、……雪崩《なだれ》か！」

指揮官の焦ったような声、兵士たちの悲鳴に怒号。そしてそのすべてをのみ込む轟音。シャニは背後にそれを聞きながら、しかし振り返ることなく駆ける。

（足がっ、もつれるっ、息が……っ！）

喉が千切れ、肺が破裂しそうな痛み。今にも倒れ込みそうになりながら、シャニは走る。

――ガッ！

「ああっ！」

「お前はなんだっ！　何者だ！　この雪崩《なだれ》はお前のせいかっ！」

髪を鷲掴みにされ、ドウッと雪に倒れ込む。シャニを捕まえたのは、指揮官だ。振り返ると、目を血走らせた男が口角に泡をためて叫んでいる。

「皆死ぬっ、俺もっ！　お前も死ね！」

「……っお断りだ！」

シャニは胸元に仕込んでいたナイフで、掴まれた髪を切る。と、体勢を崩した指揮官がもんどり打って雪の中に倒れ伏した。

これでようやく逃げられる……っ、と思ったのも束の間。シャニは目前に迫る雪崩《なだれ》を目にしてしまった。

（これは……っ）

さすがに逃げられないかもしれない、という絶望が胸に去来する。雪の波は厚く、重く、ドドドドドッという轟音を立てながらすべてをのみ込んでいく。

（デイヌィ、アラヌヌ、ギウジ、ウルゥナ様……みんなっ）

死ぬかもしれないと思った瞬間、心に浮かんだのはザノゥサの民、そして……

「グリトニィル……っ！」

この世で一番愛おしい人の名を叫び、シャニは目を閉じた……瞬間。

「乗れっ！　シャニっ、乗れぇーっ！」

ハッとして、シャニは目を見開き手を伸ばし、なにかにしがみつく。毛足の長い、たしかな温もり、柔らかい香り。シャニは必死でその温もりにしがみつく。決して離れないと、絶対に放さないと、放してなるものかと、強く腕を回して。

視界が白銀に染まる。なにもかもをのみ込んで、のまれて、上も下も右も左もわからなくなって。

そしてシャニは、ゆっくりと意識を手放した。

二十四

「嫁御殿。私に怒られる覚悟がおありとのことですが、準備はよろしいですか？」

目覚めてまず一番に降ってきたのはデイヌィの容赦《ようしゃ》ない言葉だった。

シャニは夢現《ゆめうつつ》のままその言葉を聞いて「予知夢にしてはひどい夢だ」と眉根を寄せた。

……と、周りで弾けるような笑い声が上がった。

顔を上げればそこは、セゥロの里にあるグリトニィルの屋敷、その中にある自室であった。

右を見れば苦笑を浮かべたアラヌヌが、左を見ればそれぞれの里長たちが、そして正面にはデイヌィと……そしてグリトニィルがいるのを見つけて。それが夢ではなく現実であることに気づく。

「ニィル？」

「あぁ」

シャニは震える手を持ち上げて、グリトニィルに手を伸ばす。グリトニィルは宙でそれを受け止めて、そして優しく包み込んでくれた。

「ニィル、ニィル……！」

シャニは湧き上がる感情のまま、伴侶である白銀の偉丈夫に体を寄せる。と、体勢を崩しかけたシャニを、グリトニィルは力強く受け止めてくれた。

「おやまぁ。ま、邪魔者は一旦退散しますか」

デイヌィはそう言って、他の者たちを部屋の外へ出るように促す。最後に「説教は後できっちりさせていただきますからね」と言い置いてから。

シャニはグリトニィルの腕の中でそれを聞いて笑い、グリトニィルもまたそんなシャニを抱きしめたまま笑った。笑いは面白いくらいに伝染して、部屋を出ようとしていたアラヌヌも、里長たち（なんとあのギウジも）、そしてデイヌィまで「わっはっはっ」と声を上げて笑って。

皆で笑って、笑っているうちにいつの間にかシャニとグリトニィルは二人きりになっていて。そしてシャニはようやく人目を気にすることなく、愛しい伴侶に「無事でよかった」と口付けることができたのである。

＊

シャニは、およそ丸二日の間ひたすら眠っていた。

その前の日に一昼夜起きていたからか、その分を取り戻すようにきっちりと。しっかり、丸二日。その間にシャニはセゥロに戻ってきて、そしていつもの自身の寝台に寝かされていた、というわけだ。

シャニが寝ていたその二日の間に、色々なことがあった……らしい。らしいというのはそれらがすべて伝聞だからだ。シャニはずっと眠っていたのだから仕方ない。

まず、グリトニィルたちディーズタの侵攻を防がんとしていたザノゥサの戦士たちは。なんと、誰一人欠けることなく無事だった。あれだけの雪崩《なだれ》にもかかわらず、一人ものみ込まれず、きちんと避難していたと。

「シャニの笛が聞こえたおかげだ」

グリトニィルはそう言って、シャニに「ありがとう」と頭を下げてくれた。どうやらあの狼笛は、正しくザノゥサの民の耳に届いたようだ。

しかしもちろん、あの時突然現れたシャニに、グリトニィルはじめデイヌィや他の面々も皆「なぜここにシャニがっ？」と大混乱だったらしい。しかもディーズタの軍人に「仲間にしてほしい」

とまで言い出して。とはいえ、皆「ザノゥサのシャニ」を信じていたので、シャニからの合図があるまでその場に飛び出すこともなく、身を隠していた。そしてあの狼笛だ。

「きっとなにかあると信じ、皆で左の木立に身を寄せた。そうしたところ、あの雪崩《なだれ》だ」

皆避難していたので大事なかったが、グリトニィルだけは万が一を考えてシャニのそばに控えていたのだという。そして、雪崩《なだれ》が起こり、ディーズタ軍の指揮官に髪を掴まれているシャニを見て躍り出て……救出に至った。

救出というより、ほとんど雪崩《なだれ》にのまれており、そこをザノゥサの民たちで掘り起こしたというのが正しい。

逆に、ディーズタの軍はあの雪崩《なだれ》によりほぼ全滅したらしい。もしかすると数名は助かったかもしれないが、いずれにしてもその人数で攻めてはくるまい。

その後。シャニは気を失ったまま眠りにつき、元々乗ってきたあの栗毛の馬にグリトニィルと相乗りして帰ってきた……と、そういうわけだ。

シャニは寝台に身を起こして、グリトニィルに「あの時は、助けてくれてありがとう」と頭を下げた。やはり、あの雪崩《なだれ》の最中に「乗れ！」とシャニを引きずりあげて救ってくれたのは、グリトニィルその人だったのだ。

嬉しさのあまり頬をゆるめるシャニに、グリトニィルは「礼を言うべきなのはこちらのほうだ」と首を振った。

「あれは、予知夢か？」

「あぁ。雪崩《なだれ》が起こる前日の夜に夢を見た」

グリトニィルはそれを聞いて、深く息を吐きながら頷《うなず》く。

「シャニに特別な力が宿ったのは、間違いないようだな」

「……たしかにそうだな」

シャニはそう言われるまで自身の力について意識していなかったことに思い至った。言われてみれば、そうだ。あれだけ正確に雪崩《なだれ》が発生する時間を当てられたのだから、やはり予知夢であると言っていいだろう。

そしてそれに付随《ふずい》して、ギウジに任せていた手紙の件を思い出す。

「ギウジは無事に戻ってこられたんだな？　ユーディスティは、海からの侵攻はどうなった？」

グリトニィルはその形のいい眉を持ち上げて、どこか楽しそうに微笑んだ。

「無事だったそうだ」

なぜかくっくっと楽しそうに笑うグリトニィルが不思議でそのわけを聞いてみる……と、その原因はなんとギウジだった。

ギウジは、出発して三日後にはユーディスティの王都に辿り着いたらしい。シャニの指示にきちんと従い、ダグラスを見つけて、間違いなく手紙を渡してくれた。

「そこまではよかったらしいんだが……」

笑いを堪えるように、グリトニィルが続ける。

どうもダグラスは「こんなん、俺一人じゃどうしようもねぇ」とギウジに泣きついたらしい。ギウジも、恩人であるシャニが手紙を託すほどの人物とあってダグラスのことを無下にできず……

　そしてギウジは海軍の上官に「こちらはあの伝説のザノゥサの民！　すごーい人なんです！　とんでもない能力をたくさん持ってらして、狼に変身できるわ未来は見えるわ」と紹介され、なんとその上官の前で狼に変身したり人間に変身したりする様を披露《ひろう》させられたのだという。

「あの人間嫌いのギウジが……、ザノゥサと証明するためとはいえ、芸でも見せるように」

　たしかに、あの鋭い目付きのギウジがダグラスの「はい変身しまーす」なんて号令に従って人間になったり狼になったりしているところを想像すると……気の毒というか、笑えるというか。

　シャニはダグラスを紹介してしまった申し訳なさから「はは」と苦笑いをこぼすだけにとどめておいた。ちなみに、この話を聞いたデイヌィは大爆笑だったらしい。

　しかしそのおかげで上官は「こんなとんでもない力を持った方の言うことなら本当なのかもしれないな……。よし、沿岸部の警備と監視を強化しよう」と指示を出し……なんとその翌日にディーズタの艦隊が現れたのだという。

　かなりの激戦になったし、市街地にも多少被害が及んだらしいが、事前の警備強化が功を奏し、なんとか無事に艦隊を退けることができたらしい。ギウジは戦闘にも巻き込まれた挙句、「すごい能力者だ！」「その上戦いの腕も抜群！」ともてはやされ、丸一日祝いの場に（半ば無理矢理）参加されられて……それで、帰りが遅くなってしまったらしい。

「まさかそんなことが……」

　シャニの知らないところでそんな大騒動が起きていたとは。デイヌィの説教の後は、ギウジによる「なんて奴に手紙を渡させたんだ」という愚痴《ぐち》が待っているかもしれない。

ちなみにギウジは気のいい海軍の連中に「必ずまた遊びにくる」と（これまた半ば無理矢理）約束させられたらしい。グリトニィルは「そのための休暇ならいくらでも取ってもらって構わないがな」と笑いながら肩をすくめていた。

まぁ、なにはともあれユーディスティのほうも無事だったらしい。

ほ、と息を吐くシャニにグリトニィルが「ただ」と続けた。

「今回の件、ギウジの手柄はザノゥサのものである……ということは、きっちりユーディスティ王家に報告するとデイヌィが言っていた」

「報告？」

「あぁ。それでたんまり報酬を搾《しぼ》り取ってやる、と」

口元を隠して笑うデイヌィの顔を想像しながら、シャニは「はは」と乾いた笑いをこぼす。

ただ、ユーディスティ王家に釘を刺すという意味では、いい機会なのかもしれない。

シャニを嫁にやったこともそうだが、王家はザノゥサのことを軽く見ている節があった。今回危うく王都に攻め込まれるところだった、ということから、彼らも国防に対しての危機感を多少は持っただろう。むしろ、これでもなにも考えていないとなれば、もはや滅びるほかない。

今回、海側からの侵攻に対してもザノゥサが一役買ったとあれば、王家もこちら側に対する態度を改めざるをえないだろう。しかもギウジはきっちり海軍に恩を売っている。これでギウジを……ザノゥサを蔑《ないがし》ろにすれば、国の一大機関である海軍が王家にそっぽを向いてしまう。

（ダグラスがそこまで考えて動いたかどうかはわからないが……）

しかし、彼の働きのおかげでユーディスティ王家との関係も正常に保ち直すことができそうだ。

まぁ、散々な目にあったギウジには申し訳ない限りだが。


「あと起こったことといえば。アラヌヌが必死になってシャニを捜していたとか、デイヌィに叱られることを恐れて隠れていたとか、そういったことかな」

「な、なるほど……。アラヌヌには後でしっかり謝っておく」

シャニは申し訳なさに額を押さえつつ、先に胸の内でアラヌヌに「すまなかった」と謝る。きっとシャニが置き手紙を残して消えて……それはもう驚いたし、焦ったし、捜し回ったはずだ。

「まぁアラヌヌもうすぐ成人だ。狼に変身できるようになれば匂いなりなんなりで、すぐにシャニを追い回して見つけるようになるさ」

「そうなのか」

狼に変身するアラヌヌを想像して、なんだか微笑ましい気持ちになる。なんというか弟子が立派になった姿を見守るような、そんな心地だ。その時には、また別の子どもがこの屋敷で働いているのかもしれない。

（デイヌィはアラヌヌに目をかけているようだし、もしかすると相談役の補佐にでもしたいんじゃないか）

ふとそんなことを考えついたが、あくまで想像の範囲だ。まぁ、もし予知夢で見ることがあったら、こっそりデイヌィに尋ねてみよう。

ふふ、とその瞬間を想像して笑っていると、グリトニィルが「どうかしたのか？」と尋ねてきた。

「あぁ、いや、なんでもない」

シャニは首を振って、そして寝台に浅く腰掛けるグリトニィルの背中に、こて、と自分の体を預けた。

目を閉じるとグリトニィルの穏やかな心音が、とく、とく、と伝わってくる。それだけでなんだかとても嬉しくなってしまって、シャニは「幸せだ」とぽつりとこぼした。こぼして、そして、本当に自分が今心からの幸福を感じていることに気がつく。

「ニィル。俺は今、心から幸せだ」

「ん？」

「こんなこと、物心ついてから初めてだ」

シャニはそんな自分の気持ちに驚いて、そしてその思いを素直にグリトニィルに伝えてみた。

グリトニィルは驚いたように目を見張り、そして痛みを堪えるような顔をして、シャニを正面から抱きしめてきた。

「わっ……、どうした？」

驚いて問いかけると、グリトニィルは「なんでもない」と短い返事を寄越した。なんでもないと言う割に、やたらと力強くシャニを抱きしめてくる。

「シャニが愛しい」

「え……？」

「愛しくて、いじらしくて、堪らない。大事にしたいし、優しくしたい」

なんだかすごいことを言われている気がするが、シャニは「そうか」なんて味気ない返事しかできない。もっとうまいこと愛を返したいのだが、それについては、まだ勉強不足のようだ。

ふと、グリトニィルが体を離してシャニの顔を覗き込んできた。相変わらず太陽のように眩しい金色が、シャニの目を真っ直ぐに捉える。

「そういえば、……もう少し落ち着いたら、その」

んんっ、と喉の調子を整えるように咳払いをしたグリトニィルが、改まったように話を切り出した。シャニが「ん？」と先を促すように首をかしげると、いや、だの、その、だの言いながら、どうにか言葉を紡ぐ。

「けっ、……婚式を、しないか、という話があがっている。俺と、シャニの」

「え！　……あがっているって、どこから？」

結婚式、という想像もしていなかった単語に驚いて、思わず素直に問うてみる。と、グリトニィルは焦ったように「いや……」とこぼした後、「俺からだ」と唸りながら答えてくれた。

シャニはきょとんと目を見張った後、盛大に笑い声を上げてしまった。あまりにも、微笑ましかったからだ。

「雪解けの時期に、どうだ？」

「雪解けか……いいな」

グリトニィルの提案に、シャニも快く頷《うなず》く。

唯一里の雪が溶けるという、ザノゥサの短い夏。シャニはまだその様を見たことはないが、想像するだけで胸が弾む。もちろん雪景色のザノゥサも好きだが、爽やかな新緑に満ちたザノゥサもきっと素晴らしいだろう。

……が、ひとつだけ気になったことがあって、シャニはわずかに渋面を作る。

「でも、……なんだ。結婚式は踊りでも踊るのか？」

そう言って頬をかき、正直に「俺は踊りは苦手だ」と告げる。と、グリトニィルもまた、決して笑顔とはいえない微妙な表情を浮かべた。

「俺も、狩りのほうがよほどうまい」

「結婚の祝いも狩りにするか？」

「いい考えだ。……デイヌィには怒られそうだけど」

「たしかに。デイヌィは怒るな」

二人でくすくすと笑いあって、そして自然と口付けを交わす。

好きな人と一緒にいると、どうして唇同士を合わせたくなるのか。その疑問は未だ解けないままだが、それはまた追々解明していけばいいだろう。

なにしろこの先もきっと、数え切れないほどの口付けを交わすことになるのだから。

シャニはグリトニィルの薄い唇に柔らかな口付けを落として、そして「幸せだ」と囁《ささや》いた。

＊

その日、シャニは夢を見た。雪のないセゥロの里で、グリトニィルと手を繋いで踊る夢だ。緑の草の上を二人してくるくると回ったり、ぎくしゃくと体を寄せたり離したり。グリトニィルはシャニの不自由な足を気遣って、何度も体ごと持ち上げては柔らかく運んでくれた。シャニは「ありがとう」と笑って、グリトニィルは愛を捧げるようにその頬に口付けを落としていた。

ザノゥサにしては珍しく、色とりどりの花が咲き乱れ、グリトニィルとシャニを囲む面々も幸せそうに笑って。舞い散る花びらを全身に浴びながら踊り切って……そして二人は、手に手を取り合って山へと駆け出していた。

きっと狩りに行くのだろうと微笑ましく見守りながら、シャニはその夢の続きを見ることをやめた。

きっとこれは夢ではなく、幸せな未来だとわかったからだ。

この先を知ってしまうよりも、なにも知らないで体験するほうが、楽しそうだ。

手を取り笑うグリトニィルとシャニは、どこまでも駆けていく。

どこまでもどこまでも、限りない幸せに向かって真っ直ぐに。

ハッピーエンドのその先へ ―
ファンタジックなボーイズラブ小説レーベル

アンダルシュノベルズ
&arche NOVELS

淫靡な血が開花する――

アズラエル家の次男は半魔1～2

伊達きよ ／著

しお／イラスト

魔力持ちが多く生まれ、聖騎士を輩出する名門一家、アズラエル家。その次男であるリンダもまた聖騎士に憧れていたが、彼には魔力がなく、その道は閉ざされた。さらに両親を亡くしたことで、リンダは幼い弟たちの親代わりとして、家事に追われる日々を送っている。そんなある日、リンダの身に異変が起きた。尖った牙に角、そして小さな羽と尻尾……まるで魔族のような姿に変化した自分に困惑した彼は、聖騎士として一人暮らす長兄・ファングを頼ることにする。そこでリンダは、自らの衝撃的な秘密を知り――

詳しくは公式サイトにてご確認ください。
https://andarche.alphapolis.co.jp

異世界BLサイト“アンダルシュ”
新刊、既刊情報、投稿漫画、X（旧Twitter）など、BL情報が満載!

ハッピーエンドのその先へ ー
ファンタジックなボーイズラブ小説レーベル

アンダルシュノベルズ
&arche NOVELS

転生した公爵令息の
愛されほのぼのライフ！

最推しの義兄を愛でるため、長生きします！ 1〜4

朝陽天満 ／著

カズアキ／イラスト

転生したら、前世の最推しがまさかの義兄になっていた。でも、もしかして俺って義兄が笑顔を失う原因じゃなかったっけ……？　過酷な未来を思い出した少年・アルバは、義兄であるオルシスの笑顔を失わないため、そして彼を愛で続けるために長生きする方法を模索し始める。薬探しに義父の更生、それから義兄を褒めまくること！　そんな風に兄様大好きなアルバが必死になって駆け回っていると、運命は次第に好転していき――？　WEB大注目の愛されボーイズライフが、書き下ろし番外編と共に待望の書籍化！

詳しくは公式サイトにてご確認ください。
https://andarche.alphapolis.co.jp

異世界BLサイト“アンダルシュ”
新刊、既刊情報、投稿漫画、X（旧Twitter）など、BL情報が満載！

ハッピーエンドのその先へ ー
ファンタジックなボーイズラブ小説レーベル

アンダルシュノベルズ
&arche NOVELS

契約から始まる
淫愛の行方は……

その手に、すべてが堕ちるまで
～孤独な半魔は愛を求める～

コオリ　／著

ウエハラ蜂／イラスト

冒険者のエランは、逆恨みで借金を背負わされ、性的な要素の強い非合法な見世物小屋で働くことになる。座長であるルチアに、半ば騙されるような形で「ルチアに従うことで喜びを覚える」という洗脳に近い契約を結ばされるエラン。最初は契約の影響で従っていたが、ルチアが魔物からも人間からも遠ざけられてきた過去を知ると同時に、今まで感情が読めなかった彼の子供じみた一面を垣間見て、庇護欲を抱き始める。ルチアもまた、契約が適用されない場面でも自分に従うエランを、無意識のうちに大切に思い始め……

詳しくは公式サイトにてご確認ください。
https://andarche.alphapolis.co.jp

異世界BLサイト“アンダルシュ”
新刊、既刊情報、投稿漫画、X(旧Twitter)など、BL情報が満載!

ハッピーエンドのその先へ ー
ファンタジックなボーイズラブ小説レーベル

アンダルシュノベルズ
&arche NOVELS

スパダリたちの
溺愛集中砲火！

異世界で
おまけの兄さん
自立を目指す1〜6

松沢ナツオ ／著
松本テマリ／イラスト

神子召喚に巻き込まれゲーム世界に転生してしまった、平凡なサラリーマンのジュンヤ。彼と共にもう一人日本人が召喚され、そちらが神子として崇められたことで、ジュンヤは「おまけ」扱いされてしまう。冷遇されるものの、転んでもただでは起きない彼は、この世界で一人自立して生きていくことを決意する。しかし、超美形第一王子や、豪胆騎士団長、生真面目侍従が瞬く間にそんな彼の虜に。過保護なまでにジュンヤを構い、自立を阻もうとして―― !?
溺愛に次ぐ溺愛！　大人気Web発BLファンタジー！

詳しくは公式サイトにてご確認ください。
https://andarche.alphapolis.co.jp
異世界BLサイト“アンダルシュ”
新刊、既刊情報、投稿漫画、X（旧Twitter）など、BL情報が満載！

ハッピーエンドのその先へ ─
ファンタジックなボーイズラブ小説レーベル

アンダルシュノベルズ
&arche NOVELS

大好きな兄様のため、
いい子になります!?

悪役令息になんか
なりません！
僕は兄様と
幸せになります！1～3

tamura-k ／著
松本テマリ／イラスト

貴族の家に生まれながらも、両親に虐待され瀕死のところを伯父に助け出されたエドワード。まだ幼児の彼は、体が回復した頃、うっすらとした前世の記憶を思い出し、自分のいる世界が前世で読んだ小説の世界だと理解する。しかも、その小説ではエドワードは将来義兄を殺し、自分も死んでしまう悪役令息。前世で義兄が推しだったエドワードは、そんな未来は嫌だ！　といい子になることを決意する。そうして小説とは異なり、義兄をはじめとする周囲と良い関係を築いていくエドワードだが、彼を巡る怪しい動きがあって……？

詳しくは公式サイトにてご確認ください。
https://andarche.alphapolis.co.jp

異世界BLサイト“アンダルシュ”
新刊、既刊情報、投稿漫画、X（旧Twitter）など、BL情報が満載！

ハッピーエンドのその先へ ー
ファンタジックなボーイズラブ小説レーベル

アンダルシュノベルズ
&arche NOVELS

化身は一途に想い続ける。
たとえその身が壊れようとも――

三十代で再召喚されたが、誰も神子だと気付かない 1～2

司馬犬 ／著

高山しのぶ／イラスト

十代の時に神子として異世界に召喚された澤島郁馬は神子の役目を果たして元の世界へ戻ったが、三十代になって再び同じ世界に召喚されてしまった！　だがかつての神子とは気づかれず邪魔モノ扱いされた郁馬は、セルデア・サリダートという人物のもとに預けられることになる。なんとその人物は一度目の召喚時に郁馬を嫌っていた人物で!?　しかしセルデアは友好的に接してくれる。郁馬はセルデアの態度に戸惑っていたが、とある理由から暴走したセルデアと遭遇したことをきっかけに、彼との距離が縮まっていき――

詳しくは公式サイトにてご確認ください。
https://andarche.alphapolis.co.jp

異世界BLサイト“アンダルシュ”
新刊、既刊情報、投稿漫画、X（旧Twitter）など、BL情報が満載！

この作品に対する皆様のご意見・ご感想をお待ちしております。

おハガキ・お手紙は以下の宛先にお送りください。

【宛先】

〒150-6019 東京都渋谷区恵比寿 4-20-3 恵比寿ｶﾞｰﾃﾞﾝﾌﾟﾚｲｽﾀﾜｰ 19F
（株）アルファポリス　書籍感想係

メールフォームでのご意見・ご感想は右のＱＲコードから、
あるいは以下のワードで検索をかけてください。

アルファポリス　書籍の感想　検索

ご感想はこちらから

白銀《しろがね》の人狼《じんろう》は生贄《いけにえ》の王子《おうじ》に愛《あい》を捧《ささ》ぐ

伊達きよ（だて きよ）

2024年 5月 20日初版発行

編集－渡邉和音・森 順子
編集長－倉持真理
発行者－梶本雄介
発行所－株式会社アルファポリス
〒150-6019 東京都渋谷区恵比寿4-20-3 恵比寿ｶﾞｰﾃﾞﾝﾌﾟﾚｲｽﾀﾜｰ19F
TEL 03-6277-1601（営業） 03-6277-1602（編集）
URL https://www.alphapolis.co.jp/
発売元－株式会社星雲社（共同出版社・流通責任出版社）
〒112-0005 東京都文京区水道1-3-30
TEL 03-3868-3275
装丁・本文イラスト－ミギノヤギ
装丁デザイン－AFTERGLOW
（レーベルフォーマットデザイン―円と球）
印刷－中央精版印刷株式会社

価格はカバーに表示されてあります。

落丁乱丁の場合はアルファポリスまでご連絡ください。

送料は小社負担でお取り替えします。

©Kiyo Date 2024.Printed in Japan

ISBN978-4-434-33890-8 C0093